吴翔宇　主编

齐童巍　副主编

百年中国儿童文学史

A HUNDRED YEARS'
HISTORY OF
CHILDREN'S LITERATURE
IN CHINA

浙江大学出版社
ZHEJIANG UNIVERSITY PRESS

图书在版编目（CIP）数据

百年中国儿童文学史 / 吴翔宇主编. —杭州：浙江大学
出版社，2022.1（2024.8重印）
ISBN 978-7-308-22228-0

Ⅰ．①百… Ⅱ．①吴… Ⅲ．①儿童文学－文学史－中国
Ⅳ．①I207.8

中国版本图书馆CIP数据核字(2021)第276499号

百年中国儿童文学史

主　编　吴翔宇　　副主编　齐童巍

责任编辑	吴美红	
责任校对	王同裕	
封面设计	林智广告	
出版发行	浙江大学出版社	
	（杭州市天目山路148号　　邮政编码　310007）	
	（网址：http://www.zjupress.com）	
排　　版	杭州林智广告有限公司	
印　　刷	浙江新华数码印务有限公司	
开　　本	710mm×1000mm　1/16	
印　　张	13.5	
字　　数	220千	
版 印 次	2022年1月第1版　2024年8月第2次印刷	
书　　号	ISBN 978-7-308-22228-0	
定　　价	46.00元	

　　党的二十大报告指出：全面建设社会主义现代化国家，必须坚持中国特色社会主义文化发展道路，增强文化自信．围绕举旗帜、聚民心、育新人、兴文化、展形象建设社会主义文化强国，发展面向现代化、面向世界、面向未来的，民族的科学的大众的社会主义文化，激发全民族文化创新创造活力，增强实现中华民族伟大复兴的精神力量。文学是彰显文化自信的有效方式。文学史是文学的历史，它是以"史"的线索勾联多元的文学创作实践及价值观念的知识话语生产形态。由此衍生了文学史的"历史"如何理解、"文学"与"历史"的关系如何等无法回避的问题。从文学史的范畴来看，学界常提及的"百年中国文学"（"百年文学"）特指中国现当代文学。与中国古代文学相比，它在"中国""现当代""文学"这三个核心关键词上均有不同的内涵，集中表现为"一个现代的发明"①。这其中，学科的思想基础与艺术审美的革新至关重要，"只有从文学思想、艺术观念，尤其是语言和思维的变化，即把时间和观念结合起来，才能对这个学科的边界做出一个正确的判断。"②与中国现当代文学相似，中国儿童文学内在地包含了文学现代化的质素，在书写儿童与表现现代儿童观上呈现出与中国古代文学迥异的文学观念与艺术形态，"中国""儿童""文学"三方面彰明了其特有的精神品格。探究"百年中国儿童文学史"的边界等学科建制问题，除了从时间、空间的范畴来讨论外，还必须把握其思想基础、观念形态及表达方式等关乎学科性质的理论问题。借助这种文学史研究来系统考察学科调整时期中国儿童文学学科的规范性，寻找到牵连中国儿童文学发展的内在联系、动力。

---

① 陈平原，王德威，藤井省三．中国现代文学研究的方向 [J]．学术月刊，2014，46(8)：161-170．
② 陈国恩，范伯群，等．百年后学科构架的多维思考：关于中国现代文学史起点问题的对话 [J]．学术月刊，2009,41(3)：5-16．

在此基础上，探索儿童文学史书写的方法与路径，以此来推动百年中国儿童文学系统性、学理化的整体发展。

一、作为"现代"概念的儿童与儿童文学

作为一种认知形态的观念，儿童观从来都不是儿童的自我的表达与界定，而是以成人为主导的社会体系对儿童非实证的、经验性的意见，在特定的社会、文化、区域内形成的一种普遍性印象，并烙上了鲜明的成人话语印记。透过成人对儿童的"想象"与"叙述"，可以洞见"两代人"的话语特点。可以说，儿童观是成人思想的重要组成部分，也是审思代际思想观念的有效切入点。

儿童观并不是成人凭空产生的，而是一种社会建构的产物。无论是西方还是中国，儿童的概念、身份都曾受到过成人社会不同程度的曲解。西方的"原罪说"、传统中国的"父为子纲"都将儿童拒斥于人的话语系统外，儿童本有的价值没有得到尊重。于是，文本中那些被挪用或曲解的儿童观也成了研究者探究现代观念、人类文明起源时的审视对象。当然，儿童观的意义远不止于发掘这种观念的具体表征，而是为了探求一系列关乎人类文明发展及思想观念演进的重大议题。儿童观如一把无形的标尺，渗透于儿童文学生产的全过程，深刻地影响成人作家的儿童文学创作实践。

要想系统考察儿童观形成、发展、演变的过程及思想史的意义，至关重要的是要了解"儿童"主体的发现过程。借用柄谷行人"风景学"的方法来说，儿童的发现与"风景之发现"实质上是同构的。不过，他还提醒人们："风景一旦确立以后，其起源就被忘却了。"从儿童被确立为需要发现或解放的对象后，作为"实体"还是"观念"的儿童概念就模糊不清了，甚至是颠倒的。这种起源的"颠倒"是一种现代认知装置：与"顺着看"不同，它依循的是一种反向的"倒着看"。因为有了抽象观念层面上的儿童，才能逆向地在现实存在中寻到其范型。由此，"发现儿童"与"发明儿童"何者为第一性的问题就可以忽略不计，人们更关心的是两者如何共构儿童主体的价值重估。

抛开儿童是"本质的"还是"建构的"理论缠绕，就会发现一部儿童史实际上就是儿童与成人的关系史。法国学者阿利埃斯的《儿童的世纪》以游戏、礼仪、学校、课程的演变来透析儿童的发现史，曾引起过学界的高度关注。在

十六世纪之前西方的绘画、日记之中，儿童作为独立"人"的存在价值几乎是被忽视的，儿童以"小大人"的错位身份混杂于成人世界而毫无违和感，相似的服饰、劳动、竞争、分工抽空了儿童特有的主体性，人类与生俱来的"童年"也因此缺席。儿童亟待从成人板结的文化体系中脱离出来才能确立其主体性。改变这种状况的转机出现在学校教育中成人与儿童的"知识差距"上，这使得儿童与成人的区别成为显见的事实。伴随着儿童与成人的分离，"童年"概念才得以浮出历史地表，进而融入现代世界价值观念的大潮之中。儿童的重新认定是时代进步的表征，也逐渐刷新了成人对于儿童生活、行为、精神的看法与观念，儿童观也开始朝向更贴近儿童自身成长的路径发展。

基于儿童长期受蔽和失语的状况，启蒙思想者力图揭示"无儿童"的历史文化根源。这其中对于奴役儿童身心发展的社会文化机制的批评尤为犀利。一旦切断了那些黏连着陈旧人伦思想的土壤和依据，儿童话语就以其"新人""新民"的独特品质，在民族国家生存与发展的宏大议题中获取了合法性价值。有了儿童的"发现"，成人才会意识到有专为儿童创作文学作品的必要，儿童文学才得以产生。于是，在"发现儿童"的同时，也亟须"发现儿童文学"来保障为"儿童"的内在诉求。否则，发现和解放儿童就成了一句空话。由此说来，儿童文学也是一个"现代"概念，它的出现源于儿童观的现代自觉。有意思的是，在讨论西方现代儿童文学的历史演变时，德国儿童文学家埃韦斯将现代儿童文学定位为"反权威"的文学。这种对权威文学的反抗超越了儿童文学被视为"初学者的大众文学"的偏狭，从而保障了儿童文学的现代性。在无法改变成人作为儿童文学创作者的前提下，限制过剩的成人话语介入也成了无奈的选择，如引入记忆中儿时的用语，或设立一个与成人完全不同的"儿童"立场等。埃韦斯认为最理想的状态是隐去成人的主体立场，成人只需掌握写作知识及相关艺术手法即可。显然，这种以"儿童立场"优先考虑对于冲决儿童文学内隐的成人话语权威是有必要的，但实际情况是，成人作家始终不会是制造儿童文学话语的"局外人"。

现代意义上的"儿童的发现"，驱动了与之相适应的新型儿童观的确立，其核心内涵是不仅把儿童当人，而且把儿童当成儿童。由于这种儿童本位观是现代思想革新的有机组成，所以儿童文学自其创生起就具有了现代性的特质。在新文学的体系中，儿童文学以恢复、保障和推动"人的现代化"为内在驱动力，契合了现代中国文学所开创的"人学"传统，从而在启蒙、革命等宏大话语的召唤下汇入了现代文学的总题中。不过，儿童本位观也容易导致儿童与成人的"两分"逻辑，这种绝对化的分殊在廓清儿童主体价值的同时也将其放逐于孤立的狭小世界，这是值得我们深入反思的。

与儿童主体确立的机制无异，儿童文学也遵循着通过与成人文学分离来确立自我的思维方式。但是，这种"界限"的确立，不能以丧失"整合"为代价。过分强调区隔的结果是，儿童作为"全人"或"完全生命"的价值被取消，儿童文学作为"文学"的共性也不复存在。科学理性的方法是以对两者真正的理解为基石，融汇多重视域。在确立儿童文学主体性的同时，进一步考察其与成人文学"一体化"融通的可能。在思考女性解放时，鲁迅的《娜拉走后怎样》没有停留在对女性冲出家庭牢笼的道德评判，而是在此基础上探讨了"走后怎样"的后续议题。鲁迅这种从"为什么要"拓展到了"会怎样"的方法，对于理解儿童文学现代化有着重要的启发性。对于"儿童"而言，如果不能将其视为整个人生的准备阶段，或者不能进一步提升至儿童"长大以后怎样"的高度，那么这种儿童文学观是有偏颇的，甚至会产生被低估的儿童及自我封闭的儿童文学。反过来，如果作为完全生命的儿童价值得到保障，儿童文学也就从书写"儿童是什么"延伸至"作为全人的儿童是什么"的新视域。这种处于动态过程中的儿童就获取了更宽广的生命价值，夯实于此的儿童文学创作和研究也更能拓展其哲学高度、人性深度和历史厚度。

二、儿童文学话语与撰史观念

作为"人之初"的启蒙手段，儿童文学的重要性体现在对儿童教育、童年关怀、母语意识等方面的影响上，进而在很大程度上决定了一代代国人的品德、修养与观念，在"争取下一代"的伟大工程中扮演着举足轻重的角色。在论及文学史的范围问题时，洪子诚认为其包括了两个层面：一个是"发生的事情"，另一个是对这种联系的认识和对它的描述的"本文"。前者是历史事件，是作为"本文"的历史得以成立的前提，后者则可以叫作"文学史"，它的研究成果则是"文学史编纂"①。显然，文学史不仅要描述历时层面发生的文学生产实践，而且要再现纷繁复杂的文学事件、文学现象的前世今生。而对于文学史研究而言，要通过这种"文学的历史"来呈现文学史的规律，探究文学参与现代中国社会发展的作用与局限等一系列复杂的议题。从这种意义上说，文学史研究是一种文学研究与历史研究的综合，是学术化、学科化建构的重要途径。

从时间的层面看，中国儿童文学产生于"五四"时期，其发生发展与中国新文学具有同源性与同向性。两种文学都源自"人的发现"，合力驱动了"人的文学"的发展主潮，并在文学现代化的框架内开启了现代思想与艺术审美形式的创构。不过，与中国现代文学相比，中国儿童文学现代发生的时间相对滞后一些，因为中国本土儿童文学源于西方儿童文学的译介与传入。换言之，先有对西方儿童文学的借鉴与吸纳，才有后来中国本土儿童文学创作的出现，这个过程是"不可逆的"。尽管当时很多儿童文学先驱者尝试用现代儿童观来推动中国儿童文学创作，但由于没有现成的文学范式可以传承，加之儿童文学先驱在"为儿童"还是"为成人"上的两栖性，使得中国儿童文学的发生还是要依托于中国新文学的思想资源。

从历时的层面看，由于中国儿童文学没有"古代"形态，因而其有赖于从"外源性"的借鉴、引入来驱动"内源性"思想与艺术的新变。当然，这种舍近求远的策略有"后发现代性"国家的文化机制作用，也有儿童文学先驱者"入于自识"的思想观念使然。尽管如此，中国儿童文学所开展的思想与艺术变革的动机是立足于中国本土情境的，其内核依然是中国的，讲述的是中国故事。

从学科性质的层面看，中国儿童文学是成人写给儿童、为儿童创作的文学，它的产生源于现代儿童观的出场。"儿童"作为"人"的完全生命形态的一种类型，在古代中国长期受到忽视，因而也不具备自觉为儿童创作的儿童读物，儿童读者与成人读者的混融状态显然无法培育出产生儿童文学的土壤。一旦文学门类中开辟了专为儿童阅读的读物，现代儿童观念才能真正落到实处，"为儿童"才不是一句空话。基于中国儿童文学与现代文学的上述关联，百年中国儿童文学史的书写与研究不能绕过成人文学这一独特的"他者"。正如曹文轩所说："'儿童文学'由'儿童'和'文学'组成，在适当考虑它的阅读对象之后，

---

① 洪子诚. 问题与方法：中国当代文学史研究讲稿 [M]. 北京：生活·读书·新知三联书店，2018：19.

我们应该明确：就文学性而言，它没有任何特殊性。它与一般意义上的文学所具备的元素和品质完全一致——儿童文学就是文学。"[1] 显然，导致两者沟通障碍的症结在于为凸显两者的差异性而盲视了其共同性、同一性，这并非科学的看法，是不可取的。

借助于现代思想资源的内化，中国新文学立足于"人的文学"及白话文的现代传统，在文学性质上拉开了与中国古代文学之间的距离。由于现代传媒的作用，中国现当代文学广泛地影响了中国社会和民众的文学生活，并在现代思想的指引下逐渐走出了与中国古代文学不一样的文学向路。在现代学术的推动下，中国现当代文学史的研究与编纂发展得非常快，"新文学史研究和专著的产生，是以迅捷的步子紧追着新文学的"[2]。正因为如此，文学史的编纂与研究也构成了中国现当代文学学术史的有机组成部分。然而，与中国现当代文学史编撰的繁荣态势相比，中国儿童文学史的编撰与研究显得相对冷寂。20世纪前半叶，学界也出现了《儿童文学概论》《儿童文学小论》《儿童文学 ABC》《儿童读物研究》《儿童文学研究》等冠以"儿童文学"名目的研究著述，其有意识地探讨了儿童文学的源流等问题，这为后来的儿童文学学科建史奠定了基础，但尚无治史的自觉意识。当中国现当代文学领域在酝酿和推动"重写文学史"的思潮时，中国儿童文学领域才出版第一部中国儿童文学史著——蒋风的《中国现代儿童文学史》（1987年）。之所以出现如此大的时差，除了中国儿童文学发展滞后、薄弱外，还与成人的"儿童观"、作家的"文学观"以及撰史者的"文学史观"有着重要的关联。自"儿童本位观"确立以来，成人的儿童观是指向儿童、朝向未来的。然而，当作家以童年为基石开展儿童文学创作时，其文学观念必须调适成人向童年跨界而带来的书写困境，因而在"纯化"儿童性与"泛化"社会性的逻辑怪圈中左支右绌。在此情境下，要绝对地区隔儿童文学与成人文学是很难的。与此同时，在百年中国的政治语境下，儿童文学的特殊性往往让位于共通性的宏大命题，这使得中国儿童文学无法坚守其本位而被编织于成人文学的体系中。对此，撰史者显然无法盲视上述现实，其文学史观既要考虑儿童文学的自主性规律，又要兼顾共通性下儿童文学无法回避的依赖性。

---

① 曹文轩. 关于儿童文学的几点看法 [N]. 文艺报，2018-07-18.
② 黄修己. 中国新文学史编纂史 [M]. 北京：北京大学出版社，1995：4.

　　更为突出的是，在成人主流话语的文学观念影响下，漠视文化多元性的"去政治化""去主义"的纯文学本质化思维在中国儿童文学发展中日趋突出，中国儿童文学的理论构架、创作美学、作家群体因无法纳入整体性的文学史结构中而变成边缘的存在，逐渐远离中国现当代文学的话语表述体系，儿童文学亟须找寻新的学科话语。吊诡的是，即使将中国儿童文学视为中国现当代文学附属或有机组成部分，但众多的文学史著作，如王瑶的《中国新文学史稿》、唐弢的《中国现代文学史》、刘绶松的《中国新文学初稿》、钱理群等的《中国现代文学三十年》、洪子诚的《中国当代文学史》、陈思和的《中国当代文学史教程》、孔范今的《二十世纪中国文学史》、严家炎的《二十世纪中国文学史》、朱栋霖等的《中国现当代文学史》中几乎没有"儿童文学"的内容。暂且不论是中国现当代文学史家忽视了儿童文学，还是撰史者将儿童文学视为与成人文学不同的学科体系，我们不能回避的问题是如何看待儿童文学的学科性质、归属及在此基础上的撰史实践。

　　不容争辩的事实是，在专职的儿童文学工作者产生之前，鲁迅、茅盾、叶圣陶、郑振铎等人的文学活动是无法将其成人文学与儿童文学实践截然分开的，他们既是理论批评家，又是翻译家，还是创作者。其所从事的文学实践范围包括了成人文学与儿童文学两个方面。绝对化地"分割"必然会割裂作家文学活动的整体性和连续性，这显然不符合情理。换言之，对一个跨界于儿童文学与成人文学领域的作家的研究，如果将其文学活动分解于儿童文学与成人文学的不同序列中，是无法从整体的层面来理解作家、理论批评家文学实践的同一性。事实上，即使是专业的儿童文学工作者产生后，职业的专业化、层级化并不能遮蔽其介入现代中国社会问题的思考，也不能掩盖其基于"人性"的普遍思考，儿童文学作家并没有特殊到可以完全罔顾时代的共同性问题、文学的普遍议题来创作。新世纪以来，一些成人文学作家，如王安忆、张炜、马原、徐则臣等人"跨界"儿童文学创作，如果不以一体化的视角来审视这种身份的杂糅性，很多问题将无法真正予以廓清。概论之，以单向度的"吸纳/拒斥"模式来考量中国儿童文学的撰史与入史问题，无法在复杂多元的历史文化语境中考察中国儿童文学与中国现当代文学的关系形态，难以对两者的传统、联结点、关联形态、互动共生等问题得出令人信服的答案。

正如刘绪源所言："文学史写作的首要目的，就是要能发现不写史、不从史的角度研究就无从看到的秘密。"[1] 言外之意，文学史是撰史者运用史的眼光来选取、淘洗和铸亮文学史料，透过文学史把握文学发展的轨迹及规律。百年中国儿童文学与中国现当代文学关联的逻辑起点是文化的同一性命题及文化的时代性命题的召唤。基于人类性与时代性诉求，百年中国儿童文学从自我的空间走出来，融入中国现当代文学的主潮中，其固有的特殊性让位于普遍的文化命题。在现代中国动态文化结构中，这种融入既有主动性的一面，又有被动性的一面，也并非永久性的，在不同阶段，也会出现析离的状态，简单的"合流""归并"难以概括，两者关联的轨迹存在着变异、断裂和非延续性。透过两者的关联轨迹，能清晰地洞见百年中国儿童文学发展演进的历程，也能折射中国现当代文学及现代中国社会文化变迁的历程。

三、入史还是独立成史：重审儿童文学本体属性

毋庸置疑，中国儿童文学具备独立成史的条件和品格：拥有特定的书写与服务对象、完备的历史沿革、专业专职的创研队伍。中国儿童文学史、儿童文学理论、儿童文学批评"三个板块"合理布局，呈现出标示现代中国话语体系的整体样貌。然而，从学科的设置看，儿童文学并不属于二级学科，它只是中国现当代文学学科下的一个研究门类或方向。这无疑限制了中国儿童文学的发展，其与成人文学的关系由思想资源的依赖转变为学科化的依赖。从国人撰写文学史的传统来看，主要有文学通史和文学断代史两种。对于百年中国儿童文学史的书写而论，通史是最为切合学术化、学科化体制的撰史方法。对百年中国历史发展过程中儿童文学演变历程做整体、系统的考察，并总结和归纳其规律，是通史"通变求理"精神的具体表征。蒋风、张香还、刘绪源、杜传坤、张永健等人的文学史都是以通史为体例来编纂的。此外，百年中国儿童文学文体史也深受文学史家的青睐，出现了《中国童话发展史》《中国幻想小说史》《中国科幻文学史》等。显然，不同的撰史体例和方法会呈现不一样的图景，但其治理中国儿童文学的通史精神值得肯定。

作为一种学术知识体系，中国儿童文学史的独立性本源于儿童文学相对于

---

① 刘绪源 . "战争中的孩子"和"孩子的战争"[J]. 东吴学术，2013(4)：41-46.

成人文学的特殊性，由此也生成了具有鲜明学科个性的研究思路与方法。对于中国儿童文学的特殊性，方卫平从儿童认知发生学的视角入手，概括如下："从发生认识论静态的结构观点看，儿童文学必须适应儿童主体结构的同化（接受）机能；从发生认识论动态的建构观点看，儿童文学必然具有阶段性的特点：我认为，这就是儿童文学特殊性的两个基本方面，正是这两个基本方面，规定了儿童文学的独特价值，也规定了儿童文学特殊性的两个延伸领域：前者规定了儿童文学在内容、形式和表现手法等方面与成人文学的具体差异——包括教育因素的差异；后者规定了不同阶段儿童文学作品之间在内容、形式和表现手法等方面的具体差异。"① 应该说，方卫平从"静态的结构观点"和"动态的建构观点"两个维度来探析儿童文学特殊性是切实可行的。由此，儿童文学围绕儿童主体结构来命意和延展实际上彰明了与成人文学的特殊之处，而其"阶段性的特点"则进一步从史的维度来整体看取儿童文学的理论眼光。班马也从发生学的角度来看待儿童文学，他的思路是从"起源处"来探析儿童文学的"原机制"和"原动力"②。这种朝向儿童认知发生学的"前艺术"审美意识显然与成人文学的艺术思想有着较大的分野，为儿童文学提供了有别于其他学科的全新的研究方法。然而，与成人文学相比，儿童文学的复杂性在于少年儿童年龄的范围，儿童文学也内在地分层为三个板块：幼儿文学、童年文学与少年文学③。少年文学与幼儿文学的差异较大，而少年文学与成人文学的差异却相对较小。因而要整合三种形态的儿童文学及其与成人文学的关系并不简单。同时，在当前情境下，儿童文学也逐渐分化④，当这种"分化"与"分层"相遇时，儿童文学史书写的难度不断增加。但是，从"儿童文学"概念的提出至今的百年发展历程中，尽管它没有中国现当代文学那么严密的理论体系，研究队伍也相对薄弱，但一代代的儿童文学工作者始终围绕着"儿童"这一新人主体来创作。创作符合儿童身心发展需要的文学作品，成为"人之初"生命教育不可或缺的精神资源。

需要正视的是，既然中国儿童文学具有独立的文学史体系和品格，那么还需要重申其"入史"的问题吗？既然要"入史"，那么是独立写史，还是讨论进

① 方卫平. 从发生认识论看儿童文学的特殊性 [J]. 浙江师大学报（儿童文学专辑），1985：21.
② 班马. 前艺术思想——中国当代少年文学艺术论 [M]. 福州：福建少年儿童出版社，1996：2.
③ 王泉根. 儿童文学的审美指令 [M]. 武汉：湖北少年儿童出版社，1991：173.
④ 朱自强. 论"分化期"的中国儿童文学及其学科发展 [J]. 南方文坛，2009(4)：38-41.

入中国现当代文学史呢？这些问题的提出，都关涉儿童文学的本体问题，需要深入思考。从文学史的范畴来看，中国现当代文学史的体量和格局是超过中国儿童文学史的。作为成人创作的文学，中国现当代文学所预设的读者包括了各个年龄阶段的人，儿童自然也包纳其中。确实，真正优秀的成人文学作品是不会拒斥儿童这一庞大的受众的，很多成人文学作品也深受儿童喜爱。相比之下，中国儿童文学的接受群体即使包含了"成人"读者，但其主要的服务对象还是儿童。安徒生童话等优秀的世界儿童文学作品深受广大成人家长的喜爱，但不能因此将其定义为成人文学。由此看来，中国现当代文学不存在要进入中国儿童文学史的问题，反之，中国儿童文学是否要进入中国现当代文学史则是可以讨论的。首先，中国儿童文学史和中国现当代文学史有融通的可能。同属"文学现代化"的样式，中国儿童文学与中国现当代文学的融合扩容了围绕"人"而展开文学实践的畛域，在现代中国动态的文化语境下，儿童文学与成人文学并行不悖地推动了中国文学"现代化"与"民族化"的道路。一旦建立了两种文学史的融合视野，两者之间的深微关系及行进曲线被赋予了复合性的观照。中国儿童文学史中的重要理论问题、文学思潮与现象，对于中国现当代文学史诸多命题的研究有助益。同样，中国现当代文学史的特定议题也能在儿童文学领域中得到印证与补充。将中国儿童文学视为特殊存在而盲视其与中国现当代文学之间的关系，只能使中国儿童文学在边缘的境地中更加边缘。其次，中国儿童文学进入中国现当代文学史也要谨慎。中国现当代文学史并非一个随意添加的"空筐"，中国儿童文学进入中国现当代文学史是有限度的。在这里，我们不能以"量"的增补作为重写文学史的依据，而是要找准两者之间的内在关系，从内在关联中找寻融通两者的介质、桥梁。如果按照编年的方式将儿童文学的内容硬塞入中国现当代文学史，固然会极大地扩充中国现当代文学史的内容，但是儿童与成人话语并非一体化，话语的错位与抵牾必然会造成现代中国文学史逻辑的混乱。

　　20 世纪 80 年代中后期，在"文学史研究从那种仅仅以政治思想理论为出发点的狭隘的研究思路中解脱出来"[①] 的引领下，包括中国儿童文学在内的现代

---

① 陈思和，王晓明．关于"重写文学史"专栏的对话 [J]．上海文论，1989(6)：4-6.

中国文学开启了"重写文学史"的新历程。诚如陈平原所言，所有的"重写文学史"，既是文学革命或文化革新的惯用手段，也和新意识形态的实践有着密切的联系①。不过，儿童文学领域内的这种"重写"并非对于此前文学史的接续与反思（因为此前并未出现过真正意义上的中国儿童文学史著），因而这种"重写"实质上就是史无前例的"开创"。只不过，它必定会吸纳成人文学领域"重写文学史"的诸多有益资源，来重构百年中国儿童文学的地图。更进一步说，"重写"不仅意味着将最新的创作成果纳入文学史的范畴以增添其"量"，而且还要对以往撰史过程中陈旧思想观念进行反思与剔除，它体现了文化更新的"质"的内在诉求，与意识形态的实践密不可分。具体而论，这种重写需要辨析、区隔儿童文学与成人文学的关系，尤其是要郭清"儿童视角"的文学与儿童文学的差异，理顺儿童文学与民间文学、民俗学、科学文艺等学科的关系，正本清源地再现儿童文学活动的历史。与其他文学史无异，中国儿童文学史的编纂也需要更新其知识体系、调整学术立场与研究思路，在反思和重构文学史图景的过程中推动中国儿童文学理论、中国儿童文学批评的发展。中国儿童文学史并非包容万物的填充物，它是有选择性、有等级的："我们在估价某一事物或某一种兴趣的等级时，要参照某种规范，要运用一套标准，要把被估价的事物或兴趣与其他的事物或兴趣加以比较。"②正是这种标准的存在，文学史的种类才得以丰富多彩，只有符合中国儿童文学学科内在思想观念和价值标准的文学活动才能进入其视野。

　　一般而论，中国儿童文学是以成人儿童观为内核的文学实践，它强调儿童作为"人"的主体价值、坚守育化新人为使命的价值原则、遵循儿童审美的接受规律，确立了中国儿童文学所持的立场。从撰史的角度看，中国儿童文学史的书写背后隐伏着如何看待其历史的文学史观，这种史观与前述标准、立场一起参与了作品筛选、作家评定、文本阐释等工作，进而最终确立了文学史的形态构建。令人欣喜的是，近年来一些中国现当代文学的史著或学术研究中也出现了儿童文学的"身影"。例如曹文轩的《中国八十年代文学现象研究》专辟了"觉醒、嬗变、困惑：儿童文学"一章，着重论析了中国儿童文学承担未来民族

① 　陈平原. 作为学科的文学史 [M]. 北京：北京大学出版社，2011：10.
② 　韦勒克，沃伦. 文学理论 [M]. 刘象愚，译. 南京：江苏教育出版社，2005：19.

性格的天职及儿童文学是文学等诸多理论问题。陈晓明的《中国当代文学主潮》对十七年时期和新时期两个时期儿童文学的发展主潮予以论析。朱晓进等著的《作为语言艺术的中国现代文学发展史》专设了"文学语言变迁与儿童文学文体的发展"一章，其立论的依据是"儿童文学的产生是现代文学发生中的一个重要内容"。此外，魏建、吕周聚主编的《中国现代文学新编》、高玉主编的《中国现当代文学史》、刘勇等主编的《中国现当代文学编年史》、吴俊主编的《中国当代文学批评史料编年》、王铁仙主编的《二十世纪中国社会科学（文学学卷）》等书中均有儿童文学的内容或独立章节。丁帆主编的《中国新文学史》是学界第一部在百年中国文学发展脉络中完整纳入儿童文学内容的文学史作品，构成了成人文学与儿童文学有效衔接的新文学体系。儿童文学在上述成人文学史及研究中出现不是简单层面上的内容的扩容，而是"儿童文学的发现"落到实处，它意味着文学观念的拓新，这对于两种文学史的书写与研究都有着重要作用，必将有助于在"一体化"的格局中来探寻儿童文学与成人文学之间的关联。

目 录

第一章 "五四"时期的儿童文学

第一节 "儿童本位"观与儿童文学的现代化 / 3

第二节 域外资源的引入与翻译 / 7

第三节 传统资源的整理与转换 / 14

第四节 冰心的儿童小说与书信体散文 / 21

第五节 叶圣陶的童话创作 / 30

第二章 20世纪三四十年代的儿童文学

第一节 左翼思潮下的儿童文学 / 39

第二节 抗战政治与儿童文学作家的转向 / 56

第三节 论争语境与儿童文学主导性的批评路向 / 62

第四节 张天翼的童话创作 / 70

第五节 解放区的儿童文学创作 / 73

第三章 20世纪五六十年代的儿童文学

第一节 新的文学环境与儿童文学理念更新 / 79

第二节 儿童小说中新的生活面貌 / 94

第三节 童话的教育性及其论争 / 100

第四节 儿童诗的抒情方式 / 105

第四章　20世纪六七十年代的儿童文学

第一节　"继续革命"理念下的儿童文学体制　/ 115

第二节　《红柳》改编与《闪闪的红星》　/ 121

第五章　20世纪80年代的儿童文学

第一节　文学环境的调整与文学理念的探索　/ 131

第二节　儿童小说与童话的探索　/ 141

第三节　儿童诗的风格嬗变　/ 149

第六章　20世纪90年代以来的儿童文学

第一节　理论研究的进展与市场经济的影响　/ 158

第二节　儿童小说的新成就　/ 168

第三节　儿童诗的新探索　/ 178

第四节　原创图画书作为儿童文学现象　/ 184

参考文献　/ 191

后　记　/ 197

第一章

"五四"时期的
儿童文学

儿童文学的发生离不开社会对于"儿童"的认识与理解，这关涉儿童的权利、地位与特性等根本问题。长期以来，儿童深陷于被成人漠视或低估的尴尬境地。由于缺乏真正的理解，成人强势地介入了对儿童身份的定位，代际沟通被一种刚性的教化所替代，其结果是在儿童与成人之间设置了一条难以逾越的沟壑，无法实现平等的对话。从新旧话语的转换来看，儿童与儿童文学实质上都是现代的产物，其获取价值的动力源是现代儿童观的出场。"五四"儿童文学是中国现代儿童文学的起点，它开创了新的儿童文学价值、话语、审美范式。

第一节 "儿童本位"观与儿童文学的现代化

"以幼为本"是相对于"以长为本"而言的，它体现了"五四"先觉者对于儿童价值的理性评判。将儿童从成人的话语体系中解放出来，同时肯定儿童之于未来中国的意义，彰显了"五四"知识分子用进化论的武器来确立自我主体价值、确立民族国家的先锋意识。周作人于《学校成绩展览会意见书》（1914年）一文中首次提出"儿童本位"观，他提出："故今对于征集成绩品之希望，在于保存本真，以儿童为本位。"① 相隔五年，鲁迅在《我们现在怎样做父亲》一文中也提"幼者本位""以孩子为本位"的想法，"子女是即我非我的人，但既已分立，也便是人类中的人。因为即我，所以更应该尽教育的义务，交给他们自立的能力；因为非我，所以也应同时解放，全部为他们自己所有，成一个独立的人"②。在"立人"的框架中，鲁迅并没有陷入历史的决定论中。

在周氏兄弟的引导下，一时间"儿童本位"思想成为"五四"儿童文学界的

---

① 周作人.学校成绩展览会意见书 [J].绍兴：绍兴县教育会月刊，1914(9).

② 鲁迅.我们现在怎样做父亲 [M]// 鲁迅.鲁迅全集（第1卷）.北京：人民文学出版社，2005：141.

集体呼声，响应者云集。"儿童本位"是相对"成人本位"而言的，在此之前，"成人本位"曾一度占据话语权的制高点。在他们看来，儿童是人成长的幼小阶段，身心发展还没健全，只有在成人的教育和抚养之下才能实现自身的发展。在中国，由于传统伦理纲常的影响，"成人本位"被强化，儿童的地位受到长期的压制。"五四"知识分子"儿童本位"思想的提出体现了"人"的发现和解放的时代主潮，他们理性地意识到了儿童并非依赖于成人，他们有自己独立的精神世界和主体价值。与之相关的儿童文学及儿童教育也应考虑儿童主体的特点。这充分体现了儿童独立的原则，也肯定了儿童之于未来、儿童之于社会发展的重要作用。我们可以列举当时一些看法：

儿童文学，无论采用何种形式（童话、童谣、剧曲），是儿童本位的文学，由儿童的感官以直愬于其精神堂奥，准依儿童心理的创造性的想象与感情之艺术。[①]

儿童文学是儿童的——便是以儿童为本位，儿童所喜看所能看的文学。[②]

现代的新教育，既然要拿儿童做本位，那么，凡是叫儿童文学的，必得是那些切于儿童的生活，适应儿童的要求，能唤起儿童的兴趣的东西。[③]

所谓儿童的文学者，即用儿童本位的文字组成之文学，由儿童的感官，可以直接诉于其精神的堂奥者。[④]

与此相关的文学作品也大量涌现，可以说，"五四"儿童文学先驱曾一度高举"童心崇拜"的旗帜来反抗"祖先崇拜"的返古思想。"童心"即"赤子之心"，在儿童身上表现为不杂陈染，自然真心。鲁迅、冰心、叶圣陶、郑振铎、丰子恺等人的儿童创作均对此进行了细致入微的书写。他们赞扬儿童身上具有的没有被世俗污染的神圣美德，我们可以在他们的篇什中找到大量的例证：

天地间最健全者的心眼，只是孩子们的所有物，世间事物的真相，只有孩子们

---

① 郭沫若. 儿童文学之管见 [J]. 民铎，1921，2(4) : 7-53.
② 郑振铎. 儿童文学的教授法 [N]. 时事公报，1922-08-10.
③ 严既澄. 儿童文学在儿童教育上之价值 [J]. 教育杂志，1921，13(11) : 58-60.
④ 周邦道. 儿童的文学之研究 [J]. 中华教育界，1922，11(6) : 1-14.

能最明确、最完全地见到。我比起他们来，真的心眼已经被世智尘劳所蒙蔽，所斫丧，是一个可怜的残废者。①

凡一个人，即使到了中年以至暮年，倘一和孩子接近，便会踏进久经忘却了的孩子世界的边疆去，想到月亮怎么会跟着人走，星星究竟是怎么嵌在天空中。但孩子在他的世界里，是好像鱼之在水，游泳自如，忘其所以的，成人却有如人的兔水一样，虽然也觉到水的柔滑和清凉，不过总不免吃力，为难，非上陆不可了。②

我不向荒山中寻求金珠；也不向阴林中觅得翠羽，只已遗落的"童心"，不知藏在何处？③

在这些言论中，他们表明了"童心"容易"丢失""遗落"，在成人世界中是再难找到的。可见，成人要回到儿童的状态是不可能的，基于此，成人就不应褫夺、扭曲、损坏儿童这种个性，还给儿童一个纯净的儿童世界。但是，"五四"时期的中国很难为儿童作家提供一个纯然的"儿童本位"的感性体验场所，这样一来，使得"五四"儿童文学的创作者势必在关注儿童个体发展，尊重儿童天性的思想解放的同时，兼顾儿童与社会、时代的关系，超然于时代之外来空谈儿童世界、儿童净土，是不现实的，反过来也会制约和限制儿童本位的书写。如果一味陶醉于童心世界里，不去关联外部的成人世界，这种童心崇拜也是缺乏深度的幻想。以冰心为例，她以女性独特的视角，书写母爱、童心与自然，这些都与儿童的审美趣味相契合。在冰心这里，儿童是可以寄予理想的主体，他们是人类精神还乡的载体。基于此，在她看来，成人不应该干预儿童，儿童也可以不理会成人的世界，"比如说罢，开炮打仗，死了伤了几万几千的人，血肉模糊地倒在地上。我们（指小孩——笔者注）不必看见，只要听人说了，就要心悸，夜里要睡不着，或是说呓语的；他们却不但不在意，而且很喜欢操纵这些事。又如我们觉得老大的中国，不拘谁做总统，只要他老老实实，治抚得大家平平安安的，不妨碍我们的游戏，我们就心满意足了……总而言之，

---

① 丰子恺. 儿女 [M]// 丰子恺. 丰子恺文集（文学卷一）. 杭州: 浙江文艺出版社、浙江教育出版社，1992 : 113.

② 鲁迅. 看图识字 [M]// 鲁迅. 鲁迅全集（第6卷）. 北京: 人民文学出版社，2005 : 36.

③ 王统照. 童心 [M]. 上海: 商务印书馆，1925 3.

他们的事，我们不敢管，也不会管；我们的事，他们竟是不屑管"。①在这里，由"我们"构成的"儿童世界"有着极大的独立性，她将成人的"战争""政治选举"与儿童的"游戏"进行对照，认为成人与儿童之间应彼此"自治"，不要互相干预。即使冰心专注于童心世界，也难以摆脱成人视域的干预，她对儿童自然天性的书写中也渗透了社会历史的内容，并非完全与外界脱节。由于太过于注重自我情感的抒发，冰心事实上还是将儿童置身于成人世界之外，离弃了当时的"儿童问题"。冰心对于儿童的交流也越来越脱离外部世界，"那时我在国外，连自己的小弟弟们都没有接触到——就越写越'文'，越写越不像"。②"刚开始写还想到对象，后来就只顾自己抒情，越写越'文'，不合于儿童的了解程度，思想方面，也更不用说了"。③事实上，在"五四"时期，冰心所开的"爱"的药方可以感化和温暖一些儿童甚至成人，但在残酷的现实面前却难以触及国人的灵魂深处，无法让他们意识到自己作为人的主体价值。

　　"五四"时期，"国家主义"思潮对于中国的教育、文学等方面的影响是不容忽视的。"国家主义"的倡导者强调培养学生具有爱国心、共同理想、意识，主张教育应有目的、有计划、有统一的精神。这是对当时平民主义、实用主义教育在实际推行中出现的学生散漫、纪律涣散、管理无序等新问题而进行理论反思的结果，同时，也是对教育救国以及救亡图存国家理想目标的不懈探求。这种主张是特定历史语境的反映，有其合理性的方面。然而，它也容易扼杀儿童自由天性的生长，使儿童承载过于沉重的思想负累。"五四"时期，曾出现了一些人反对给儿童施加过重的功利性的成人思想，周作人分别于1921年、1923年著文反对《儿童报》的"国耻号"和《小朋友》周刊的"提倡国货号"。在他的意识中，"国家主义"太注重政治的显效性，儿童与政治上的主义并不处于一个较为切近的范畴内，儿童等到自己智力完全充足的时候自然会有所择选，教育人士不应将一时一地的政治观念注入其幼稚的头脑里去，"我们对于教育的希望是把儿童养成一个正当的——'人'，而现在的教育却想把他做成一个忠顺的国民，这是极大的谬误……我很反对学校把政治上的偏见注入于小学儿童，我

---

①　冰心. 寄小读者·通讯六 [M]// 冰心. 冰心全集（第2册）[M]. 福州：海峡文艺出版社，2012：14.

②　冰心. 笔谈儿童文学 [M]// 冰心. 冰心全集（第5册）. 福州：海峡文艺出版社，2012：354.

③　冰心.《小桔灯》后记 [M]// 冰心. 冰心全集（第4册）. 福州：海峡文艺出版社，2012：284.

更反对儿童文学的书报也来提倡这些事'。在他看来，教育应该"授与学生知识的根本，启发他们活动的能力……造就各个完成的个人，同时也就是世界社会的好分子"，而不是"期望他为贩猪仔的人，将我们子弟贩去做那颇仑们的忠臣，葬到凯旋门下去！国家主义的教育者乘小孩们脑力柔弱没有主意的时候，用各种手段牢笼他们，使变成他的喽啰，这实在是诈欺与诱拐，与老鸨之教练幼妓何异"。他指出，"要提倡那些大道理，我们本来也不好怎么反对，但须登在'国民世界'或'小爱国者'上面，不能说这是儿童的书了……我要说明一句，群众运动有时在实际上无论怎样重要，但对于儿童的文学没有什么价值，不但无益而且还是有害"。① 此言论一出，郑兆松立即撰文予以批评，他不认同周作人完全无视政治的"真空"哲学，"我认为一个忠顺的国民，不见得就是一个不正当的人；为国家去冒险舍生，不会就是一件不正当的事业。并且，弱国国民的爱国精神，急要在儿童的儿童时代濡染起来，使它欣慕，虽然不必就有什么儿童军"。② 周作人的言论当然与周作人自由主义文学主张息息相关，是其文化选择的结果。在这里，周作人的出发点仍然是想洁化儿童世界，推行儿童本位的思想，但这种完全隔绝外部世界的折射，忽略儿童本身的社会责任的观点也是不可取的。

第二节　域外资源的引入与翻译

基于中国社会语境，中国早期的儿童文学的翻译具有明晰的中国化的问题，而这种意识是建构在中外文化比较的基础上的。郑振铎主张打破闭关孤立的观念，在他看来，中西文化相接触"这个伟大的接触，一定会有一个新的更伟大的时代出现的"③。魏寿镛、周侯予就提出，从文学本体上讲，要注意翻译外国儿童文学是否有价值？就世界主义讲，是否普遍？就儿童心理讲，是否有效？④ 朱鼎元则认为在选取外国儿童作品进行译介时应考虑其是否符合国情？

---

① 周作人. 关于儿童的书 [N]. 晨报副镌，1923-08-17.
② 郑兆松. 敬质周作人先生 [N]. 晨报副镌，1923-08-24.
③ 郑振铎. 研究中国文学的新途径 [M]// 郑振铎. 郑振铎全集（第5卷）. 石家庄：花山文艺出版社，1998：308.
④ 魏寿镛，周侯予. 儿童文学概论 [M]. 上海：商务印书馆，1923：34.

是否适用？是否是本国儿童所想象得到的。[①] 应该说，这里的翻译仅限于语言的工具性考虑，对于翻译现代性与语言现代化问题几乎没有涉及，"并非专门研究儿童文学的著作，而是培养小学儿童文学教育师资的教材"[②]。对于当时一些出版人将译作的原作者名字去掉、只留译者的习惯，茅盾并不认同，他曾以《三百年后孵化之卵》为例指出："这篇东西，却有原作者姓名，但朱元善把它勾掉了。商务编译所的刊物主编者老干这种事。看内容明明是翻译的东西，题下署名却是个中国人。《小说月报》的大部分小说（林琴南译的除外）就是这样。"[③] 可以说，域外儿童文学资源在中国的译介、接受、变异和传播，不仅是域外儿童文学在中国"旅行"、被改造的过程，而且是中国儿童文学基于中国立场对域外"经典"的建构过程。这种向异域求索的作用恰如乐黛云所说，"在'异域'寻求的往往是与自身相同的东西，以证实自己所认同的事物或原则的正确性与普遍性，也就是将'异域'的一切纳入'本地'的意识形态"，或"将自己的理想寄托于'异域'，把'异域'构造为自己的乌托邦"[④]。借此，域外儿童文学的中国化历程，参与了中国"儿童"的发现、儿童本位之儿童观的建立、中国儿童文学诞生、发展以及审美品性的形成的全过程，亦是中国儿童文学演进进程中对中国话语、中国立场的一种探索和落实，是带有意识形态建构兼顾文学生成，主动吸纳外来文学资源以实现中国本土化转换的过程。

对于中国儿童文学的发生来说，由于缺乏内源性传统，因而外源性的译介被置于优先的位置，这也是造成"翻译当先"策略的缘由。问题是在文白转换的语境下，选用翻译的语言至关重要。在译介中，拙劣或优质的译文被表征为对于新学的不同态度，这种与新学挂钩的标准赋予了翻译现代性的品质。但是，这种现代性特质却不能作为选定翻译语言（语体）的条件，毕竟无论是文言还是白话都能指向外国资源中国化、现代性。作为一种"尊体"的文言文，其与大众的隔膜是显在的。更有甚者，一些译者在追索"雅"的境界时落入了模仿古雅文体的窠臼。例如王佐良对严复译文"古雅深奥"的批评即是著例，他认为

① 朱鼎元 . 儿童文学概论 [M]. 上海：中华书局，1924：23.
② 张心科 . 民国儿童文学教育文论辑笺 [M]. 北京：海豚出版社，2012：4.
③ 茅盾 . 我走过的道路（上）[M]. 北京：人民文学出版社，1997：139.
④ 乐黛云 . 关于"异"的研究·序 [M]// 顾彬 . 关于"异"的研究 . 北京：北京大学出版社，1997：2.

"雅"是严复的"招徕术",即用这种古雅文体充当"糖衣",让尚处于酣睡的国民咽下"苦药"①。在言文不一致的语言体系下,文言原本是少数人的专利,那种可以追求古雅的译文显然无益于大众传播,即使在少数的读书人中能传播,那也是极少数的守旧的读者。显然,这种以文言博取守旧读者的策略窄化了"别求新声于异邦"的翻译现代性旨趣。对此,瞿秋白一针见血地指出了严复"信、达、雅"存在的问题:"用一个'雅'字打消了'信'和'达'"。他更是反对用文言文作为翻译语,"古文的文言怎么能够译得'信',对于现在的将来的大众读者,怎么能够'达'。"②面对"姿态语"穷乏状态,在瞿秋白看来,翻译可以帮助国民造出新的字眼、句法、词汇,他主张用白话来翻译的目的就是要创造新的言语,并把新的文化的言语介绍给大众。而那种以文言为本位的翻译,其结果是"死的言语"。

不过,对于熟谙文言的译者而言,文言对于翻译域外资源还是有效的。梁启超在翻译《十五小豪杰》时认为"参用文言,劳半功倍"③;鲁迅翻译《月界旅行》时"参用文言,以省篇页"④,其译作《北极探险记》(已佚)"叙事用文言,对话用白话"⑤。文言的简洁确实在翻译时有诸多便利,关于这一点,刘半农著名的"往往同一语句,用文言则一语即明,用白话则二三句犹不能了解"⑥可作如是观。由于未脱去文言之其思想、创作之影响,先驱者翻译中语体混用的现象较为明显。"却说""正是""且听下回分解""译者曰"等语言套话也大量出现在译作之中,章回体及教化的色彩较为浓厚。胡适等人的译作还使用过"双语体",译文用白话,译文前后的说明和议论文字多用文言。如果抛开文白之争的语境及创构新语言的迫切性,文言翻译不啻一种选择。但落实到儿童文学发生的情境下,考虑到"儿童性"与"文学性"的双重标准,半文半白翻译就更容易脱离儿童读者,难以切近儿童的心理,当然就更谈不上对于儿童文学语

① 王佐良.严复的用心 [M]// 商务印书馆编辑部.论严复与严译名著.北京:商务印书馆,1982:27.
② 瞿秋白,鲁迅.关于翻译的通信 [M]// 鲁迅.鲁迅全集(第4卷).北京:人民文学出版社,2005:381.
③ 梁启超.《十五小豪杰》译后语 [M]// 钱理群.20世纪中国小说理论资料(第1卷).北京:北京大学出版社,1997:47.
④ 鲁迅.《月界旅行》辨言 [M]// 鲁迅.鲁迅全集(第10卷).北京:人民文学出版社,2005:164.
⑤ 鲁迅.340515致杨霁云 [M]// 鲁迅.鲁迅全集(第13卷).北京:人民文学出版社,2005:99.
⑥ 刘半农.我之文学改良观 [J].新青年,1917,3(3):13-27.

言的新造作用了。

沈雁冰肯定安徒生童话开头的"反常规性"："你讲一个故事给儿童听，如果要得他们欢迎，你决不可正襟危坐背书似的讲演；你须得做手势扮鬼脸吹口作气，随时摹拟故事中的动作。换言之，就是要把音乐绘书和扮演，融合在你的故事里。作儿童故事亦然。要使得你的故事书一开卷就有音乐绘画扮演从字里行间跳出来。抽象的描写没有用，修辞学也没有用；你必须使每字每句式直接诉诸耳目的感觉的。"[1] 这种集音乐、画面、诗意于一体的开头如以傅斯年所谓"异常质直"[2] 的文言翻译出来，效果当然不佳。陈家麟、陈大镫的翻译"一退伍之兵。在大道上经过"恰恰缺失了上述动态的节律及本来的调子。郑振铎也注意到安徒生语言的特质与童话开篇的"蓄势"艺术："无论谁，如果要写故事给儿童看，一定要有改变的音调，突然的停歇，姿态的叙述，畏惧的态度，欣喜的微笑，急剧的情绪——一切都应该织入他的叙述里，他虽不能直接唱歌、绘画、跳舞给儿童看，他却可以在散文里吸收歌声、图书和鬼脸，把他们潜伏在字里行间，成为一大势力，使儿童一打开书就可以感得到。"[3] 但是，郑振铎对安徒生语言的归纳还是无法彰明到底该选用哪一种语体。要表达这种复调性的开头，文言文也并非不能做到。问题的症结在于，一旦以古文强调来表述，安徒生童话的"和儿童谈话"式的生趣就荡然无存了。

当然，翻译的实践不仅涉及翻译语言的选用，而且要考虑采用哪种翻译方法。关于翻译过程中"信"和"顺"的关系问题，学界有过争论。争论的焦点不仅体现在语言转译上，而且体现在翻译思想、观念及所处的语境上。瞿秋白不同意赵景深"宁可错些不要不顺"，也批评鲁迅"宁信而不顺"，在此基础上提出了"绝对用白话做本位"[4]。瞿秋白的"白话本位"是相对于"文言本位"而言的，由于意在融通"信"和"顺"的关系，因而从语体上潜伏着勾连两者的可能性。但是，翻译语体的差异并不能解决上述欧化语言的难题。语体选用主要是个人的偏好或天赋，而翻译的归化还关涉语境、动机及文化传统的转换等问题，而这并非翻译语体所能包纳的。这与本雅明讨论翻译任务时提醒人们关注"信"

---

① 沈雁冰. 文艺的新生命 [N]. 文学周报，1925-08-16.

② 傅斯年. 怎样做白话文 [J]. 新潮，1919，1(2).

③ 郑振铎. 卷头语 [J]. 小说月报 安徒生号（下），1925，16(9).

④ 瞿秋白. 再论翻译——答鲁迅 [J]. 文学月报（上海），1932，1(2)：59-69.

与"自由"的两难境况颇为类似。本雅明认为，翻译者既有再生产意义的自由的"宽度"，又要有忠实于原义的"限度"，即"忠实地再生产意义的自由，并在再生产的过程中忠实于原义"①。这种戴着镣铐的跳舞表征着译者基于特定情境化用外来资源时的状态。要想忠于原著，"直译"是其中常见的方法。对于这种尊重翻译本义的直译，钱玄同对其以"不敢稍以己更改"②赞誉之，胡适则认为其翻译是"国语的欧化的一个起点"③。

在译介《域外小说集》时，有感于林纾"任情删易""误译很多"的缺憾，周氏兄弟有意识地规避林纾式的"笔译"，而采用直译的方法。但是，直译的结果无法避免"句子生硬""诘屈聱牙"④的问题。那么，明知道这种直译效果不理想，为何还要采用这种文言翻译方法呢？周氏兄弟看重的是域外资源之于中国本土文化革新的价值，因而着意于"籀读其心声，以相度神思之所在"。想要得其"心声""新宗""神思"，林纾那种转述的意译显然难得其精髓。按照钱锺书引用"虚涵数意"来概括林纾翻译特质，失真或走样的"讹"是不可避免的，有将"文学姻缘"导向"冰雪姻缘"之弊⑤。从这一角度看，周氏兄弟的直译是为了在理解的基础上达到"思想的密契"的认同。然而，这种直译却屡遭人攻讦，被人视为"死译"。梁实秋抱怨鲁迅的"死译"的语言之弊在于"文法之艰涩，句法之繁复，简直读起来比天书还难"⑥。鲁迅并非不变通之人，他认为"直译""硬译"较之于"曲译"更能"保存原来的精悍的语气"⑦，这与其"别求新声于异邦"的主旨是一致的。不了解这种翻译的动机，简单地从方法和策略去评判翻译的优劣有失武断。尽管周氏兄弟的文言翻译较之于林纾的翻译有诸多进步的地方，但文言语体还是限制了其普及和推广的效果，其翻译的《域外小说集》发行十年，销售量很小即是显证。

---

① 瓦尔特·本雅明. 翻译者的任务 [M]// 陈永国，马海良，编. 本雅明文选. 北京：中国社会科学出版社，1999：286-287.
② 钱玄同. 关于新文学的三件大事 [J]. 新青年，1919，6(6).
③ 胡适. 五十年来中国之文学 [M]// 胡适. 胡适文集（第 3 卷）. 北京：北京大学出版社，2018：231.
④ 鲁迅.《域外小说集》序言 [M]// 鲁迅. 鲁迅全集（第 10 卷）. 北京：人民文学出版社，2005：155.
⑤ 钱锺书. 林纾的翻译 [J]. 文学研究集刊，1964(1).
⑥ 梁实秋. 文学是有阶级性的吗？ [J]. 新月，1929，2(6-7)：105-117.
⑦ 鲁迅. "硬译"与"文学的阶级性" [M]// 鲁迅. 鲁迅全集（第 4 卷）. 北京：人民文学出版社，2005：204.

问题是，儿童文学的本体特性对于翻译的要求是否会与成人文学翻译有差异呢？或者说，基于儿童文学的本体特殊性会导致怎样的儿童文学翻译方法及策略呢？关于这一点，周作人与赵景深关于童话的讨论中就关涉了这一议题，值得深入考察。针对赵景深所提问题："若介绍童话给儿童看，究竟怎样译法（直译，意译或其他）才算合适呢？"周作人依然持守"信而兼达"的直译，他认为这种直译可以称为意译，与随意增删改窜的"随意译""豪杰译"也拉开了一个岔角。与成人文学的直译不同，童话直译的自由度可以更大。《域外小说集》中有一篇周作人翻译的王尔德的《安乐王子》，该译文由大量古奥文言直译而成，古字与骈散夹杂的直译显然难以让儿童读者接受。周作人与赵景深对话时的上述观点体现了其翻译思想的转变：考虑童话的特性扩大直译的自由度。而这一思想的实践是从周氏翻译《卖火柴的女孩儿》开始的，此后《皇帝之新衣》的翻译也延续了这种观念。这不仅提升了安徒生在中国的影响力，而且也为儿童文学翻译提供了可资借鉴的宝贵经验。

在儿童文学创始之初，先驱者开列了"整理""创作"和"翻译"三条路径。这其中，"翻译"是优先考虑的方略，从而开启了中西儿童文学的交流与互动。不过，在翻译之初，这种交流是不对等的，主要是域外资源的中国化。应该说，翻译的效果是明显的，对于中国本土儿童文学的创作起到了积极的推动作用。在众多先驱者中，郭沫若独对于这种翻译持保留和谨慎的态度。在他看来，"太偏重翻译，启迪少年崇拜偶像的劣根性，而减少作家自由创造的真精神"[1]。考虑到儿童文学地方色彩浓厚，译本之于儿童效果"未经实验，尚难断言"，因而他的结论还是侧重于"整理"和"创作"。事实上，"整理"传统资源本身也要经历一次语言的"翻译"，而这种翻译也并非易事。在翻译《表》时，鲁迅也遭遇了不小的困难。一方面他迫切地想要介绍一些外国"崭新的童话"给中国儿童，另一方面又因接受对象是儿童而颇感捉襟见肘："想不用什么难字，给十岁上下的孩子们也可以看。但是，一开译，可就立刻碰到钉子了，孩子的话，我知道得太少，不够表达出原文的意思来，因此仍然译得不三不四"[2]。鲁迅所言体现了"替儿童译"二次转换的难题，而这种难题的出现还是反映了儿童文学概念的

---

① 郭沫若.儿童文学之管见 [J].民铎，1920(4)：7–53.
② 鲁迅.《表》译者的话 [J].译文，1935，2(1).

特殊性。成人话语的渗透对于儿童文学创作及翻译都有着先在性，鲁迅面对的翻译困境恰恰说明了儿童文学翻译与成人文学翻译的差异。两者的差异即表现在成人译者变换自身语言来切近儿童，而这种切近并不是成人译者的"俯就"能解决的。归根究底还需要"两代人"基于童年来对话和沟通，因而这种儿童文学的翻译本身就是一次创作。

在考察儿童文学的翻译议题时，儿童文学作为母语文学的价值功用性就凸显出来。译本是经历了语言转译的产物，翻译者不能不考虑儿童文学之于儿童母语习得的潜在影响。于是，对于外来语的翻译必须更加纯粹、更契合儿童的接受心理，这也实际上给语言翻译增添了"母语"的标尺。在白话翻译的引领下，翻译者逐渐祛除不适合儿童语言的弊病，力图切近儿童文学语言本有的特性，以求做到翻译语言与儿童语言及儿童文学语言三者的融合。前述翻译者的白话直译追求"简洁平易"，而且要"生动活泼"，由此才能创造出茅盾所谓"翻译美"的境界："译文皆需简洁平易，又得生动活泼；还得'美'，而这所谓'美'绝不是夹用了'美丽的词句'（那是文言的成分极浓厚的）就可以获得；这所谓'美'是要从'简洁平易'中映射出来。"不过，茅盾提醒翻译者不要"忘记了'儿童文学'应该是'儿童问题'之一"[①]。赵元任翻译《阿丽思漫游奇境记》时，没有特别在意茅盾所谓"中学为体"的归化意识，而是践行着周作人"有意味的没有意思"的纯化路径。赵元任认同加乐尔"没有意思"的美学主张，并将其解释为"不通"的意味。然而，这种"不通"远比译者加上"迁注"要更有意味。在翻译过程中，为了"得神"，赵元任运用语体文来翻译，每翻译一句，就"想想这句的大意在中国话要怎么说，才说得自然"[②]。较之于文言语体，白话文翻译童话时，情节的戏剧性和对话的口语性更生动，语气也更亲近儿童日常生活场景，因而更契合"儿童性"与"文学性"的标准。针对该童话中十几首"打油诗"，赵元任的处理方法是将其当成"语体诗"的实验来译，既符合儿童游戏的情趣，又符合童话的节律和音乐性的内在要求。

契诃夫曾批评过其本国的儿童文学是"狗文学"。之所以这么"贬抑"儿童文学，其根由在于他意识到一些并非专业的"文学小贩"将西欧文艺作品的译

---

① 茅盾. 关于"儿童文学" [J]. 文学，1935，4(2).

② 赵元任. 译者序 [M] // 刘易斯·卡罗尔. 阿丽思漫游奇镜记. 上海：商务印书馆，1922：1.

本"零碎拆卖",改头换面地制造出大同小异的故事。由此看来,契诃夫并不是真的瞧不起儿童文学,而是不满儿童文学翻译本身的质量。对此,茅盾认同契诃夫的上述批评,认为这种译本给儿童阅读"正好像把残羹剩菜拌在一起给狗们吃似的,所以就给题了个刻薄的名字——'狗文学'罢"[1]。这里关涉儿童文学翻译的独特性,即是儿童文学的翻译而非普通文学的"改制"。对于儿童读物的翻译而言,一般性的文艺作品经过翻译的"改制"很难满足儿童阅读的需要。问题的复杂性在于,即使找到了"对口"的域外儿童文学作品,翻译本身也困难重重,因而将中国儿童文学的发展完全寄托于"外输"是不现实的。客观理性的观点是内外兼顾、合力发展。

第三节　传统资源的整理与转换

"五四"时期,鲁迅、郑振铎、叶圣陶、茅盾等人对传统儿童文学资源的整理利用是从本国儿童自身发展出发的,同时考虑到中国现实的困境,对传统儿童文学资源中的封建糟粕,特别是戕害儿童成长的观念予以极力的颠覆和批判。他们遵循由"破"到"立"的思维逻辑,充分发掘中国传统儿童资源中可以"因势利导"的合理部分,用现代的视野和眼光来选择和改编。即如茅盾所言,"吹进了现代的新空气,使成为我们现代合用的新东西"[2]。这种古今融通的意识是"五四"儿童文学先驱的共识,他们着眼于中国的现实语境,借鉴西方先进的儿童文学资源,化用了中国传统资源,极大地推动了中国儿童文学的现代发展。纵观这一时期儿童文学先驱对于传统资源的整理、开掘,大致呈现出如下三种实践路向:

一是发掘传统资源对儿童文学的有益基因,予以价值重估。

郑振铎热心于中国传统儿童资源的现代开掘,他认为中国古代包拯的断案故事、田螺姑娘的传说、柳宗元的《黔之驴》《永氏鼠》、陆灼的《艾子后语》、刘元卿的《应谐录》,尤其是马中锡的《中山狼传》,比起外国的儿童文学毫不逊色。他主张在采取民族的、乡土的"纯粹的中国故事"的同时,也要"极力避

---

① 茅盾.关于"儿童文学"[J].文学,1935,4(2).
② 茅盾.关于"儿童文学"[J].文学,1935,4(2).

免欧化倾向"。郑振铎将寓言推介给儿童的一个重要原因是"寓言所常表达的是道德的格言,把它的教训与真理,隐藏于创作人物的语言、行动中;这些人物,人间的真理。最高尚的寓言常包含有伟大的目标,它在说着人间的真理,在教训着对面的人类,却把它的教训与真理,隐藏于创造的人物的语言、行动中;这些人物,大约都是些田野中的家畜,空中的飞鸟,林中的树木,山内的野兽等等"。正因为寓言中蕴含了"伟大的目标"和"人间的真理",郑振铎认为它可以为儿童提供可资教化的资源,而且在教化的过程中寓言的传达方式较为独特,"寓言作家于他们的一言一动中,传达出他的教训。读者得到这种教训,却并不看见教训者之立在他的面前。因此,他常常不自觉地表同情于一切纯洁、高尚的行动,而厌恶卑下的、无价值的行动,而同时便觉察到或改正了他自己的谬误"[①]。在谈及中国传统的语言资源时,他指出,寓言中"许多是含意极深的讽刺。——虽然写作于远古,却好像是正对着现代人而发的"。这种古今的同构性可以为传统资源的"化用"提供条件。

事实上,神话、传说、歌谣、谚语、儿歌、寓言等中国传统文化资源中有诸多有益于儿童文学的资源,需要重新审视和打捞,找到与"五四"时期语境契合的基点,用特定的语言和表现方式来现代演绎,使其成为具有现代品格的全新文学形态。茅盾、郑振铎等人将中西神话进行比较,努力打捞有益于儿童文学视域延伸的传统话语资源,并着力于价值转换,取得了较为丰硕的成果。

"五四"时期,现代知识分子意识到中国传统文化中潜藏着诸多有助于儿童文学的要素,需要重新认定并加以改造,使之成为符合现代儿童文学规律的精神读物。在改编中国传统儿童资源的潮流中,茅盾功不可没。1917年,他编撰了《中国寓言初编》,对其中如"孔子劝学""学如秉烛""学以砺身"等有益于儿童身心发展的古典资源进行了合理化的改造,期冀儿童能养成好的习惯和品格,承担起社会及国家的使命。他力求"把儿童文学古籍里的人物移到近代的背景前"[②],这种古为今用的思维是茅盾儿童文学创作及改编的重要维度,他自觉地将古与今两个视域联系在一起。对于历史的观照或书写总是意味着"历史视野"和"个人视野"在当下时空的相遇。这体现了伽达默尔所说的"视域融

---

① 王泉根.中国现代儿童文学文论选 [M].南宁:广西人民出版社,1989:468.

② 茅盾.最近的儿童文学 [J].小说月报,1924,15(1):262-265.

合"，他曾将历史传统比作是一尊古代神像，指出它不只是被供奉在神庙内、陈列在博物馆中的属于过去世界的东西，它同样也属于我们的世界。[①] 在它身上汇集了两个视域：一是对象原有的历史视域，二是解释者拥有的当下视域。这两者并不孤立排他，而是彼此融合、相互激发、相互彰明。茅盾将唐传奇《南柯太守传》改编成童话《大槐国》时，删掉了原作中淳于棼与大槐国宫女调笑等不健康的情节，而其与死去父亲的通信及豪华婚礼场面的描写也一笔带过，对原作所揭露的热衷功名利禄、趋炎附势的丑态进行了强化。这种删改与茅盾"为人生"的文学观念是很相符的，他结合儿童审美的特点，将中国现实的内容融入其要陈述的故事之中，体现了一种古今参照的文学意识。同样，他的另一篇童话《牧羊郎官》也遵此原则，汉朝卜式的故事在《史记》等史书上的记载是非常简单的，人物形象也并非丰满，茅盾在刻画这个人物时扩充了故事，重点突出卜式"从事实业""报效国家"的民族精神。与此同时，茅盾常常不顾儿童这一童话接受者的阅读习惯，时常以成人叙述者的口吻站出来发表议论，或直接阐释其童话创作的想法。例如《大槐国》中有"天下的事，往往祸福相连，可喜的未必可喜，可忧的未必可忧"的评说[②]，《千疋绢》中有"古人说的，穷极则通"的劝诫[③]，《负骨报恩》中有"在下却另外要添几句话，说与诸位听听"的议论[④]，《金盏花与松树》[⑤]中有"在下还有几句话道"的说明。显然，这种叙述者的话语加入对于童话故事的自足性有一定的破坏性，在很大程度上强化了作者（成人）对于接受者（儿童）的话语渗透。通过这种改编，茅盾想通过该童话来激发儿童热爱国家的良苦用心也就充分地体现出来了。总之，茅盾这种古今的双向融合不是一味地通过窜改古代故事，钻入历史的故纸堆里，而是以强烈的现代精神实现"现在"与"过去"的渗透和参与，并且指向其思考的当下现实语境，因此他的改编也就具有了"陈述中国"的价值，将中华民族的传统精神进行了升华和拓域，在古今的时空中蔓延。

---

① 伽达默尔. 真理与方法：哲学诠释学的基本特征 [M]. 洪汉鼎，译. 上海：上海译文出版社，1992：391.

② 茅盾. 大槐国 [M]// 茅盾. 茅盾全集（第10卷）. 北京：人民文学出版社，1985：157.

③ 茅盾. 千疋绢 [M]// 茅盾. 茅盾全集（第10卷）. 北京：人民文学出版社，1985：164.

④ 茅盾. 负骨报恩 [M]// 茅盾. 茅盾全集（第10卷）. 北京：人民文学出版社，1985：174.

⑤ 茅盾. 金盏花与松树 [M]// 茅盾. 茅盾全集（第10卷）. 北京：人民文学出版社，1985：193.

二是剔除传统资源对儿童文学的毒素，着力价值重建。

在对中国传统儿童资源进行改造的过程中，许多知识分子从"五四"中国的转型语境出发，批判那些不适合现代儿童接受的儿童读物，代之以通俗易懂、适合儿童身心发展的现代读物。这其中，他们批判最多的是中国传统读物中奴化教育的毒素。他们将传播成人意志的《三字经》《幼学琼林》等读物小心地清理出去，同时小心地梳理、考察中国古代儿童所接受的民间文学的遗产，整理、改编古代民间童话、童谣等。以叶圣陶为例，在《文艺谈》中，他一针见血地指出含有神怪和教训质素的传统儿童故事无法走进儿童内心：

> 讲故事的目的是在驯服孩子，所以常有"一个魔王，如何如何可怕，他的面貌是怎样，他的爪牙是怎样"的演讲。小孩子因其怪异，不肯不听，同时因其怪异，就生了恐惧怯懦的心。讲的人不肯就此而止，还继续下去道，"他喜欢吃小孩。小孩若哭，他听见了就会来。所以你们不要哭，不要给他吃了去！"[①]

显然，这种借助故事来驯化儿童的做法很难让儿童真正喜欢上儿童读物。叶圣陶主张将想象及情感置于儿童读物之中，使儿童朝着积极的良善之路走去。他还猛烈地抨击一些学校里充眼所见的"古典主义的、传道统的，或是山林隐逸、叹老暖贫的文艺品"，感叹"欲选没有缺憾，可供孩子们欣赏的作品，竟不可得"。现代儿童文学的拓荒者普遍意识到，中国古代的"儿童读物"绝大部分不适合现代儿童阅读。基于此，一些儿童文学的拓荒者用现代儿童观念来烛照传统儿童资源，取得了一些成果。赵景深曾指出，"民间的童话"是"五四"时期研究童话主要途径之一，这主要以"发扬我国民族的精神"为着力点，从民族传统文化中搜寻儿童喜闻乐见的文化资源。[②] 应该说，这种对儿童资源的现代化运用和开发有利于丰富儿童的见识和知识，将最具有中国本土风貌的文化资源引入儿童文学的领域之中，体现了"五四"时期中国儿童文学的独特价值。

在中国儿歌的改编和选用方面，褚东郊认为，历史上记载的童谣不应该擅用，其原因是它们"往往经过文人的润色，不是本来面目"，和"真的诗"相违

[①] 叶圣陶. 文艺谈（八）[N]. 晨报副刊，1921−03−22.
[②] 赵景深. 研究童话的途径 [J]. 文学，1924，（总108）：2−4.

背。① 从这些儿童文学先驱的言论可知，他们对中国传统儿童资源的选取和筛择有一个共同的出发点：祛除戕害儿童现代意识的传统儿童资源，保留和深化有益于儿童现代化的部分。

一些儿童文学史家从儿童教育、儿童审美、儿童本质等方面提出了收集儿童文学应持的立场，这些立场和标准反映了他们编撰文学史的独特思维方式，也体现了他们从时代语境出发观照儿童问题及儿童文学的精神立场。魏寿镛、周侯予在其《儿童文学概论》中提出收集要用"客观的标准"，要注重"这是不是儿童文学？——有没有儿童文学的要素？""我是不是用客观的标准批评的？"在这里，他们所持的标准主要强调儿童文学的审美特质及儿童本位的思想，他们进而指出收集儿童文学范围——民间口传的、旧有书籍以及新近出版物。而这些书中，可用的每种不过一二篇。② 这项收集整理儿童文学资源的工作并非易事，任何选取的标准都反映了主体的个性和独特用心，朱鼎元曾提出七条"不取的标准"，其中前两条值得注意：第一，受时间支配，已成为过去，不合现代状况的不取。第二，阻碍儿童进取的锐气的不取。③ 前者主要突出用现代的眼光去淘洗和过滤历史，去发掘"古为今用"的文化传统；后者则体现了朱氏对儿童"人"的理解，更准确地说是中国儿童与中国社会的精神关联，这种进取的精神是中国儿童应有的最为重要的品格之一，也是儿童文学作品需要传达给中国儿童最为重要的思想内容之一。其他的儿童文学史家，如张圣瑜、王人路、赵侣青、钱耕莘等人也多认为整理古代儿童文学资源需注重"时代观念""思想符合现代"等方面，不应拘泥于历史，特别是不能用不合时宜的思想影响和桎梏当下儿童的自然发展。

三是以语言形式的变革为突破口，创作现代白话儿童文学。

无论是形式还是内容，"五四"知识分子对中国传统文化的改造和转换都意味着一次深刻的现代变革。其中，刻不容缓的任务是改变儿童资源的语言表达方式，用现代白话文来改编中国传统儿童资源，使之成为现代儿童喜闻乐见的文学读物。叶圣陶的小说《祖母的心》中有一段描写儿童面对着他们无法接近儿

---

① 褚东郊. 中国儿歌的研究 [J]. 中国文学研究，1927：327–339.
② 魏寿镛，周侯予. 儿童文学概论 [M]. 上海：商务印书馆，1923：31–35.
③ 朱鼎元. 儿童文学概论 [M]. 上海：中华书局，1924：18.

童读物时的情形：

　　《国文教科书》不比儿歌，没有流转和谐的声调，唱着唱着，只听得一个个艰涩而凝重的字音。两个孩子因为不容易唱，不免常常住口，指着书上的图画，折着书页的下角，或者注视着屋内的不论什么东西，忘了正在做功课。[①]

　　中国语言以"五四"新文化运动为分界线，之前是古代汉语的时代，之后是现代汉语的时代。而现代文学与现代汉语有着紧密的关系，即胡适所说的"文学的国语"和"国语的文学"，也就是说，现代汉语是在现代文学的基础上形成的，而现代汉语作为一种语言体系的形成，又深刻地规范着现代文学的语言。现代文学与现代汉语在形成上是一种交互关系，它们是共同成熟的。可见，这种语言形式的变革表征着文学思想内涵的深刻变革。就儿童资源的现代化运用而言，众多践行者着重从儿童自身特点出发，从传统资源中分解和发掘出合理的精神遗产，并用现代汉语表达出来。早在中国儿童文学发轫之初，儿童文学史家朱鼎元就主张儿童文学应使用"为儿童本位的文字"[②]，其目的是让儿童文学作品更加切合儿童读者，更好地为儿童提供他们所需要的现代资源。郑振铎推崇安徒生"简易的如谈话似的文字"，认为这种"真朴而可爱的文体"更适合儿童文学及儿童个体，也便于传达明确的现代思想。[③] 尽管中国古代也有童蒙读物为儿童计，"仿作小儿语"，然而，结果却并不乐观，诚如《演小儿语》的作者所感叹的那样，"言各有体，为诸生家则患其不文，为儿曹家则患其不俗。余为儿语而文，殊不近体；然刻意求为俗，弗能"。[④] 这种用文言来仿作小儿语的尝试既无法达至儿童的内心、切近儿童的心灵世界，也使正统的文言失去了其原有的章法和规范。

　　基于上述考虑，1920 年，当时的教育部通令各国民小学改用白话文教学，自此以后，小学教材大都改用白话。但这仅是语言方式的变革，其内容和思想并未跟上时代的发展。《国语月刊》在发刊词中大声呼吁，"小学校是现在宣传

---

① 叶圣陶. 祖母的心 [M]// 叶圣陶. 叶圣陶文集（第 1 卷）. 北京: 人民文学出版社，1958 : 209.

② 朱鼎元. 儿童文学概论 [M]. 上海: 中华书局，1924 : 7.

③ 郑振铎. 卷头语 [J]. 小说月报，1926，16(8).

④ 周作人. 吕坤的《演小儿语》[J]. 歌谣，1923(12) : 2.

国语最得力的机关。国语的读本虽然渐渐通行，但是还不能补救儿童世界的饥荒。一般旧的儿童读物，有的未脱旧小说习惯，有的又浸染西文的气味，使儿童十分难于理解。可见'国语化的儿童读物'确是国语中的紧要分子"①。这里所谓的"国语化的儿童读物"，并非仅指纯粹语言文字层面上的新读物，更是适应现代语境的以培育现代儿童为目标的新读物。随着白话文读物的推行及儿童文学进入小学课本，新一代国民的语言习性得以形成，这也极大地推动了中国现代儿童文学的发展。

"五四"时期，有不少外国儿童读物被译成了文言文。然而，文言文本身的抽象性、模糊性、互文性等特质在一定的程度上有碍于儿童的接受。周作人就曾强烈批评陈家麟、陈大镫的译作《十之九》，称他们"把小儿的语言，变成了大家的古文"，"不禁代为著作者叫屈"。② 在谈到童话的变迁问题时，周作人意识到了传统儿童资源必须经过淘洗和变革才能适应现代儿童的需要，因为，"顾时代既遥，亦因自然生诸变化"，如果"放逸之思想，怪恶之习俗，或凶残丑恶之事实，与当代人心相抵触者，自就淘汰，以成新式"，因而现代人要做的就是"删繁去秽，期合于用，即本此意，贤于率意造作者远矣"。③ 同样，对这种把"小儿的言语"变成"大家的古文"，鲁迅有着激烈的批判，他认为，中国文化的痼疾不仅来源于其思想，还根植于传统的语言和文体规范。"中国虽有文字，现在却已经和大家不相干，用的是难懂的古文，讲的是陈旧的古意思，所有的声音，都是过去的，都就是只等于零。"④ 此外，王人路认为，"从《史记》中蜕化出来的，这一种材料的制成也和翻译外国读物一样，只能取他的大意而经过儿童化、文学化、国语的制作。"⑤ 魏寿镛、周侯予撰文指出，作为儿童读物，将文言文译成白话文的时候，应当用"意译法"，取它的内容，用我的形式，把它的组织重新改造，做成"笔墨如生的文字，方才有价值"。⑥ 可以说，当时的儿童文学创作者意识到儿童更加亲近口语化的白话文，他们认为，如果不从根本

---

① 中华民国中语研究会. 发刊辞 [J]. 国语月刊，1922(1)：1-4.
② 周作人. 安得森的《十之九》[J]. 新青年，1918，5(3).
③ 周作人. 童话略论 [J]. 教育部编纂处月刊，1913(2)：2-9.
④ 鲁迅. 无声的中国 [M]// 鲁迅. 鲁迅全集（第4卷）. 北京：人民文学出版社，2005：12.
⑤ 王人路. 儿童读物的研究 [M]. 上海：中华书局，1933：8.
⑥ 魏寿镛，周侯予. 儿童文学概论 [M]. 上海：商务印书馆，1923：34.

上剔除语言带给儿童阅读的障碍，过滤传统思想附加于文字上的陈旧毒素，中国现代儿童文学的发展将受到极大的阻碍和影响。

在接受外国儿童文学资源时，儿童文学先驱从本国文化的现代性转换出发，有选择性地筛选外国资源。他们采用先"器识"后"灵魂"的策略，由浅入深地消化这些资源。与此同时，中国知识分子在整合中外儿童文学资源时，会自觉吸纳外国现代儿童观念的视野，这种"他者"的眼光为其话语实践提供了"现代"标尺，有助于剔除中国传统儿童资源中陈旧的思想观念，认识到中西儿童观念的差异，从而从中国现实出发，推动"五四"儿童文学的现代转型。

赵景深在深入研究童话的基础上将其分为"民间的童话"、"教育的童话"和"文学的童话"。他指出，在民间文学运动中搜集到的民间故事，"只求其真实，是不问对于他人或儿童的影响是怎样的"。对此，他认为中国传统文学资源中的鬼和恶魔的故事是"带来恐怖的分子"，不适合儿童接受，应加以剔选和辨别。①

第四节 冰心的儿童小说与书信体散文

在中国新文学史上，冰心是"问题小说"的代表人物之一。她在文学创作中提出了"中国问题"，这其中"儿童问题"是"中国问题"的题中应有之义，由此其儿童小说也打上了问题小说的印记。

冰心以女性独特的视角，书写母爱、童心与自然，这些都与儿童的审美趣味相契合。在其《繁星》和《春水》中，我们能看出冰心对儿童自然天性的极致书写，儿童是理想、未来、希望的隐喻，是不掺杂任何世俗弊病的天使，他们自由自在地生活于乐园之中。在儿童身上，我们可以忽略阶级、贫富、优劣等身份的差异，因而，也让我们难以洞悉儿童所置身的中国境域。对于冰心的这种书写，有人曾提出尖锐的批评，"好一朵暖室的花，冰心女士博得人们的喝彩……我要嘘一声扫兴。本来暖室里的花何等可爱！但在现在的世界中，只有那无忧无虑丰衣饱食的市侩可以醉心于暖室的花……她的人生观是小姐的人生观……她与唐宋以上的小姐有什么区别？……若说冰心女士是女性的代表，则

---

① 赵景深. 研究童话的途径 [J]. 文学，1924，（总108）：2-4.

所代表的是市侩的女性，只是贵族性的女性"①。蒋光慈的这种观点代表了当时"为人生"派的一般观点，在他们看来，没有超越现实的梦想，在残酷的现实面前，纯粹的"人爱"是难以治愈社会人生的。

在冰心这里，儿童是可以寄予理想的主体，他们是人类精神还乡的载体。基于此，在她看来，成人不应该干预儿童，儿童也可以不理会成人的世界，"比如说罢，开炮打仗，死了伤了几万几千的人，血肉模糊地倒在地上。我们不必看见，只要听人说了，就要心悸，夜里要睡不着，或是说呓语的；他们却不但不在意，而且很喜欢操纵这些事。又如我们觉得老大的中国，不拘谁做总统，只要他老老实实，治抚得大家平平安安的，不妨碍我们的游戏，我们就心满意足了……总而言之，他们的事，我们不敢管，也不会管；我们的事，他们竟是不屑管"。② 在这里，由"我们"构成的"儿童世界"有着极大的独立性，她将成人的"战争""政治选举"与儿童的"游戏"进行对照，认为成人与儿童之间应彼此"自治"，不要互相干预。然而即使冰心执着于童心世界，也难以摆脱成人视域的干预，她对儿童自然天性的书写中也渗透了社会历史的内容，并非完全与外界脱节。然而，由于太过于注重自我情感的抒发，冰心事实上还是将儿童置身于成人世界之外，离弃了当时的"儿童问题"。冰心对于儿童的交流也越来越脱离外部世界，"那时我在国外，连自己的小弟弟们都没有接触到——就越写越'文'，越写越不像"。③ "刚开始写还想到对象，后来就只顾自己抒情，越写越'文'，不合于儿童的了解程度，思想方面，也更不用说了"。④ 事实上，在"五四"时期，冰心所开的"爱"的药方可以感化和温暖一些儿童甚至成人，但在残酷的现实面前却难以触及国人的灵魂深处，无法让他们意识到自己作为人的主体价值。

"世界意识"的开启在很大程度上改变了国人的思想和观念，现代知识分子开始跳出传统虚幻的自我世界，在与外部世界的对话和交流中审视中西文化的差异。在儿童小说《寂寞》中，有这样一段话：

---

① 蒋光慈. 现代中国社会与革命文学 [M]// 蒋光慈. 蒋光慈文集（第4卷）. 上海：上海文艺出版社，1988：150.
② 冰心. 寄小读者·通讯六 [M]// 冰心. 冰心全集（第2册）. 福州：海峡文艺出版社，2012：14.
③ 冰心. 笔谈儿童文学 [M]// 冰心. 冰心全集（第5册）. 福州：海峡文艺出版社，2012：354.
④ 冰心.《小桔灯》后记 [M]// 冰心. 冰心全集（第4册）. 福州：海峡文艺出版社，2012：284.

妹妹道：你为什么不跟伯伯到英国去？小小摇头道："母亲不去，我也不去。我只爱我的国，又有树，又有水。我不爱英国，他们那里尽是些黄头发蓝眼睛的孩子！"妹妹说："我们先生常常说，我们也应当爱外国，我想那是合理的。"小小道："你要爱你就爱，横竖我只有一个心，爱了我的国，就没有心再去爱别国。"妹妹一面抚着头发，说："一个心也可以分作多少份儿，就如我的一个心，爱了父亲，又爱母亲，又爱了许多的……"①

在两个天真儿童的对话中，"爱国"似乎还是离他们很远的事情，他们无法深入地理解爱国的含义及具体的做法，但他们有着不同的爱国态度。妹妹和小小分别站在"世界民"和"民族民"的立场展开讨论，也体现了当时存在的对于"国家"与"世界"的两种不同的文化选择。在另一篇小说《国旗》中，冰心同样借儿童的视角来看取"国家""爱国"等宏大命题，二哥批评小弟的原因是他和日本男孩武男一起玩，在二哥看来，"学生要爱国"。二弟并不认同，他认为，"他也爱我们的国，我们也爱他们的国，不是更好么？各人爱各人的国，闹的朋友都好不成！我们索性都不要国了，大家合拢来做一国"。冰心站在儿童的立场，肯定了超越国籍的儿童天真的友情，"国旗呵，你这一块人造的小小的巾儿，竟能隔开了这两个孩子天真的朋友的爱！"②然而，在儿童身上真的可以抹杀世间所有的冲突和矛盾吗？显然不能。也正是因为冰心始终为儿童的自然成长留有一方圣洁之地，间隔了成人社会的烛照，使得她的儿童想象陷入了一元维度的单向颂扬，这也是其遭人诟病的根由。

"儿童本位"思想强调儿童的自主性，还儿童一个儿童的身份和地位。那么它应不应该言说儿童之外的成人的世界呢？或者说，它在肯定儿童自足世界的同时是否应观照儿童的自然性与社会性之间的关系呢？对此，冰心的《一个奇异的梦》深刻地回答了上述问题。小说描绘了一个小孩子做的奇异的梦，生病的小孩碰见一个自称是他的债主的人，他们之间的债务关系隐喻了儿童与社会之间的深刻关联。"我名叫社会。从你一出世，就零零碎碎地给了我不少的债，

① 冰心.寂寞[M]//冰心.冰心全集（第1册）.福州：海峡文艺出版社，2012：453.
② 冰心.国旗[M]//冰心.冰心全集（第1册）.福州：海峡文艺出版社，2012：184.

你父母却万万不能替你还，因为他们也自有他们应还我的债"。当生病的小孩想以死来了却人生苦痛时，"社会"用这种债务的契约关系否定了"我"的想法，"就像你方才想脱离我，你个人倒自由干净，却不知你既该了我的债，便是我的奴仆，应当替我服务。我若不来告诫你，恐怕你至终不知道你的过错，因此我便应念而至"。① 经过这些告诫，"我"最终决定不做一个忘恩负义的人。可以说，儿童世界并非悬置于社会现实之外的"桃花源"，它纯净的天地也是有限度的。况且，观照儿童世界必然需要一个参照物，那就是成人世界，它们就像一枚硬币的两面，撇开社会现实，没有成人世界的参照，便难以凸显"儿童本位"思想。

儿童是社会的儿童，儿童的际遇与时代、社会是分不开的。冰心的儿童小说没有淡化儿童成长的社会语境，而是追问制造儿童苦难的社会缘由。在《最后的安息》中，冰心塑造了一个叫翠儿的童养媳，她的婆婆成天咒骂她，让她做超负荷的日常家务，稍微不如意，就一顿毒打，翠儿整天泪眼婆娑。然而，和她年纪相当的惠姑出现了，她的善良、爱心、友好点亮了翠儿的纯洁心灵，"一片慈祥的光气，笼罩在翠儿身上。她们两个的影儿，倒映在溪水里"。她们不仅是现实生活的体验者，也是生命的渲染者和抽象抒情的符号。冰心一方面表达了她对于美丽心灵、爱与美的人性的褒扬，"虽然外面是贫，富，智，愚，差得天悬地隔，却从她们天真里发出来的同情和感恩的心，将她们的精神，连合在一处，造成了一个和爱神妙的世界"。② 另一方面也流露出她对儿童现实困境的担忧，翠儿带着微笑、背负着伤痕累累的创痛离开了人世。

基于儿童长期受蔽和失语的状况，启蒙思想者力图揭示"无儿童"的历史文化根源，这其中对于奴役儿童身心发展社会文化机制的批评尤为犀利。一旦切断了那些粘连着陈旧人伦思想的土壤和依据，儿童话语就以其"新人""新民"的独特品质，在民族国家生存与发展的宏大议题中获取了合法性价值。在冰心的《是谁断送了你》中，父亲在女儿行将到学堂去读书时对其进行了"训诫"：

---

① 冰心. 一个奇异的梦 [M]// 冰心. 冰心全集（第 1 册）. 福州：海峡文艺出版社，2012：111–112.
② 冰心. 最后的安息 [M]// 冰心. 冰心全集（第 1 册）. 福州：海峡文艺出版社，2012：83.

从今天起，你总要好好地去做，学问倒不算一件事，一个姑娘家只要会写信，会算账，就足用了。最要紧的千万不要学那些浮躁的女学生们，高谈"自由""解放"，以致道德堕落，名誉扫地，我眼里实在看不惯这种轻狂样儿！①

在父亲的道德规训下，女儿一边听着，答应了几十声"是"。在学堂学习时，当有男学生给其写信，信中内容与父亲劝诫的内容不相一致时，女儿吓得失去灵魂，一病不起，最终在高度紧张的压力中死去。冰心用"是谁断送了你"作为题目和结尾的反问，控诉了父辈所谓道德伦理对于子辈的精神戕害。

在《斯人独憔悴》中，冰心以青年学生颖铭、颖石与其父亲化卿先生的对话，书写了父子关于国家问题的正面冲突。对于儿子参加南京爱国运动的行为，父亲非常生气，"我只恨你们不学好，离了我的眼，便将我所嘱咐的话，忘在九霄云外，和那些血气之徒，连在一起，便想犯上作乱，我真不愿意有这样伟大英雄的儿子！"显然，在这个父亲的意识中，"听话"是儿子最为重要的品格。当儿子告诉他"国家危险的时候，我们都是国民一分子，自然都有一分热肠"时，父亲只能拿出了"忠孝"的道德武器予以回击，"好！好！索性和我辩驳起来了！这样小小的年纪，便眼里没有父亲了，这还了得！"②接下来，关于"无父无君""国而忘家"的训言让化卿在父子对话中处于上风。最终，化卿让两个儿子辍学。

家庭伦理体制下的教养逐渐让位于国家概念中的学校教育。这种教育体制和观念的变化，使得近代以来创设"新国"的民族国家想象有了可能。在《小家庭制度下的牺牲》中，冰心借助一个儿子给其父母的信道出了家族制度对人的精神戕害：

中国贫弱的原因在哪里？就是因为人民的家族观念太深……这万恶的大家族制度，造就了彼此依赖的习惯……像我们这一班青年人，在过渡的时代，更应当竭力的打破习惯，推翻偶像……我们为着国家社会的前途，就不得不牺牲了你二位老人

① 冰心.是谁断送了你 [M]// 冰心.冰心全集（第 1 册）.福州：海峡文艺出版社，2012：135.
② 冰心.斯人独憔悴 [M]// 冰心.冰心全集（第 1 册）.福州：海峡文艺出版社，2012：23.

家了……简单说一句，我们要奉行"我们的主义"，现在和你们二位宣告脱离家庭关系。①

在这里，儿子主体价值的确立是通过对家庭观念的剥离实现的。"我们的主义"体现了儿子成为独立的主体而不再是父母的附属品。当然，这种全新的父子关系也有其残忍的一面：切断了父子之间的温情，也抽空了子对于父必要的"义务"。正如小说所写到的，儿子离家后，年迈多病的父母只能独自等待和叹息。在老人悲凉地念着儿子的绝交信时，冰心笔锋转向了衔着食物来反哺老鸦的雏鸦，在这种比较中透露了作家复杂的情感。

在中国儿童文学史上，冰心以书信体的形式创作的儿童散文是独树一帜的。在《寄小读者》中，冰心通过书信的方式与儿童进行谈心、交流，她以一个知心姐姐的身份言说着自己的儿童观念。这种交流和谈心尽管是单向度的，甚至可以理解为冰心的自言自语，但是它对儿童心灵世界的影响是巨大的。《寄小读者》的开头是这样写的：

似曾相识的小朋友们：

在这开宗明义的第一封信里，请你们容我在你们面前介绍我自己。我是你们天真队里的一个落伍者——然而有一件事，是我常常用以自傲的：就是我从前也曾是一个小孩子，现在还有时仍是一个小孩子。为着要保守这一点天真直到我转入另一世界时为止，我恳切地希望你们帮助我，提携我，我自己也要永远勉励着，做你们的一个热情最忠实的朋友！②

显然，冰心和这些小朋友平等地交流是通过"童年"来完成的，"我从前也曾是一个小孩子"。而这里所谓"似曾相识的小朋友"也表明了她倾诉和交流的对象不是专指某一个特定的群体，而是"想象的读者"。她希冀这种读者的数量越多越好，然而从其文所传达的思想效果来看，这种"想象的读者"本身并非那

---

① 冰心. 小家庭制度下的牺牲 [M] // 冰心. 冰心全集（第1册）. 福州：海峡文艺出版社，2012：106-107.

② 冰心. 寄小读者·通讯一 [M] // 冰心. 冰心全集（第2册）. 福州：海峡文艺出版社，2012：5.

么纯粹，儿童和成人的边界相对模糊，"指名是给小朋友的《寄小读者》和《山中杂记》，实在是要'少年老成'的小孩子或者'犹有童心'的'大孩子'去读方才有味儿。在这里，我们又觉得冰心女士又以她的小范围的标准去衡量一般的小孩子"。[1] 冰心要突破成人与儿童天然的边界，需要找到两者共同的心理基础和心灵记忆，应该说她找到了。然而，毕竟"童年"这一成人与儿童共有的记忆无法抹平两者的隔膜和距离，成人与儿童始终无法恒久自然地相处或平等对话。在一篇散文中，冰心坦言，"只有《寄小读者》，是写给儿童看的，……但是后来因为离孩子们渐渐远了，写信的对象漠糊了，变成了自己抒情的东西"。[2]"童年"之于成人或儿童的含义、形态、意义并非一致，因此"童年"的存在只是将儿童和成人置于相同的层面来对话，并不能填补或弥合两者的矛盾和冲突。

《寄小读者》中记录了冰心离开祖国到美国留学的所见所闻。自冰心登上约克逊号邮船始，乡愁就涌上心头，"载着最重的乡愁，漂然西去"。冰心找到了这种惆怅心绪的根由——母亲不在这里。这里所谓的母亲当然包含了一层祖国母亲的意味。由于有了空间距离，才给了作家真切关注"中国"的视角和心态："正不知北京怎样，中国又怎样了？怎么在国内的时候，不曾这样的关心？"[3] 离开中国乡土的冰心，会因异域的陌生而思乡，心恋祖国是其内在情感的集中体现。在冰心看来，随身携带的物品能缓和她的离愁别绪，"开了灯，看中国诗词，和新寄来的晨报副镌，看到亲切处，竟然忘却身在异国"。[4] 在这里，"原乡"（中国）既是实际的地缘所在，也可以是想象的空间；既是放飞生命的精神浮标，又是找寻文化血脉的航向。当主体在"异乡"出现认同危机时，"原乡"就成了她的内在精神指归，一种盈盈不止的精神动力。可以说，这种文化记忆是潜隐的，是隐时间刻度的空间想象，它需要在现实经验中才能被唤醒和激活。在威尔斯利生病的冰心感受到了独处异乡的孤独和无助，"没有这般孤立过，连朋友都隔绝了……我默望窗外，万物无语，我不禁泪下。——这是第三次"。这时祖国成了慰藉其心灵创痛的良药，一种强烈的思乡之情挥之不去，

---

① 茅盾：冰心论 [M]// 矛盾．茅盾全集（第 20 卷）．北京：人民文学出版社，1987：163.
② 冰心．我是怎样被推进儿童文学作家队伍里去的 [M]// 冰心．冰心全集（第 6 册）．福州：海峡文艺出版社，2012：3-4.
③ 冰心．寄小读者·通讯八 [M]// 冰心．冰心全集（第 2 册）．福州：海峡文艺出版社，2012：18.
④ 冰心．寄小读者·通讯八 [M]// 冰心．冰心全集（第 2 册）．福州：海峡文艺出版社，2012：18.

"我忽然下泪忆起在国内病时窗前的花了","今天看着中国的诗,很平静,很喜悦!"①"回想起母亲的爱。我病中的光阴,因着这回想,寸寸都是甜蜜的。"② 在异乡患病的冰心将祖国和母亲自觉地联系在一起,也是在异国,才让她更清晰地体会到母爱及对祖国之情。在《往事(二)》中,她这样写道:

> 乡愁麻痹到全身,我掠着头发,发上掠到了乡愁;我捏着脚尖,指上捏着了乡愁。是实实在在的躯壳上感着的苦痛,不是灵魂上浮泛流动的悲哀!……
>
> 我病了——③

与其说是因为乡愁而得病,不如说乡愁和得病原本联在一起,难分原由。幸亏她寻找了母亲的爱,才让她能坚强地存活着。在冰心的意识中,母亲的爱是无国界的,也是最博爱的,不附加任何条件,爱的唯一理由是"我是她的女儿",母亲毫无保留地将所有的爱赋予自己的儿女,这既是冰心的自我感受,也是想要传达给儿童的经验和心得:

> 总之,她的爱,是摒除一切,拂拭一切,层层地麾开我前后左右所蒙罩的,使我成为"今我"的元素,而直接地来爱我的自身!④

这里的爱既是母爱的写照,更有游子对于国家的爱。应该说,"原乡"记忆是"根"意识的重要文化标记。冰心的"原乡"想象实际上是她文化归属心理的普遍性演绎。这种"根"意识深植于民族传统文化心理的土壤之中,是远离国土的游子身份背景的文化标记:

> 天上的星辰,骤雨般落在大海上,嘶嘶繁响。海波如山一般汹涌,一切楼屋都在地上旋转,天如同一张蓝纸卷了起来。树叶子满空飞舞,鸟儿归巢,走兽躲到它

---

① 冰心.寄小读者·通讯九 [M]// 冰心.冰心全集(第2册).福州:海峡文艺出版社,2012:26-27.
② 冰心.寄小读者·通讯十 [M]// 冰心.冰心全集(第2册).福州:海峡文艺出版社,2012:33.
③ 冰心.往事(二)[M]// 冰心.冰心全集(第1册).福州:海峡文艺出版社,2012:487.
④ 冰心.寄小读者·通讯十 [M]// 冰心.冰心全集(第2册).福州:海峡文艺出版社,2012:31.

的洞穴。万象纷乱中，只要我能寻到她，投到她的怀里……天地一切都信她！她对于我的爱，不因万物毁灭而变更！①

　　如果说"原乡"是漂泊主体一种隐匿的时间记忆，那么"异乡"则是其现实生活显在的时间体验。置身于异域文化空间中的冰心必须亲身体验"异乡"的文化境遇，才能真实地感知个体与世界的存在。在这里，冰心传达给儿童的不仅有异国风情，更有自我体验的复杂情思。对于一个"外来者"来说，"异乡"存在的本真和意义不是敞亮的。要穿透存在物的遮蔽，让本真的"存在"显现要求探询者的主体精神介入存在物的内部，开始领会和体验。

　　冰心用自己纤细的感觉聆听着周围的世界，用自己的心浏览着异域日常的风景。这些看似日常、普通的风景在冰心特有的文化凝望中具有了神奇的灵光，她的性灵品质和精神气度塑造了风景的人文形态和气质，也发现了中西风景之异：

　　　　总之，在此处处是"新大陆"的意味，遍地看出鸿蒙初辟的痕迹。国内一片苍古庄严，虽然有的只是颓废剥落的城垣宫殿，却都令人起一种"仰首欲攀低首拜"之思，可爱可敬的五千年的故国呵！②

　　　　此时静极，只几处很精致的避暑别墅，悄然地立在断岩之上。悲壮的海风，穿过丛林，似乎在奏"天风海涛"之曲。支颐凝坐，想海波尽处，是群龙见首的欧洲，我和平的故乡，比这可望不可即的海天还遥远呢！故乡没有这明媚的湖光，故乡没有汪洋的大海，故乡没有葱绿的树林，故乡没有连阡的芳草。北京只是尘土飞扬的街道，泥泞的小胡同，灰色的城墙，沆汗的人力车夫的奔走。我的故乡，我的北京，是一无所有！③

　　"原乡"和"异乡"不是一个纯粹截然孤单对立的两个空间，两个空间是互相参照的，空间形式"要求它的读者在能把内部参照的整个样式作为一个统一

---

① 冰心.寄小读者·通讯十 [M]// 冰心.冰心全集（第2册）.福州：海峡文艺出版社，2012：31.
② 冰心.寄小读者·通讯十六 [M]// 冰心.冰心全集（第2册）.福州：海峡文艺出版社，2012：55.
③ 冰心.寄小读者·通讯二十 [M]// 冰心.冰心全集（第2册）.福州：海峡文艺出版社，2012：74.

体理解之前，在时间上需暂时停止个别参照的过程"①。一味重视个别参照必然会损坏整体样式的参照，因此首先必须建立起整体的格式塔来参照与反应。"原乡"和"异乡"两个空间关系衔接的纽带是冰心主体价值观念碰撞中的文化反思。"原乡"与"异乡"构成了交互式的作用背景："原乡"想象能影响到"异乡"的行为和意识，同时，"异乡"所思所想也有助于"原乡"记忆的攫取。冰心更为关注的是当地的人文风景，特别是儿童的生存状态，几个儿童病友是她进行中西比照的对象，通过比照，她发现了中西文化的差异：当冰心教 R 学中国文字时，冰心第一天教给她"天""地""人"，这让她十分诧异，因为她们初学是从"猫""狗"之类开始的。可以说，前者更接近"人"的社会性，而后者则更倾向于"人"的自然性。在冰心的意识中，纵然国家可能还比较落后，但它对于游子而言是其永远无法割舍的精神母体：

……北京似乎是一无所有！——北京纵是一无所有，然已有了我的爱。有了我的爱，便有了一切！灰色的城围里，住着我最宝爱的一切的人。飞扬的尘土呵，何时容我再嗅着我故乡的香气……②

这种思想本源于作家对自我身份的体认，在两种文化的比照中，作家的身份认同感日趋缺失，"弱国小民"的身份却反过来强化了作家的家国意识，使其能在文化的对峙中深刻地认识到自我与他者的真正内涵。尽管冰心在国外受到如华兹华斯等浪漫主义文学作家的影响，耳边总萦绕着他们的诗文，然而当夜深人静的时候，李清照等中国古典诗人的诗句总是不请自来，让冰心流连忘返。这体现了在中西文化聚合的语境中冰心所受到的双重文化冲击，其文化选择依然深植于"五四"时期中国的文化语境。

第五节　叶圣陶的童话创作

叶圣陶是中国本土童话创作的代表。他的文学创作不限于儿童文学，也不

---

① 约瑟夫·弗兰克. 现代小说中的空间形式 [M]. 秦林芳，编译. 北京：北京大学出版社，1991：95.
② 冰心. 寄小读者·通讯二十 [M]// 冰心. 冰心全集（第 2 册）. 福州：海峡文艺出版社，2012：74.

限于童话文体。要进一步了解叶圣陶儿童文学观，可通过其《文艺谈》来深入地洞悉。《文艺谈》最初是以单则的方式在《晨报》副刊上连续刊载的。从 1921 年 3 月 5 日至 6 月 25 日连载，共四十则，每星期刊载四至六则，有时一则分两天登出。这种写作方式在叶圣陶的创作与研究历程中较为少见，命名为"文艺谈"，显然是对整个文艺创作、批评、理论等方面有通盘考虑的，因而没有局限于对某一种文类、文体做专门的讨论。从表面上看，每一则都独立成篇，紧扣一个主题展开论述，有的谈论文艺的学派，有的讨论作家的创作心理，还有的则是读者接受、文艺批评、文艺功用等。但彼此之间不是截然分离的，相反却是一个有机的整体：构成了前述"全篇""整篇"的结构。

儿童文学界论及《文艺谈》中"儿童文艺"的部分主要集中于第七、八则，实际上在整个四十则中有很多则涉及儿童教育、儿童心理、儿童阅读等与儿童文艺密切相关的议题，粗暴地切断整体的联系、不考虑其他篇目所论及的内容与理论，显然是不科学的。事实上，叶圣陶就是"整本书阅读"的倡导者，早在1941 年他就在《论中学国文课程标准的修订》中提出了"读整本书"的主张。如果要"顾及全篇"和"顾及全人"，就必须从根本上将四十则《文艺谈》视为一个有着内在统一结构和明确主题的整体，对于其中儿童文艺的理解也必须要置于叶圣陶整个文艺思想的整体结构之中去考察。非此，所得出的结论只能是一叶障目，难以在"一体化"的系统中获取全新的认知。

概而论之，叶圣陶《文艺谈》的总题是由儿童文艺、成人文艺构成的文艺理论。如果盲目地拆开整篇的骨架，是无法得出上述结论的。相反，确立了整篇阅读和理解的方案，就会发现叶圣陶是以一个小学教师、文艺创作者、文艺阅读者的三重身份来论述其对于一般文艺的理解的。这其中，确立作家的主体性是叶圣陶文艺思想的基石。叶圣陶坦言自己不属于什么"派"或什么"主义"，这些"全部是文艺家计虑的事"。如果作家牵强顾虑太多，所创作的作品"只是形式的复制品了"[①]。由此他奉劝有志于文艺创作的人要"卓然独立，一空依傍，凡是有形式性质的东西一概不予接近"[②]。对于文艺的本质而言，叶圣陶认可"文学是人生的表现和批评"，但反对将文艺视为"消遣品"，并将"浓厚的

---

① 叶圣陶.文艺谈一 [M]// 叶圣陶.叶圣陶论创作.上海：上海文艺出版社，2002：3.
② 叶圣陶.文艺谈二 [M]// 叶圣陶.叶圣陶论创作.上海：上海文艺出版社，2002：5.

感情"视为"文艺之魂"。① 对于作家而言，要表达这种感情必须持守"真诚"的态度。叶圣陶将儿童文学视为文艺大厦的有机组成，并着重从"儿童的"和"文学的"两个维度展开论述，这有效地联结了儿童文学与成人文学的关系。他以一个"小学教师"的身份介入儿童文艺，始终紧扣十一二岁少年的切身体会，提出了创构儿童文艺的必要性。其核心的儿童文艺观是"决不该含有神怪和教训的质素"②。据笔者统计：除了第七、八两则专论儿童文艺外，叶圣陶还在第十、十四、三十六、三十九则中讨论过儿童心理、儿童教育、儿童想象等与文艺创作的关系与影响。如果将此类以"儿童"为内核的观念和前述儿童文艺专论融合起来看，就会得出如下几点共识：一是儿童特性对文艺创作的作用至关重要。二是儿童文艺与一般文艺有差异也有共性。三是儿童文艺创作与批评要遵循"为人生"的旨趣。无论是儿童文艺还是一般文艺，叶圣陶都持守着新文学的立场。对于旧文艺观及诸多文艺批评乱象，他也予以尖锐的批评，批评的目的是为了创构其新文学观。对此，商金林也认为这四十则文艺谈的价值在于"为新文学理论奠基"③。从整体上讲，叶圣陶文艺观是现实主义的观念，深受苏俄文学"为人生"观念的影响。不过，在论析儿童文艺时，叶圣陶没有否定想象的特殊作用，并将培养"儿童的直觉、感情和想象"定为文艺的重要使命。④ 然而，这并不表明儿童文艺与一般文艺有着质的区别，并未拆解其整个文艺观的系统。

从一体化的角度看，无论是儿童文艺还是一般文艺，叶圣陶都主张作家要有读者意识，即心中有读者。落实到儿童文艺那里就是要了解儿童，洞明其内在诉求和文学审美趣味。在叶氏看来，儿童对于文艺、文艺的灵魂"感情"极热望的要求，"情缘相与融合混合为一体"。基于此，儿童文学作家"应当将眼光放远一程"，"对准儿童内发的感情而为之响应，使益丰富而纯美"⑤。对于一般文学而言，叶圣陶也未忽略读者意识对于作家的重要性。他曾以读者给作家写信的方式写过一篇《读者的话》。站在读者的角度，叶氏要求作家在表现自己的同时也要认识读者的心灵，其效果是"我欣喜我的进入你们的世界，你们也欣

① 叶圣陶.文艺谈三 [M]// 叶圣陶.叶圣陶论创作.上海：上海文艺出版社，2002：6.
② 叶圣陶.文艺谈八 [M]// 叶圣陶.叶圣陶论创作.上海：上海文艺出版社，2002：17.
③ 商金林.为新文学理论奠基（叶圣陶早年的 40 则《文艺谈》）[J].文艺理论与批评，1994(5)：14-23.
④ 叶圣陶.文艺谈十一 [M]// 叶圣陶.叶圣陶论创作.上海：上海文艺出版社，2002：22.
⑤ 叶圣陶.文艺谈七 [M]// 叶圣陶.叶圣陶论创作.上海：上海文艺出版社，2002：14.

喜你们的世界中多了一个我"①。颇有意味的是，除了上述读者意识外，叶氏也特别强调作家意识。考虑到"儿童不能自为抒写"的事实，他强调成人作家替儿童抒写的可能性："文艺家观察其内在的生命而表现之；或者文艺家自己永葆其赤子之心，都可以开拓这个最美妙的世界。"②在中国古代，由于没有专门的儿童读物，成人文学读物也是儿童不可或缺的精神食粮。但由于缺乏分门别类的区隔及儿童非自觉性地选择，出现了诸多阅读"营养失衡"的现象。叶氏结合自己小时候背着师长看《水浒传》《三国演义》《红楼梦》及诗词传奇的经历指出："当初我们看的固然是很好的东西，但里面的思想感情不合于现代的一定很多"，如果让儿童也看这些读物，"难免与他们以潜隐的损害"③。言外之意，要真正创作适合儿童的文学作品，不仅要心中有儿童，而且要尊重"儿童的""文学的"规律，从而树立作家的主体意识。叶氏认为如果注意于"派别与主义之何属，批评家对之作何评价"，则因迁就而"失其最初之本真"④。在他看来，作家主体性还体现在拒斥"勉强写作"，不做"传述"和"敷衍"的表面工作⑤。在《如其我是一个作者》中，他的态度和立场更为坚定："因为本性既已注定，无法为了迁就他人的口味，硬要变做甜的或是酸的。"⑥需要说明的是，叶氏的这种作家主体观念是针对批评家的言论来说的。对于那些一味赞扬或一味斥责的批评，他并不认同，而"体贴的疏解"却是其中意的。当然，这并不意味着叶氏完全不认可文艺批评的作用，相反，他特别看重积极健康的批评生态对于文艺创作的推动价值。就叶氏的文学批评观而言，他认为批评要注重作家的"人生观"及"作家之精神"。把握住了这一核心要素，批评就不是"供人消遣的东西"⑦。显然，这些原则看似是对一般文学而言的，实际上同样适合于儿童文学。

叶圣陶毫不讳言地指出，"我写童话，当然是受了西方的影响。"五四"前后，格林、安徒生、王尔德的童话陆续介绍过来了。我是个小学教员，对这种

---

① 叶圣陶. 读者的话 [J]. 文学旬刊, 1923, （总 32）: 0-1.
② 叶圣陶. 文艺谈十 [M]// 叶圣陶. 叶圣陶论创作. 上海: 上海文艺出版社, 2002: 20.
③ 叶圣陶. 文艺谈三十九 [M]// 叶圣陶. 叶圣陶论创作. 上海: 上海文艺出版社, 2002: 72.
④ 叶圣陶. 文艺谈十八 [M]// 叶圣陶. 叶圣陶论创作. 上海: 上海文艺出版社, 2002: 35.
⑤ 叶圣陶. 诚实的自己的话 [J]. 小说月报, 1924, 15(1): 8-52.
⑥ 叶圣陶. 如其我是一个作者 [J]. 文学周报, 1921, （总 81）: 1-2.
⑦ 叶圣陶. 文艺谈二十三 [M]// 叶圣陶. 叶圣陶论创作. 上海: 上海文艺出版社, 2002: 45.

适宜给儿童阅读的文学形式当然会注意，于是有了自己来试一试的想头"。[①] 他早期的童话推崇儿童的自然性，这种观念受"儿童本位"思想影响较大。《小白船》将儿童书写为纯洁至美的精灵，"小白船"与儿童是彼此匹配的：

> 小溪的右岸停着一条小小的船。这是一条很可爱的小船，船身是白的，它的舵和桨，它的帆，也都是白的，形状像一支梭子，又狭又长。胖子是不配乘这条船的。胖子一跨上船，船身一侧，就掉进水里去了。老人也不配乘这条船。老人脸色黝黑，额角上布满了皱纹，坐在小船上，被美丽的白色一衬托，老人会羞得没处躲藏了。这条小船只配给活泼美丽的小孩儿乘。[②]

在这段描写中，"小白船"只是一个隐喻美丽小孩儿的载体。"胖子"和"老人"的身体与"小白船"不协调，因为它只属于活泼美丽的小孩儿。因此，当两个小孩来到溪边时，他们的身体就映入我们的视野："一个是男孩儿，穿着白色的衣服，脸色红得像个苹果；一个是女孩儿，穿着很淡的天蓝色的衣服，脸色也很红润，而且更加细嫩。"在这里，"小白船"这个意象所隐喻的"希望"是叶圣陶早期童话的重要精神象征，这艘美丽的船更可寓意为建设"中国童话家园"的介质，它运载一批人文知识分子行动在营建这篇美丽家园的劳作中。[③] 叶圣陶将儿童与成人（"胖子"和"老人"）的身体进行了比照，两者之间的差异是非常大的。而儿童与"小白船"却非常契合协调，它们似乎是一个整体，天然亲近，"小白船稳稳地载着他们两个，略微摆了两下，好像有点骄傲"。

在"五四"时期的文化语境中，童话与社会和历史条件密切相关，不是远离此时此地从属于彼岸的东西。它们不是逃避现实困境的避风港，也没有抛售廉价的乌托邦想象。童话作家不是要用童话来宣告启蒙无效，而是要破除乐观主义的"瞒"和"骗"。郑振铎曾指出安徒生关于"人生是最具魅力的童话"这一言论，他认为，现代的人生是最足以使人伤感的悲剧，而不是最美丽的童话：

① 叶圣陶.我和儿童文学 [M]// 叶圣陶.我和儿童文学.上海：少年儿童出版社，1990：3-4.
② 叶圣陶.小白船 [M]// 浦漫汀.中国儿童文学大系·童话（一）.太原：希望出版社，2009：36.
③ 李利芳.中国发生期儿童文学理论本土化进程研究 [M].北京：中国社会科学出版社，2007：256.

现代的人受到种种的压迫与苦闷，强者呼号着反抗，弱者只能绝望地微喟。有许多不自觉的人，像绿草一样，春而遍野，秋而枯死，没有思想，也不去思想；还有许多人住在白石的宫里，夏天到海滨去看荡漾的碧波，冬天坐在窗前看飞舞的白雪，或则在夕阳最后的淡光中，徘徊于丛树深密流泉激溅的幽境里，或则当暮春与清秋的佳时，弄棹于远山四围塔影映水的绿湖上；他们都可算是幸福的人。他们正如一幅最美丽的画图，谁会见了这幅画图而不留恋呢？然而这不过是一幅画图而已。在真实的人生里，虽也时时现出这些景象，但只是一瞬间的幻觉；而它的背景，不是一片荒凉的沙漠，便是灰暗的波涛汹涌的海洋，所以一切不自觉者与快乐者实际上与一切悲哀者一样，都不过是沙漠中只身旅行、海洋中随波逐浪的小动物而已。①

这段话是郑振铎基于中国特定的时代语境对于廉价的想象的一种批判，也反映了"儿童本位"的中国化过程势必遭遇新的变异。叶圣陶早期的"童话梦想"在中国特定的文化语境中被摔得粉碎，"他的著作情调不自觉地改变了方向……在成人的灰色云雾里，想重现儿童的天真，写儿童的超越一切的心理，几乎是个不可能的企图"。其结果也只能是"前半或尚可给儿童看，而后半却只能给成人看"。② 因而，叶圣陶指出，"我很怕看见有些儿童读物把世间描写得十分简单，非常太平。这是一种诳骗，其效果只能叫儿童当发觉原来不是这么一回事的时候喊一声'上当！'"。③ 于是，在《稻草人》这篇童话中，叶圣陶自觉地加入了社会的内涵，对当时社会存在的问题进行了无情的揭露和批判。全文以"稻草人"的夜间观照视野为中心，写出了黑暗社会的最为悲惨的一面：老妇人夫死子丧，所有希望都在这片稻田，然而，一夜之间，小飞蛾吸干了稻汁，对此老妇人捶胸顿足、痛苦不堪。与此同时，一个渔妇忍痛离开自己生病的孩子，冒着风寒，在河边守网待鱼。然而，这种悲痛惨烈的境况远没归于寂静，有一个绝望的女人跳河自尽了。这些场景都被稻草人看得清楚，"这一夜是许多的事都凑在一块儿了，真是个悲哀的夜！"对于这种现实惨剧，作者保持了较

为冷静的观照心态，他没有神化稻草人，而是客观地道出了它复杂的情感，同情这些受苦的人，然而无力去拯救：

> 请你原谅我，我是个柔弱无能的人哪！我的心不但愿意救你，并且愿意救那个捕你的妇人和孩子，还有你、妇人、孩子意外的一切受苦受难的。可是我跟树木一样，定在泥土里，连半步也不能自由移动，我怎么能照我的心愿做呢？请你原谅我，我是个柔弱无能的人哪！ ①

与其说是稻草人无力拯救这些受苦受难的人，不如说是作者无法用童话世界的美好来过滤现实的痛苦遭遇。在此，叶圣陶为儿童读者呈现了一个有别于他们理想状态的现实画面。他没有简化成人灰色的生活遭遇，更没有用虚构的笔法来超越现实的困境。虽然他也曾借稻草人的口表达过微弱的光明呼喊（"天快亮吧"），但是还是太虚弱无力，最终还是被无边的黑暗吞噬了。这充分体现了作家的现实主义风格，在现实主义创作手法的限制中生发出艺术张力。事实上，即使稻草人能走善跑，它又能对这个黑暗的现实做些什么呢？叶圣陶也意识到了自己的童话的偏向，但是他指出，"生活在那个时代，我感受到的就是这些嘛"。确实，叶圣陶的童话有现实的沉重的内容，他也是借童话来浇心中的块垒，当时中国的现状是："无数革命青年被屠杀了，有些名流竟然为屠夫辩护，说这些青年是受人利用，做了别人的工具，因而罪有应得。我想让这些受屈的青年出来申辩几句。可是他们已经死了，怎么办呢？于是想到用童话的形式，让他们在阴间向阎王表白。" ② 在叶圣陶看来，这篇童话不是写给儿童看的，而是成人的文学，他只是借助童话的形式来抒发内心郁结的悲愤。然而，我们也应该意识到，儿童接受这些现实的内容未必是有害的，这篇童话恰恰能告诉儿童，童话世界的美好不一定能在现实中找到，忽略现实而沉浸于理想的童话世界中的儿童应该有所警醒。

---

① 叶圣陶.稻草人 [M]// 浦漫汀.中国儿童文学大系·童话（一）.太原：希望出版社，2009：50.

② 叶圣陶.我和儿童文学 [M]// 叶圣陶.我和儿童文学.上海：少年儿童出版社，1990：5.

20 世纪三四十年代的儿童文学

　　"儿童的发现"带给"五四"时期的儿童文学"最美的童年时代"。但是，好景不长，随着"五四"新文学的退潮，儿童文学的范式也发生了新的转向。继之而来的革命与抗战使得"儿童是什么""儿童文学应该是什么"的问题有了新的阐述。与"五四"时期"儿童本位论"强调儿童与成人的差异不同，这一时期的儿童文学融入了更为鲜明的阶级性与政治倾向性，"儿童"的个体性让位于"人"的普遍性，被抹去身份的儿童与成人一道致力于由外而内的社会责任和历史使命。在此情境下，儿童本位论式微，逐渐让位于"阶级本位"和"民族本位"。由此，这一时期的儿童文学以自己独特的方式介入现实政治，发挥其宣传、鼓动与教育功能，被编织和缝合于中国现代文学的体系之内。

第一节　左翼思潮下的儿童文学

　　与"五四"时期的儿童文学所采用的人类学视角不同，这一时期儿童文学采用社会学的视角，儿童世界里增添了者多成人与社会的文化内涵，"阶级政治"与"民族政治"的介入打破了儿童世界的纯粹与幻境，儿童形象的社会"身份"意识也比较明确。如前所述，叶圣陶的《稻草人》融入了成人的悲哀，郑振铎在为其作序时也予以理解的同情，在他看来，儿童"需要知道人世间社会的现状，正如需要知道地理和博物的知识一样，我们不必也不能有意地加以防阻"[①]。无独有偶，巴金的《长生塔》也与《稻草人》的文体形式颇为相似："它们既非童话，也不能说是'梦话'，它们不过是用'童话'的形式写出来的小说……我的朋友用看安徒生童话的眼光看它们，当然不顺眼。至于孩子不懂，更不能怪孩

---

①　郑振铎. 稻草人序 [J]. 文学，1923，(总 92)：1—4.

子，因为他实在不知道三十年代中国的事情。"① 与叶圣陶一样，巴金利用了"童话"的文体形式来折射现实，由此创作出的"童话体小说"并非纯粹的儿童文学，其背后的价值重心是成人而非儿童，或者是兼及儿童与成人的。可以说，这种渗透了成人社会、时代的童话体小说，体现了以叶圣陶为代表的儿童文学作家的现实情怀，与那种反对在儿童文学中表现社会宏大主题的"有意味的没有意思"观念有着较大的不同。"五四"时期那种表现"爱"和"美"的儿童文学作品也显得不合时宜了。例如黎锦晖的儿童剧就受到了质疑：《小小画家》《紫竹林中》《小国民的归宿》《麻雀与小孩》《蝴蝶姑娘》《葡萄仙子》"多半是童话式的，剧情多半是美丽、圆满的，中国的穷苦的小孩子们看了之后，只觉得好玩，并没有多大教育意义"②。

"五四"退潮后，儿童文学创作出现了鲁迅所说的"向后转"，当时儿童读物的内容，"依然是司马温公敲水缸，依然是岳武穆王脊梁上刺字；甚而至于'仙人下棋'，'山中方七日，世上已千年'；还有《龙文鞭影》里的故事的白话译"③。对于中国古代《神童诗》《幼学琼林》《太公家教》等粗制滥造的儿童读物，鲁迅认为并不有益于儿童。正是如此，鲁迅认为对于儿童当以"养成适应时代之思想为第一谊"④。为了纠正那种遁入中国古代传统典籍的误区，鲁迅提出了儿童文学"有益"与"有味"的双重标准⑤。此外，"王子""公主""神仙"等充斥于各类童话之中。对于这种远离现实人生的创作倾向，张天翼在《大林和小林》《秃秃大王》中以"反其道而行之"的方式讽喻"求神仙的'好处'"⑥。对于那种廉价的童话幻境，张天翼一针见血地指出："是假的，是哄人的……这是我们不懂的东西。我们不知道它。跟它一点也不认识。世界上并没有这种东西……还有一些人，简直就是欺骗小朋友。他们告诉你：要是你受了欺侮，你不要反抗。他叫你等神仙来帮忙……这些故事，原来就是这些欺侮人的人做的？……只要不是一个洋娃娃，是一个真的人，在真的世界上过活，就要知道一点真的

① 巴金.关于《长生塔》[M]// 巴金.巴金全集（第20卷）.北京：人民文学出版社，1993：587.

② 新安旅行团集体讨论，张早，执笔.抗战中的儿童戏剧 [J].戏剧春秋，1940，1(1)：59-61.

③ 鲁迅.表：译者的话 [J].译文，1935，2(1)：154-263.

④ 鲁迅.致许寿裳 [M]// 鲁迅.鲁迅全集（第11卷）.北京：人民文学出版社，2005：369.

⑤ 鲁迅.表：译者的话 [J].译文，1935，2(1)：154-263.

⑥ 张天翼.为孩子们写作是幸福的 [M]// 叶圣陶.我和儿童文学.上海：少年儿童出版社，1990：76.

道理。"①对于以王子、公主为主人公的童话，胡风的观点与张天翼并无二异："公主王子的童话我们不承认是有益的儿童文学，因为那不能使儿童了解人生的真实。"他给"有益的儿童文学"下的定义则是："儿童文学必须是反映人生真实的艺术品。"②对于"五四"时期大量从国外译介过来的童话，茅盾是保持警惕的，他认为，中国儿童文学要"少用舶来品的王子，公主，仙人，魔杖，或者什么国货的吕纯阳的指头，和什么吃了女贞子会遍体生毛，身轻如燕，吃了黄精会终年不饿长生不老这一类的话"③。同样，对于从国外翻译的"国王呀，王子呀，公主呀，甚至仙子呀"等童话，钟望阳也认为，"只是引导我们孩子们做一场美丽的、空虚的、不可捉摸的幻梦罢了"④。在论及神话物语的选择标准时，张匡指出："有封建思想的文字，不使混入，就是国王，王后，王子，公主等材料，皆在摈弃之列。"⑤通过对中国儿童读物市场的统计分析，碧云认为彼时的儿童读物充斥着"神奇鬼怪王子公主之陈腐童话，花月猫狗之无聊诗歌，以及含有迷信意味，或封建意识色彩极浓重的东西"，而儿童所需要的健康、积极的读物却非常稀少。对此，碧云认为这是"儿童教育职责的作家、专家与出版家们，所以不能辞其咎的"⑥。可以说，前述学人认识到了旧式童话远离现实的弊病，从理论批评的角度为儿童文学创作提供了有价值的参考。

叶圣陶这一时期的儿童文学创作的转变就是显例。在《皇帝的新衣》中，叶圣陶借拥上街头的民众的呼喊"撕掉你的虚空的衣裳"来警醒国人不要遁入虚空，要起来反抗。如果说《稻草人》里"成人的悲哀"色彩还比较隐晦的话，那么到了《鲤鱼的遇险》时，叶圣陶已抑制不住内心的情感，他要对丑恶的世界发出控诉："我们起先赞美世界，说他满载着真的快乐，现在懂了，他实在包含着悲哀和痛苦，我们应当诅咒呵！"叶圣陶认识到，儿童尽管有自己的小天地、小心灵，但在时局转变的语境下，他尖锐地指出："小学生识见的范围已经从

---

①　张天翼.《奇怪的地方》序 [M]// 张天翼. 张天翼文学评论集. 北京：人民文学出版社，1984：328–331.

②　胡风.《表》与儿童文学 [M]// 胡风. 胡风全集（第 2 卷）. 武汉：湖北人民出版社，1999：234–235.

③　茅盾. 关于"儿童文学"[J]. 文学，1935，4(2)：273–276.

④　钟望阳. 我们的儿童读物 [M]// 王泉根. 中国现代儿童文学文论选. 南宁：广西人民出版社，1989：160.

⑤　张匡. 儿童读物的探讨 [J]. 世界杂志，1931，2(2)：375–379.

⑥　碧云. 儿童读物问题之商榷 [J]. 东方杂志，1935，32(13)：297–300.

学校、里巷、家庭扩大开来了，这是不可否认的事实。"[1] 相比"五四"时期的童话，叶圣陶 1930 年代创作的《古代英雄石像》《含羞草》《绝人种的人》《熊夫人的幼稚园》《慈儿》《火车头的经历》《鸟言兽语》等童话延续了其一贯的现实主义风格，但其批判性、讽刺性日趋强化。

值得注意的是，"五四"时期受到极大关注的安徒生童话在这一时期的影响力日趋式微，甚至成了批评的对象。徐调孚将安徒生童话视为"麻醉品"："唯有他的思想是我们现在所感到不满意的。他所给予孩子们的粮食只是一种空虚的思想，从未把握住现实，从未把孩子们时刻接触的社会相解剖给孩子们看，而成为适合现代的我们的理想的童话作家。"他进一步指出："逃避了现实躲向'天鹅''人鱼'等的乐园里去，这是安徒生童话的特色。现代的儿童不客气地说，已经不需要这些麻醉品了。把安徒生的童话加以精细的定性分析所得的结果多少总有一些毒质的，就今日的眼光来评价安徒生，我们的结论是如此"。[2] 金星则将安徒生界定为"一个住在花园里写作的老糊涂"，他推崇苏联作家伊林的作品，"是以物质建设、近世的机械工程、天文地理一切日常生活必要的知识作题材"。因此，"读着这册书的儿童，也跟着那孩子变作了大人"。[3] 范泉也认为，"像丹麦安徒生那样的童话创作法，尤其是那些用封建外衣来娱乐儿童感情的童话，是不需要的"。他旗帜鲜明地指出："处于苦难的中国，我们不能让孩子们忘记了现实，一味飘飘然地钻向神仙贵族的世界里。尤其是儿童小说的写作，应当把血淋淋的现实带还给孩子们，应当跟政治和社会密切地联系起来。"[4]

应该说，上述批评家反对的并非童话本身，而是认为童话所制造的幻境或将儿童引入遁路。对于这一问题，可以通过有关"鸟言兽语"的论争来进一步考察。"鸟言兽语"是童话惯用的拟人化的艺术手法，本不稀奇。早在"五四"时期，关于"猫话狗话"是否符合儿童教育规律的讨论就已经开始了。"猫话狗话"是一种拟人化的手法，正因为赋予了动物说话的能力，儿童与动物就开启了对话、交流的通道。正因为如此，学衡派的柳诒徵认为"猫话狗话"有悖于"五

---

① 叶圣陶. 时势教育着我们 [M]// 叶圣陶. 叶圣陶集（第 5 卷）. 南京：江苏教育出版社，2004：430.
② 狄福. 丹麦童话家安徒生 [J]. 文学，1935，4(1)：240−284.
③ 金星. 儿童文学的题材 [J]. 现代父母，1935，3(2)：35−52.
④ 范泉. 新儿童文学的起点 [N]. 大公报，1947−04−06.

伦"，是"大错特错"。20 世纪 30 年代，"鸟言兽语"写进教科书的做法引起了国民党政府要员何键的不满，他认为将是"一种荒谬之说"。"鸟言兽语"只是童话的艺术手法，它不会在儿童身上种植远离现实的种子，因而也并不背离左翼文学运动的主导思想。何键并非文学界人士，他的这一论断表面看是反"鸟言兽语"，其真实的目的是"反共产"："此种书籍，若其散布学校，列为课程，是一面铲除有形之共党，一方面仍制造大多数无形之共党。"① 此论获得了初等教育专家尚仲衣的赞许，他将"鸟言兽语'等神仙故事、童话视为"教育中的倒行逆施"，并为其开具了"五大罪状"："一是易阻碍儿童适应客观的实在之进行；二是易习于离开现实生活而向幻想中逃遁的心理；三是易流于在幻想中满足或祈求不劳而获的趋向；四是易养成儿童对现实生活的畏惧心及厌恶心；五是易流于离奇错乱思想的程序。"② 面对这种"围剿"童话的荒谬行为，吴研因、陈鹤琴、魏冰心、张匡等人撰文予以反驳。值得注意的是，鲁迅也加入了这次论争，对于那些认为"鸟言兽语"有违共和精神的言论，他认为是"杞人之忧"，他从"为儿童"的立场出发指出童话的"有益无害"："孩子的心，和文武官员的不同，它会进化，绝不至于永远停留在一点二，到得胡子老长了，还想骑了巨人到仙人岛去做皇帝。"③ 鲁迅并不担心"鸟言兽语"这种拟人化的艺术形式对于儿童的负面影响，他真正担心的是儿童不能继续受到教育，"学识不再进步，则在幼小时所教的神话，将永信以为真，所以也许是有害的"④。在这里，鲁迅以"儿童会进化"的角度来驳斥何键、尚仲衣将文学论争与政治立场杂糅在一起的观念，护卫了童话这株新苗。叶圣陶为此还创作了《鸟言兽语》，童话通过麻雀和松鼠的对话引出"鸟言兽语"论争背景，并借松鼠之口说出："咱们说咱们的话，原不预备请人类写到小学教科书里去。既然写进去了，却又说咱们的话没有这个资格！要是一般小学生将来真就思想不清楚，行为不正当，还要把责任记在咱们账上呢。人类真是又糊涂又骄傲的东西！"⑤ 麻雀和松鼠认为"人言人语"与"鸟言兽语"并无多大差异，无所谓哪一种高贵，哪一种低贱。联系前述左翼批

① 何键咨请教部改良学校课程 [N]. 申报，1931-03-05.
② 尚仲衣. 再论儿童读物——附答吴研因先生 [J]. 儿童教育，1931，3(8)：4-7.
③ 鲁迅.《勇敢的约翰》校后记 [M]// 鲁迅. 鲁迅全集（第 8 卷）. 北京：人民文学出版社，2005：353.
④ 鲁迅. 中国小说的历史的变迁 [M]// 鲁迅. 鲁迅全集（第 9 卷）. 北京：人民文学出版社，2005：315.
⑤ 圣陶. 鸟言兽语 [J]. 新少年，1936(1)：5-13

评家批评童话与护卫童话两种不同的路径，不难发现：他们反对的并非童话这种艺术手法，而是批评童话所预设的理想化的虚空幻境。通过这次论争，童话并未在 20 世纪 30 年代 "阶级政治" 主导的语境中被湮灭，随着左翼文学运动的开展，童话不断求取幻想性与现实性的平衡。

不过，随着抗日战争的爆发，关于 "鸟言兽语" 的讨论仍在继续，其论争的重心在于 "鸟言兽语" 的艺术手法是否对于抗战有利的问题上。立足于抗战的政治语境，当时有人从 "儿童教育的本位" 出发，认为 "鸟言犬吠的教材，无关国家社会，徒使儿童迷惑，应加禁止"。对此，吴研因等人提醒国人，"羊拒狗，狗拒狼" 的主题中依然可以洞见 "弱者抵抗强者的意识"[1]。心岜从科学性与文学性的角度出发，论定了儿童文学 "文学性" 的主体地位："违背自然规律比如 '猫狗说话'、'鸦雀问答' 确实不符合科学原理，但最要紧的问题是能否把握住 '儿童文学' 究竟是属于 '文学' 范围，而非属于 '科学' 范围。"[2] 作为儿童文学最具特点的文体，童话的艺术手法与思想观念的平衡问题一直是学界关注的热点。在抗战的语境下，思想的显效被提至优先的位置，由于要传达现实的、时效性的思想内涵，艺术性势必会受到思想性的挤压。不过，强调思想性也未必要以牺牲艺术性为代价的。事实证明，在当时的童话创作中，作家借助 "鸟言兽语" 来传达急迫的抗战信息较为普遍。陈伯吹主张童话以 "社会与自然" 为内容，同时注意儿童阅读的 "趣味" 的观念[3]，实质上是从内容和形式两方面辩证地考察童话的发展方向。那种割裂童话内容与形式统一性，或因童话拥有 "鸟言兽语" 的艺术形式而排拒童话的做法，显然是不科学、不理性的。

回到 20 世纪 30 年代 "鸟言兽语" 论争的语境，刚登上历史舞台不久的中国共产党就曾发表过编撰儿童读物的主张，其出发点是在 "儿童幼稚的脑子里栽下共产主义的种子"，以 "培植未来的同志"[4]。"左联" 成立后，左翼文艺运动就将儿童文学纳入其系统之中。左联机关刊物《大众文艺》开辟了 "儿童文艺专栏" ——《少年大众》。1930 年 5 月，《大众文艺》第 2 卷第 4 期开设 "少年大众" 栏目，该栏目的 "发刊词" 为："这里的种种，都是预备给新时代的弟妹们阅

① 吴研因. 儿童年与儿童教育 [J]. 教与学月刊，1935，1(3)：16-233.
② 心岜. 儿童文学中应否采取物语问题 [J]. 东山，(1)：9-20.
③ 陈伯吹. 陈旧的 "旧瓶盛新酒" ——关于儿童读物形式问题 [N]. 大公报，1947-04-06.
④ 儿童共产主义组织运动决议案 [N]. 先驱，1923-05-10.

读的。这个光明的时代快到了，我们的社会是不断地在进展着。也许我们所讲的种种是你们所不曾知道过，不曾看见过的；但是这些都是真的事情，而且是必定会来的。因为这些种种都是你们在学校里和家庭里所不会谈起的，大人们是始终把这些事情瞒着你们的。我们要告诉你们，过去是怎样，现在是怎样，将来又是怎样。我们要告诉你们真的事情。这是我们新编《少年大众》唯一的抱负。"[1] 在《大众文艺》第二次座谈会上，与会者的意见较为一致。钱杏邨指出，《少年文艺》要"给少年们以阶级的认识，并且要鼓励他们，是他们了解，并参加斗争之必要，组织之必要"。华汉认为，"儿童读的东西与成人读的不同，儿童读物应该要有趣味——当然仅仅是技术上的趣味。内容方面虽则是给少年看的，但是也不能忘记了一般的大众，因为少年不过是大众中的一部分，题材方面应该容纳讽刺、暴露、鼓励、教育等几种"。田汉则强调："对于少年，我们第一先要使他们懂得，其次要使他们爱。我们不论著译，文字总要通俗。好比新文学的不普通，最大的原因还是文字不通俗。文字的通俗浅显是使他们懂得的重要条件。其次说爱。儿童是喜欢泥人、糖果的，现在我们要另外给他们一点新的、有益的东西。并且我们要使他们对于爱好泥人的心理转向我们所要给他们的东西上来。所以我们不妨把过去英雄意识化起来以使他们了解，指示他们新的世界观。并改变他们日常所接近的故事以转移他们的认识，抵抗他们的封建思想。"当然，与会者也意识到了儿童读物与儿童文学的特殊性，在主张"大众化"的同时没有漠视其文学性。列如蒋光慈就曾认为："少年不是成年，少年有少年的兴味，成年有成年的兴味，所以《少年大众》应该大众化而且要少年化。"[2] 在《少年大众》中，苏尼亚的《苏俄的童子军》、冯锵的《小阿强》、钱杏邨的《那个十三岁的小孩》、樱影的《顾正鸿》、屈文翻译的《金目王子的故事》（藤森成吉著）、李允的《谁种的米》即是这种儿童文艺思想的具体的创作实践。"左联"的另一个机关报《文学月报》刊发了多篇儿童小说和儿童诗，如金丁的《孩子们》、杨骚的《小兄弟的歌》。在《文学月报》第三号的"编辑后记"中，主编周扬曾预告了要出版一种"儿童文学"的附刊："我们将附刊一种'儿童文学'，并不钉在本刊篇幅内，是另外装成美丽小册，使读者可以拿来赠送小朋友。内

---

① 　给新时代的弟妹们 [J]. 大众文艺，1930，2(4)：161.

② 　大众文艺第二次座谈会 [J]. 大众文艺，1930，2(4)：1241-1244.

容将尽量采择一些面对现实的、趣味的儿童文学读物。"尽管该计划未能实现，但该刊对于主题的设定折射了左翼儿童文学的观念："关于儿童的读物，近来出版得很多，但大多数都是把儿童当作现实以外的一群，净拿迷离的、无内容的梦幻，来麻醉幼稚的头脑。"① 这种面向现实、面向儿童的文学观念符合左翼文学的主流话语，儿童文学也被整合于文学大众化、革命化的系统。

左翼文学的兴起给儿童文学观念及实践带来了巨大的影响。从文学革命到革命文学表征了中国文学的深化。无产阶级登上历史舞台后，中国新民主主义革命便确立了现代性目标及阶级性路径相统一的历史过程②。在规范革命文学的同时，左翼知识分子提出了基于无产阶级正义标准的革命功利性的诉求，由此推动了左翼文学的发展。儿童文学本身并未贴有阶级性或政治性的标签，但在这场追逐革命现代性的运动面前，儿童文学基于儿童、阶级、政治而开启的民族国家想象传统被重新激活，之前"五四"时期所推行的启蒙现代性的手段让位于革命现代性。左翼革命现代性有明确的政党领导和马克思主义的指导，以革命而非启蒙的方式唤起民众的阶级觉悟，这正是革命文学区别于文学革命的根本所在。有一个疑问：对于"阶级"或"阶级意识"的认知，儿童是如何建立起来的呢？"遗传"说或"后天"说各执一词，也各有各的道理。对于这个问题，茅盾主张从阶级论的角度来整体考察：

在阶级社会内，儿童自懂事的时候起（甚至在牙牙学语的时候起），便逐渐有了阶级意识，而且，还不断地从他们所接触的事物中受到阶级教育（包括本阶段和敌对阶级的），直到由于自己的阶级出身和社会地位而确定了他们的阶级立场。③

茅盾的上述观点是建构在"阶级社会内"的语境下的，儿童的阶级意识既来源于自己的出身，也成型于阶级社会的语义场。这种融合了出身与阶级社会语境的阶级身份与意识，体现了历史与逻辑的统一。这与前述的启蒙现代性与革命现代性的分野并不矛盾，两种现代性在不同的历史语境中对于国民（包括儿

① 编辑后记 [N]. 文学月报，1932-10-15.
② 陈国恩. 革命现代性与中国左翼文学 [J]. 广东社会科学,2019(5)：149-156+255-256.
③ 茅盾. 60 年儿童文学漫谈 [J]. 上海文学，1961(8)：3-14.

童）思想意识的转换都起到了关键作用。在这方面，冰心的儿童小说《分》的出现是上述思想观念转变的标记。小说通过两个出身不同的婴儿的对话，隐喻了社会阶层的差异及贫富分化的结果。冰心的这种创作观念也走出了之前以"爱"为主导的价值模式，儿童的差异在其不同的阶级出身就被框定，那种永恒的平等早已不见踪迹。这是冰心在 1930 年代体认社会后的写照，象征了其儿童文学创作进入了一个新的阶段。无独有偶，张天翼的《大林和小林》里的双胞胎则在不同阶层中长大，而这种穷人与富人不同的家庭生长环境也注定了相异的人生道路。如果说冰心的《分》还停留在以单向度的"出身论"或"血缘论"来判明人生道路的层面上，那么张天翼的《大林和小林》则开启了对儿童"根性"与社会环境双重考量的新高度。

　　与"五四"儿童文学中抽象的"儿童"隐喻不同，这一时期的儿童已具化为现实中的人，是阶级分立和斗争的亲历者、见证者。胡也频《黑骨头》里的童工阿土不再是一个抽象的自然人，而是一个打上了阶级印记的社会人。萧红的《手》以染坊店女儿王亚明的"手"标记了阶级分化下下层儿童的全部心酸与苦楚。那双"蓝的，黑的，又好像紫的；从指甲一直变色到手腕"的小手成了学校教师和学生嘲笑的对象，烙上了"异样"标记的王亚明的语言和行为，演变成为贫困、无知、愚蠢者的"示众"。深受鲁迅影响的萧红以"越轨的笔致"描摹了自然之子被阶级化、社会化扼杀的事实。基于"我的人物比我高"[①]的观念，萧红处处克制自己情感的显露，不干预人物命运的走向，套用《手》里的话说即是："她的眼泪比我的同情高贵得多。"同样是描写儿童、描摹儿童的"手"，郭沫若的《一只手》就与萧红的《手》有很大的差异。《一只手》并非为了书写"病体儿童"的生存状态，而是要凸显小普罗英勇反抗的儿童主体精神。在这里，小普罗已不再是沉默的儿童，他们团结一致，高喊"同志们起来！起来""反抗一切资本家"，并最终打死了资本家鲍尔爵爷。当儿童走出自我世界、介入阶级政治的生活时，他们的观念、精神为社会化的广阔结构所拉升，而这时的儿童文学也就充当了"生活教科书"的价值功能，与"五四"时期的儿童文学所开创的思维、观念和价值已拉开了越来越大的距离。

---

① 聂绀弩 . 回忆我和萧红的一次谈话 [J]. 新文学史料，1981(2)：186-189.

受左翼思潮的影响，苏联文学在中国文学界的传播不断加速，并占据了"压倒性"的地位，苏共文艺政策和观念深刻地影响了成人文学与儿童文学界。而这种对于苏联文学的翻译与中国儿童文学之间具有一体性。茅盾的《儿童文学在苏联》比较系统地介绍了苏联儿童文学的发展现状及"儿童文学大会"的决议[①]。他以其翻译的《团的儿子》为例指出："向来有一种'理论'，以为儿童文学是应当远离政治的，但在苏联，这种'理论'早已破产了。"[②] 他推崇苏联作家马尔夏克，认为马尔夏克在儿童文学上确已开辟了一个"新的世界"，他指给儿童们看的世界是一个"新的世界"[③]。在他看来，马尔夏克的作品"和旧时代的儿童文学不同"，展现的是"苏维埃的新世界"，是"劳动人民劳作的成果"。[④] 曾留学苏联多年的萧三非常熟悉苏联儿童文学的发展状况，他指出苏联在新儿童文学创作中克服了两种倾向：一是将神话和幻想完全从童话中驱除，二是使儿童读物完全脱离现实。由于解决了上述问题，"苏联儿童文艺便走上了康庄大道"[⑤]。高尔基对于中国儿童文学和成人文学的影响是巨大的，"他在中国决不仅仅是'他山之石'，而是照耀中国左翼运动发展的'太阳'，所以当他逝世时，被比喻为'人文界的日蚀'，他事实上参与了中国左翼运动的发展，塑造了中国左翼文学理论的特征和品格"[⑥]。对于儿童文学写什么的问题，高尔基将教育置于至关重要的位置："在我国，教育的意义就是革命；也就是将儿童的思想从他祖辈和父辈们的旧生活所预定的思想技术习惯和思想错误中解放出来。"在他看来，对于儿童教育而言，光有事实、思想和理论是不够的，还需要对儿童叙述劳动过程。他以原始神话为例分析指出："原始神话里没有一个神不是能手，这些神斗士技术熟练的铁匠，或是猎人、牧人、航海者、音乐家、木匠；女神也是一些能手：织女、女厨师、女医师等。被称为'原始人的宗教创作'的东西，其实是完全没有神秘性的纯艺术创作。"[⑦] 鉴于此，"为儿童们创造新的、苏维埃的通俗科学的、社会主义的，并且艺术上优美的读物，是迫不及待要解决的问题"。高

① 茅盾.儿童文学在苏联 [N].文学，1936-07-01.
② 孔海珠.茅盾和儿童文学 [M].上海：少年儿童出版社，1990：442.
③ 茅盾.儿童诗人马尔夏克 [N].新闻报，1947-10-10.
④ 茅盾.马尔夏克谈儿童文学 [J].今文学丛刊，1947(2)：61-63.
⑤ 萧三.略谈儿童文学 [N].解放日报，1942-12-17.
⑥ 李今.三四十年代苏俄汉译文学论 [M].北京：人民文学出版社，2006：92.
⑦ 高尔基.儿童文学的"主题"论 [J].沈起予，译.文学，7(1)：38-47.

尔基站在国家前途的立场上指出，"我们的孩子们应该被教育成更活跃的世界无产阶级的领导者。因此，我们就有义务将他们从小就武装起来，使他们具备抵抗旧生活的保守主义和沉滞的小市民环境的影响的一切必要知识的威力" [①]。

　　注重社会功用性及之于儿童读者的塑造作用是这一阶段儿童文学观念的主导方向，这与革命文学、左翼文学的旨趣是同频共振的。事实上，儿童文学在聚焦儿童的过程中从来就没有拒斥时代、社会和历史等内容，那种打着保护儿童而排拒其与外部世界联系的观念显然违背了儿童文学的本意。受时代的感召，这一阶段的儿童文学观念表现出较为明显的政治化和革命化的倾向。在《关于"儿童文学"》中，茅盾就曾指出，儿童文学"要能给儿童认识人生""给儿童们'到生活之路'的，帮助儿童们选择职业的，发展儿童们的趣味和志向的" [②]。作为儿童文学先驱，茅盾在"五四"时期编纂了中国古代寓言、民间故事，也翻译了国外的童话，还撰写了相关理论著作。对于茅盾之于儿童文学的贡献，胡从经认为："在中国现代儿童文学史上，有一个颇耐人寻味的现象，即不少著名作家的创作道路都是以儿童文学为起点的"，"最负盛名的作家之一茅盾，他的文学生涯也是从儿童文学起步的"。[③] 在这里，胡从经将茅盾早期编译的儿童读物都视为儿童文学。颇为有趣的是，对于何时创作儿童文学和何谓儿童文学等问题，茅盾却并未明确地给出过答案。在《我走过的道路》中，茅盾交代了这样一件事情：1935 年底，时任开明书店社长的夏丏尊邀请其写一部适合青少年阅读的小说，茅盾拒绝了，他说："我虽然写了一些儿童文学的评论，但是从来没有写过儿童文学，你找错人了。"[④] 茅盾也承认："我在儿童文学方面未有研究，亦未尝试写作，没有发言的资格。"[⑤] 由此可以看出，他并不认为之前编纂的儿童读物属于儿童文学。既然如此，那么他是怎么界定儿童文学这一概念的呢？或者说儿童文学与儿童读物到底是什么关系呢？廓清这一问题，对于我们研究中国儿童文学的发现及与现当代文学的一体化问题都有着至关重要的意义。在

① 高尔基. 文学散论 [M]. 孟昌，译. 桂林：文献出版社，1941：96.

② 矛盾关于"儿童文学" [J]. 文学，1935，4(2)：273-276.

③ 胡从经. 晚清儿童文学钩沉 [M]. 上海：少年儿童出版社，1982：231.

④ 茅盾. 我走过的道路（下）[M]. 北京：人民文学出版社，1997：35.

⑤ 茅盾. 谈儿童文学 [J]. 谈儿童文学，1943，7(10-12)：3-3.

《关于"儿童文学"》中，茅盾指出："到现在为止，儿童读物虽然由单纯的'儿童文学'（小说，故事，诗歌，寓言）扩充到'史地'，到'自然科学'，可是后两者的百分数是非常之少。"① 在他看来，儿童读物的范畴大于儿童文学，是儿童文学与"史地读物""自然科学读物"的总和。应该说，这种将儿童文学与儿童读物区隔的思维反映了茅盾明确的儿童文学学科意识。

1934 年，茅盾创作了以儿童为视角的儿童小说《阿四的故事》②。在孔海珠编撰的《茅盾和儿童文学》与金燕玉主编的《茅盾与儿童文学》中，两人都将《阿四的故事》列为儿童文学中的小说文体。此外，张之伟的《中国现代儿童文学史稿》等一些儿童文学史著也将其纳入儿童文学的范畴。那么这篇小说是不是儿童文学呢？按照茅盾的本意，《阿四的故事》是不属于儿童文学的。在《一年的回顾》中，他认为当时出现了一种新文体——"速写"，"我写的速写，有八篇是农村题材，如《大旱》《桑树》《阿四的故事》等"③。关于"速写"这种新文体，他也坦言，其与迫急的时代之间关系密切，"是一种能把现实生活的各个侧面很快地反映出来的文体，犹如生力军进入阵地，来不及架大炮，就用白刃与手榴弹来交战"④。其目的是为了增加作家表现生活的"横断面"⑤ 的能力。该小说引入了儿童的视角，阿四这一儿童形象贯穿于小说的始终，他是一个"疾病儿童"的形象，"绿油油浓痰似的脏水"等外在恶劣生存条件使他"瘦弱如猴"，在其父母眼中，"死了倒干净"。在"儿童与时代"互为表里的故事框架内凸显了文本的思想与艺术价值。如果说，《阿四的故事》是儿童视角的"速写"小说，那么茅盾创作的《大鼻子的故事》则是一部带有社会剖析的"城市流浪儿的传奇"。茅盾以"大鼻子"这一流浪儿的遭遇来折射 20 世纪 30 年代中国的社会现状，并将当时社会的重大事件也介入其中，现实主义的底色很鲜明，而主人公"放浪习性"的蜕变也表征了作家对于当时时局的深入思考与探索。

在社会本位取代儿童本位的潮流中，耽于幻想的作家及作品受到了当时学界的批评。与前述安徒生在中国的际遇不同，意大利作家科诺迪的《木偶奇遇

---

① 茅盾. 关于"儿童文学" [J]. 文学，1935，4(2)：273-276.
② 茅盾. 阿四的故事 [J]. 太白，1934，1(6)：256-257.
③ 茅盾. 我走过的道路（下）[M]. 北京：人民文学出版社，1997：2.
④ 茅盾. 我走过的道路（下）[M]. 北京：人民文学出版社，1997：1.
⑤ 惕若. 西柳集 [J]. 文学，5(3)：1074-1080.

记》受到了苏苏的高度评价，并改写了《新木偶奇遇记》。匹诺曹的漫游被置于
中国的情境下，他也蜕变为一个堕落的、任人摆布的木偶。作者对于匹诺曹的
批判是尖锐的："不要脸的匹诺曹，你出卖了国家，又出卖了同胞！今天，我们
送你进坟墓，明天，国家要得到自由，人民要得到幸福！"应该说，这种改写
有抗战救国的内在需要，但峻急的思想性还是限制了艺术性的书写，这也是这
种改写难以成功的根本原因。颇有意味的是，与苏苏《木偶奇遇记》的改写不
同，左健改写的《匹诺曹游大街》则延续了原著人物的性格。在严酷的现实面
前，匹诺曹表现出了鲜明的阶级意识。这种借外国作品原型来揭示中国社会现
实的改写显然渗透了改写者中国本土的民族化的立场，所改写的作品与原著之
间的差异是审视中国作家民族国家意识的重要渠道。

　　英国作家卡罗尔及其《阿丽思漫游奇境记》则受到了沈从文、陈伯吹的高
度评价，并将其作了中国式的仿写与改编。卡洛尔笔下建构的"奇境"与日常世
界有着极大的差异，这里的差异不仅指有迥异于现实世界的奇异角色，更在于
阿丽思经由"兔子洞"这一中介来到奇境后，文本中出现了大量抵抗和颠覆既定
的语言习俗和修辞逻辑的语言表现形式。更为突出的是，幻想世界与现实世界
之间存在着裂隙。按照托尔金"第二世界"理论，幻想世界与现实世界并非完全
割裂，其内蕴的真实性源自其世界内部运转着丰富且自洽的逻辑规则，它要求
作家付出精力和创作技巧以实现第二世界中的"真实的内在的一致性"[1]。在仿写
过程中，沈从文用中国人的方式来构思和撰写，"《阿丽思中国游记》，尤其是
我走自己道路的一件证据"[2]。他将这一个童话原型嫁接于中国的土壤上，开出
了融合中西的全新花朵。阿丽思在兔子傩喜的邀请下陪伴她来到中国，真正开
始了中国之旅。在这里，沈从文将中国的书写镶嵌于外来者认识中国知识、风
景的现代性装置中。阿丽思和傩喜在漫游路上看到了诸多残忍的现实内容，如
连自杀都需要求助于人的难民；毫无节操，为了虚名竞相倾轧的知识分子；此外
还有欺上瞒下、贪赃枉法的文化官员，以及表征中国人、中国文化的种种弊病
均被外来人所发现。无奈，她们来到了远离都市的边缘之所——湘西苗部，然

---

① Tolkien，J.R.R.The Tolkien Reader[M]. New York:Ballantine，1966:41.
② 沈从文《阿丽思中国游记》第二卷的序 [M]// 沈从文 . 沈从文全集（ 第 3 卷 ）. 太原: 北岳文艺出版社，
　 2009 : 185.

而，这里也远非所期待的真正"自然"，在亲历了原始而残忍的奴隶买卖后，她们决定结束漫游回到英国去。显然，这其中有用外国他者言说中国的"借镜"功能的征用。"外国孩子"这一独特的他者身份，为阿丽思提供了观照中国的很多便利。对她而言，中国的一切都是新鲜而陌生的，儿童的天性让她不会像成人外来者那样理性地思考异域风景。然而，现实的生活彻底击溃了她稚嫩的幻想，现实的发现让她变得沉重，童话本身的趣味性自然退场。沈从文用"天真打量沉重"的童话改写彰明其秉持的中国立场，也体现了中西文化错位的现代认知。

关于《阿丽思漫游奇境记》，赵元任也称为"没有意思"的"意思"[1]。王人路对该书"没有意思"的概括最为具体而生动：

这部书，可以说是一部笑话书。笑话书的种类有很多，有讽刺的，有形容过分的，有取巧的，有自己装傻子的，还有许多别的各种不同程度的笑话，但是这本书的笑话的妙处在于"没有意思"，就是说，这本书的著者，不是用这本书来提创什么主义的寓言，而只是拿他纯粹当作一种美术品来做。这些没有意思的笑话或是不同的笑话，他的妙处就在于听者好像成一句话，骑士不曾说话，看着好像一件事，其实不成事体。这样是很难得的，也就是这本书的价值所在。[2]

经沈从文仿写后，不仅故事面貌发生了很大的变化，而且更是更改了"没有意思"的本义。对于沈从文这种大胆的改写，苏雪林认为是不成功的："这是沈氏著作中最失败的作品。"[3] 沈从文也曾表示他将原著"写错了"："我把到中国来的约翰·傩喜先生写成了并不能逗小孩子笑的人物，而阿丽思小姐的天真在我笔下也失去不少，我发现这个坏处时，我几乎不敢再写下去。我不能把深一点的社会沉痛情形，融化到一种纯天真滑稽里，成为全无渣滓的东西，讽刺露骨乃所以成其为浅薄，我是当真想过另外起头的了。"[4] 沈从文所说的"写错了"其实是他对于原作的改动，在中国的土壤里，该童话融入了"社会沉痛情形"的

---

① 赵元任.译者序 [M]// 刘易斯·卡罗尔.阿丽思漫游奇境记.上海：商务印书馆，1988：7.
② 王人路.儿童读物的研究 [M].上海：中华书局，1933：106.
③ 盛巽昌.苏雪林的童心 [J].儿童文学研究，1992，(2).
④ 沈从文.《阿丽思中国游记》后序 [M]// 沈从文.沈从文全集（第3卷）.太原：北岳文艺出版社，2009：3-4.

色调，使得童话本身的趣味（"逗小孩子笑"）和纯粹想象失去了现实根基。对于这种沉痛的基调，贺玉波认为伤害了童话本有的特性，"至于童话里的丰富幻想，优美的情绪，高贵的寓意，以及美丽的文字，在这部作品中都找不出来"①。不过，细心的读者依然能被这种错位语境中的社会深思所打动。与前述苏雪林、贺玉波的否定意见不同，徐志摩在为该小说撰写的广告语中盛赞其价值："在中国真是稀贵极了！写长篇难，而写得有结构，有见解，有幽默，有嘲讽，……那便是难之又难。"② 在《阿丽思中国游记》第二卷的序中，沈从文指出，"因为生活影响于心情，在我近来的病中，我把阿丽思又换了一种性格，却在一种论理颠倒的幻想中找到了我创作的力量了"③。显然，这里所谓的"又换了一种性格"依然是沈从文根据卡洛尔童话原型的再创造，人物有着与第一卷不同的性格，但也不再是原作中的性格了。人物性格的变化只是沈从文自我创作观念变化的体现，它依然与中国社会思潮及文化语境有着密切的关系。尽管在两篇序中，沈从文始终强调他的创作不关乎国内的政党之争，自己也不从属于某些"主义"或"党派"，但是他无法回避中国现实境遇，不可能充当"纯艺术家"的角色。对于一些批评家的误读，沈从文没有直接与之论争，但还是表露出批评者没有读懂其"愤懑之后的悲悯"。沈从文之后，阿丽思的原型依然在中国改写，但是，在引入他者资源时，中国知识分子始终无法排拒中国现实情境的心理暗示，其实用主义的文学功用依然存在。

在《阿丽思中国游记》中，沈从文并未贯彻原著《阿丽思漫游奇境记》中的儿童视角，总是抑制不住自己感情现身，加入个人的讨论和言说，这使得原有的童话叙事模式出现了变异：他不愿意放弃从阿丽思眼里看中国的机会，夹杂了诸多成人的价值取向。例如，在去中国之前，傩喜以《中国旅行指南》作为其想象中国的资源。在这本表征中国人劣根性大全的《中国旅行指南》中，沈从文将"文化中国"做了一番梳理和介绍，其中不乏对于高官文人的嘲讽，其保守、拍马、说谎、好赌博等恶习被揭示出来。在这里，沈氏只是借用外国人阿

---

① 贺玉波. 沈从文的作品评判 [M]// 贺玉波. 现代中国作家论（第 2 卷）. 上海：上海大光书局，1936：179.
② 《阿丽思中国游记》广告语 [J]. 新月，1928，1(11).
③ 沈从文《阿丽思中国游记》第二卷的序 [M]// 沈从文. 沈从文全集（第 3 卷）. 太原：北岳文艺出版社，2009：147.

丽思等人的游历情节来表达其文化思想。为了抵制上述文化弊病，沈氏将目光转向远离都市的湘西世界，其"乡下人"的文学理想也得到了很好的诠释，他借宜彬母亲之口，道出了自己的心声："喔，阿丽思，你也应见一见我那地方的苗子，因为他们是中国的老地主。如同美国的红番是美国的老地主一样……虽野蛮民族不比高尚的白种人黄种人讲究奴性的保留，可是这个事就很可喜，有了这个也能分出野蛮民族之所以为野蛮民族。你见到苗中之王与苗子的谦虚直率，待人全无诡诈，你才懂到这谦虚直率在各个不同的民族中交谊的需要。阿丽思，还有咧。还有他那种神奇，那种美！"① 此外，关于教育、育婴、祈神、战争等问题的讨论也多有呈现。长篇累牍的评论打断了故事情节的推衍，阿丽思的中国旅行也演变成作家的中国文化解读。这从根本上改变了原著的叙事模式和人物性格，也显示了沈从文借助童话改写来想象中国的文学努力。然而，沈从文的"简单"化的城乡参照体系依然在这部小说中体现出来，城乡非此即彼的文化、价值参照显然无法洞见中国整体的历史深层，这也使得其湘西理想"尽染了一层浓浓的乌托邦色彩"②。而这层"乌托邦色彩"恰是儿童文学与成人文学交汇时的重合地带，从两种文学门类的角度都能找到切合自己文体、结构、语言及主题的相关点。

可以说，改编是另一种方式的创作。既然是创作就不是抄袭，而是朱家振所谓的"点金术"式的创造。朱家振将改编分为如下几类：第一种是把一篇冗长的文学名著，缩写为长短合度适于儿童。第二种是把较艰深的文字译为浅显易懂的文字。第三种是把外国的儿童文学作品中所有冗长的人名地名以及特殊的风俗和语言习惯加以中国化。第四种是把许多旧时成语演绎为具体的故事。第五种是把各种失掉的时代精神的故事加以彻头彻尾的改写。③ 与沈从文无异，陈伯吹的《阿丽思小姐》并非忠于原著的译介，而是基于时代、时局而作的中国式改编："'九·一八'的炮声使我震惊，也使我醒觉：阿丽思应该从梦游中回到现实生活上来，从游戏生活的途中走上关心国家大事的生活旋涡里去，从浪漫

---

① 沈从文. 阿丽思中国游记（第二卷）[M]// 沈从文. 沈从文全集（第3卷）. 太原：北岳文艺出版社，2009：194–195.

② 马兵. 想象的本邦——《阿丽思中国游记》、《猫城记》、《鬼土日记》、《八十一梦》合论 [J]. 文学评论，2010(6)：161–166.

③ 朱家振. 论儿童文学之改编 [J]. 时代中国，7(2)：45–66.

主义转向现实主义。"①其改编该童话的动机也正基于此："让她来半封建半殖民地的中国看看，通过她的所见所闻，反映给中国的孩子们，让他们从艺术形象的折光中，认识自己的祖国面貌，该爱的爱，该憎的憎，什么是是，什么是非，然后考虑到何去何从，走自己应该走的道路。"针对有人认为童话是远离人生的麻醉品的说法，陈伯吹并不认同。恰恰相反，他认为童话是教育儿童的重要工具。他呼吁"现代的童话作家应把握文学的目的，认清儿童将来的责任，启发，暗示，鼓励他们以将来的职责，使他们深深地了解人间的阴暗与悲惨，激发他们对于革命的信心"②。在《阿丽思小姐》的前半部，陈伯吹还保留了阿丽思天真活泼的儿童性，到了后半部人物出现了重大的转变，成为一个反抗强暴的小英雄。在这里，人物转变并非是在成长的轨迹中完成的，而是在一系列时事化的现实面前的精神蜕变。阿丽思漫游、成长道路上的裂隙、突变撕裂了儿童与社会之间的张力结构，从而形成了图解时代的童话改编的范例。对于这一点，陈伯吹认为阿丽思从"普通一女孩"转变为"大无畏的小战士"是时局的反映，"只是我没有生活，仅仅看点新闻报道，以致写得内容粗浅，加上艺术性又不成熟，不免有'图解'之讥"③。在"神圣战争"中，阿丽思与反动势力的斗争并非儿童游戏的幻梦，她不屈服于强权，不签订丧权辱国的条约，还在战壕上用白粉涂着醒目的标语："迎战万恶的帝国主义者！弱小民族抵抗侵略万岁万万岁！"

尽管童话中出现了诸多宣言式的口号或标语，但陈伯吹的改编还是获得了儿童读者的喜爱，他曾坦言读者来信中反映的"预应力"问题符合自己构思时的估计。在给该书写的前言中，赵景深用"理智"和"诗"来概括陈伯吹的改编过程④，深刻地揭示了儿童文学与政治相遇时陈伯吹融合教育性与文学性的智慧。在阅读该改编作品后，翻译家康同在充分肯定了陈伯吹笔下的阿丽思"没有起到麻醉中国儿童的把戏，反而给她变成了一个新世纪的儿童"⑤。此后，陈伯吹的《波罗乔少爷》等童话作品也贯彻了"童话是作家来自生活的幻想故事，可它

---

① 陈伯吹.蹩脚的"自画像"[M]//叶圣陶.我和儿童文学.上海：少年儿童出版社，1990：31.

② 陈伯吹.童话研究[J].儿童教育，1933，5(10)：35-40.

③ 陈伯吹.《阿丽思小姐》后记[M]//陈伯吹.陈伯吹文集（第1卷）.上海：少年儿童出版社，1989：449.

④ 赵景深.《阿丽思小姐》前言[M]//陈伯吹.陈伯吹文集（第1卷）.上海：少年儿童出版社，1989：454.

⑤ 陈伯吹.陈伯吹文集（第1卷）[M].上海：少年儿童出版社，1989：455.

的影子是在反映着具有现实教育意义的现实生活"[1] 的主张。

第二节　抗战政治与儿童文学作家的转向

在抗战的语境下，儿童文学与成人文学的创作、批判路向都聚焦"战争"这一关节点上。在此情境下，茅盾指出："我们目前的文艺大路，就是现实主义！"[2] 洁孺也认为"作为作家们的实践的方法论和认识的方法论"以及"表现的方法论"的现实主义几乎成为当时批评家普遍认可的选择，因为"它的方法的正确性与优越性，保证了模铸中国的典型，描写中国的性格，丰富中国文学的形式，创造中国文学的风格，革新中国文学的姿态……"[3]。与成人文学一样，儿童文学也没有耽于纯文学的狭小视域，而是聚焦时代与社会，融入了抗战文学的主潮中。

在抗战的主题下，文学关注社会现实的功能被激活。在此情境下，儿童文学与成人文学之间的界限、壁垒逐渐消失。"儿童"这一曾被视为现代符号的概念此时也被消融于"全民"的集体范畴内："'儿童'在战时中国被当时的知识分子视为国家、家庭及学校的一个连接点，是对中国普通民众和家庭妇女进行抗战宣传的一个有效中介，并因此成为战时教育的核心部分。"[4] 从儿童观来看，巴金认为，中国历史上"重文轻武"的传统给国人带来了不可避免的毛病，必须予以矫正。落实到儿童身上，他的意见是：

"娇生惯养"一定须换成"身粗胆大"。"掌上明珠"必要改成"民族的战士"，我们的儿童不只专为继续一家一姓的香烟，而也是能捍卫国家的武士。他不必一定去打仗，中华民族根本不是想侵略别人的民族，可是当别人来侵犯我们的时候，他必须有杀上前去的肝胆与体格，就是在太平无事之秋，他也须身强志勇，尽心尽力为全体同胞谋幸福。在抗战中我们需要武士，在建国中我们也需要武士，武士不必都

① 　陈伯吹 . 卷首语 [M]// 陈伯吹 . 陈伯吹文集（第 1 卷）. 上海：少年儿童出版社，1989：2-3.
② 　茅盾 . 还是现实主义 [J]. 战时联合旬刊，1937(3)：101.
③ 　洁孺 . 论民族革命的现实主义 [J]. 文艺阵地，1939，3(8)：1054-1056.
④ 　徐兰君 . 儿童与战争：国族、教育及大众文化 [M]. 北京：北京大学出版社，2015：8.

执枪，要在有识有胆，有心有力，职守纵有不同，而精神则一致。①

　　一旦儿童被整合于抗战的序列中，"儿童"的个性特质被动员和宣传抗战的集体特征所替代。战争的吸附力是巨大的，儿童也无法置身事外。林立天所谓"儿童必须从大人的手掌里解放出来，直接参加整个民族解放的战斗"②代表了当时国人的心声。

　　自此，一种快速催生儿童成长的机制由此生成，"早熟"的儿童形象也大量出现。丁玲的《一颗未出膛的枪弹》中七八岁的小红军萧森恳求用刺刀来结束自己的生命的缘由是为了节约一颗子弹扛日。当然，萧森的话也获得了成人的共鸣，成人朝他拥过来，"他也被举起来了"。小说中萧森是一个红色小儿童，丁玲借用"儿童"在战争中的"弱者"身份，以其大义凛然的品格和精神来反观全民抗战。在这里，萧森的出场体现了现代民族国家话语对儿童身份的征用，起到了儿童如此、成人亦当如此的艺术效果。在此情境下，作家笔下的儿童不再是蜷伏于道德或成人话语的抽象符号，他们的生命与现实、社会及民族国家的命运紧紧联系在一起。然而，战争是残酷的，对于"弱者"儿童来说更是如此。"绝没有任何一次的战争会让儿童站在战争圈子外面去"有两个层面的意思：一是儿童被卷入到战争之中，成为战争生态的一部分；二是战争所产生的灾难性的后果，儿童无法幸免。第一个层面的文学演绎是大量的"小英雄""小战士"的涌现，关于这一点，出现了大量的文本。第二层面的文学演绎则是战争之于儿童的影响及反思。更为关键的是：战争创伤所压缩儿童自然性、提前预支儿童社会性该如何评价及反思。关于这一点，教育界出现过如董纯才《儿童教育的主观主义》等相应的反思性文章，文学界则鲜有作品或理论文章论及。并且这种不对等的文本叙事一直延续到了 1970 年代。

　　与"五四"儿童小说中失语、病态的儿童形象不同，这一时期林珏的《不屈服的孩子》、袁鹰的《何冰》、张天翼的《把爸爸组织起来》等儿童小说中的儿童多是"小大人"，作家没有弱化苦难、战争等语境预设，而是强化了其"瞬间凝望"的忧思及人生道路的探求。随着左翼运动的开展，儿童文学越来越突出人

①　老舍.儿童节感言 [J]. 抗战画刊，1939，(26).
②　林立天.儿童在抗战中的力量 [N]. 救亡日报，1938-04-08.

物的阶级属性及分野。茅盾《少年印刷工》中主人公赵元生的成长与其人生选择是分不开的，新旧两种力量博弈的胜负最终借助赵元生的选择来完成，他选择了以姑父和老角为代表的新生力量，其成长折射了时代转换及复杂多变的社会语境。其艺术效果是"孩子们认识人生、认识社会、认识时代的生活教科书"[①]。即使是在童话中，这种教育儿童、宣传抗战的思想也没有退场。老舍的《小木头人》的情节中加入了"抗战"的色彩，兼具"木头人"和"童子军"的小木头人形象鲜明，"他的身上硬，不怕打"[②]的性格是其日后从军的先决条件。该童话并没有止于幻想，而是将抗战的现实介入其中，是童话开启"幻想现实主义"风格的尝试。苏苏（钟望阳）的《小癞痢》让"小癞痢"脱胎换骨，在抗战的语境下成长为"小英雄"。在评价该书时，巴人认为战争可以教育儿童，而儿童还可以教育成人，"的确，我们是该向孩子学习了。纯正的洁净，勇敢，率真，不存在一丝一毫的自私自利观念，这应该是每个参加抗战的同胞们所应有的精神吧！我希望中国的孩子们爱读这册书，也希望中国的成人们爱读这册书，然而我更希望日本的孩子们能够读到这本书"[③]。如果按照"儿童文学是教育成人的文学"的说法，巴人所述是非常符合这一观念的。不过，巴人这里的教育成人是有特定情境的，即在战争语境中儿童的反抗所产生的效果可以震撼和教育成人。脱离了这种语境，这种教育成人的功能也就失却了基础。

抗战爆发后，儿童文学以其特有的方式参与到全民抗战的大潮中。1935 年，《儿童日报》创刊号上印着醒目的标语："关心国家大事，才是一个爱国儿童。"据总编何公超回忆，"我们在编写新闻时，对国内或国际的某件事或某些人，在字里行间，总是明显地揭示我们的是非看法和爱憎态度，如拥护抗战，反对投降，斥责卖国汉奸，颂扬抗日将士"[④]。又如《西南儿童》的发刊词这样写道："我们西南的小朋友就应该和全中国的小朋友团结起来……再和全世界的儿童团结起来，打倒日本鬼子，创造新中国；打倒法西斯，创造新世界。"[⑤] 在《少年出版

---

① 金燕玉. 茅盾的童心 [M]. 南京：南京出版社，1990：91.

② 老舍. 小木头人 [J]. 抗战文艺，1943，8(4)：12—21.

③ 苏苏. 小癞痢 [M]. 上海：译报出版部，1939：3.

④ 何公超.《儿童日报》四年苦斗 [M]// 少年儿童出版社. 现代儿童报纸史料. 上海：少年儿童出版社，1986：33.

⑤ 发刊词 [J]. 西南儿童创刊号，1939.

社缘起》中，钟望阳指出："我们中国为儿童们所写的儿童作品，在熟练上虽然也不可算少，但是所可惜的，若干所谓儿童文学作家所努力的目的，只是骗骗孩子们而已。他们有的把文字写得高深莫测，自以为行为绮丽，艺术高超，而自鸣玄博，然一推其内容，那只是一架可怕的骷髅罢了。他们所努力的，是要使千万的儿童们忘掉血淋淋的现实，而使他们进入一种空幻的'仙境'里去！这无形中杀害了我们中华民族的幼芽！这种痛心疾首的现象，在抗战爆发的今日，固然已经是销声匿迹了，但是跟着艰苦的抗战环境而来的，我们又看到另一种杀害儿童的所谓'儿童作品'出现了。"①

事实上，儿童报刊、出版社对于中国时事进行专题报道可追溯到 1923 年《小朋友》杂志发布的《提倡国货号》宣言。在文章的开篇，杂志社同人向读者发出了"提倡国货，是救国的妙方"的倡议。该文指出："小朋友们，你们都是将来的主人翁，更要十分努力宣传这种极和平的救国妙方，使锦绣般的中华，不至于落到敌人手里去！这个，的确是诸君的大责任！而且只要齐心，这件事是最容易做到的——再没有比这事更容易做的了。这本小书，只能鼓励诸君的感情，没有多大的精彩；若是诸君真能在感动以后，竭力实行，将来国富民强之时，这本小书，也可以沾着诸君的光荣，而增长不少的价值呵！"1931 年9 月，《小朋友》杂志刊出"抗日救国专刊"。该刊发表了热情洋溢的宣言："诸君都是我国将来的主人翁，让我们除去现在能尽的责任，如不用日货等外，应当吃苦勤劳，锻炼身体，努力求学，增进知识；对国际的情形，仔细研究，拆穿日本的阴谋，到那时，我们建成了一个强盛的国家，还有谁敢来欺侮我们呢！可爱可敬的小朋友啊！我愿你努力，努力，努力不息！现在暂时受辱，算得什么呢！"②在抗战的背景下，《小朋友》杂志并未盲视儿童作为中国人的事实，而是对其发出了如下倡议："全国的小朋友！亲爱的小朋友！国难临头，我们应该快快奋起，一致努力救国！努力救国！"③概而论之，在抗战语境下，营造幻梦、逃避现实的文学观念招致越来越多的批评。陈伯吹认为童话是有批判功能的，他呼吁："现代的童话作家应把握文学的目的，认清儿童将来的责

---

① 苏苏．少年出版社缘起 [M]// 王泉根．中国现代儿童文学文论选．桂林：广西人民出版社，1989：163.
② 宣言 [J]．小朋友，1931，(481).
③ 国难临头 奋起救国 [J]．小朋友，1931，(482).

任，启发，暗示，鼓励他们以将来的职责，使他们深深地了解人间的阴暗与悲惨，激发他们对于革命的信心。"① 有感于日本派了童谣诗人野口雨情到伪满洲国麻醉儿童的事件，穆木天主张重构"新的儿童文艺"，"新的儿童文艺，不应是中世风的动物故事，或是理想化了的唯美的歌谣。在现阶段的中国，是不要那种蒙蔽儿童眼睛的东西"，而是"需要用现实主题，去创造新的儿童文艺的。新的童话，新的童谣，都宜有现实性。从帝国主义压迫中国诸事实，'九·一八'，'一·二八'，以及数年来东北民众的惨苦生活中，我们都可汲出来新的儿童文艺的主题的。而用那些有真实性的主题，制作出来新的儿童文艺作品来，是大大地可以教育中国儿童的。"② 应该说，在"文学下乡，文章入伍"的旗帜下，儿童文学强化了教育性，注重从时代、社会、国家的宏大背景中开掘教育儿童的素材，进而在文学与政治的遇合中扩容了儿童文学的意涵和精神气度。

在"儿童本位"向"社会本位""民族本位"转型的过程中，儿童文学遵循着现实主义的底色，其发展被打上了浓厚的时代印记。苏苏（钟望阳）自述创作《小癞痢》是受了时代感召："我要写！我要写！这是时代赋予我的使命！我要把全国各地的儿童学习他奋起救亡，奋起抗日！"③ 高士其指出其创作《我们的抗战英雄》《细菌与人》《抗战与防疫》等科学小品的出发点是"为抗日救亡宣传呐喊，用我的点滴力量，对祖国，对人民尽我应尽的责任"④。他认为"目前的世界，有两种摧残生命的恶势力，在我们的周围潜伏着，有的已经在发动了"。而这两种势力中，"一个是战争的祸首，一个是疫病的元凶"。为此他向儿童发出了反抗的呐喊："那么，我们应当怎么办呢？无疑地对于野蛮无理的侵略，我们要马上抵抗。对于残酷无情的疫病，我们要赶早防御，不能再拖延了！'抗战！抗战！积极抗战！抗战到底！'这是今日中国民众的呼声！我们相信，在这国家生死存亡的关头，除了少数无耻的汉奸和怯弱的唯武器论者外，我们四万万

---

① 陈伯吹. 童话研究 [J]. 儿童教育，1933，5(10)：35-40.
② 穆木天. 儿童文艺 [N]. 申报·自由谈，1934-07-16.
③ 苏苏. 我和儿童文学的姻缘 [M]// 叶圣陶. 我和儿童文学. 上海：少年儿童出版社，1990：65.
④ 高士其. 为孩子们写作的经过 [M]// 叶圣陶. 我和儿童文学. 上海：少年儿童出版社，1990：92.

有热血硬骨的同胞，没有一个不主张抗战的。"①贺宜创作《野小鬼》时是"怀着对日本帝国主义的极端仇恨以及对孩子们进行抗日救亡教育的迫切愿望写这部书的"②。由此看来，上述儿童文学作品尽管不是抗战时期国难教育、国防教育的"战时读本"，但它们以"救亡"为主旨，强化文本的教育功能，同样起到了"战时教科书"的动员和宣讲作用。

在文学与抗战政治的关系中，包括通俗文学、现代主义、自由主义作家在内的中国作家群都开始转向，向现实主义靠拢。无论是"纯文艺暂时让位"③，还是"抒情的放逐"④，都体现了其明晰的文学观念。凌叔华是一个自由主义作家，她曾自称其作品"专为中国妇女儿童的生活思想报导，一点不受时代思想传染"⑤。对于《红楼梦》里几个主角年龄和行为不相称的现象，他也曾指出"未免太过早熟了"⑥。其儿童小说集《小哥儿俩》没有人为放大儿童的习性，写出了儿童之间纯粹的、充满童趣的"小天地"。这种写法在30年代的儿童文学创作较为罕见。对此，茅盾认为凌叔华与叶圣陶和张天翼有着较大的差异，叶、张的创作是"有所为而为"，绝不是"写意画"。而凌叔华的作品"并没有正面的说教的姿态，然而竭力描写儿童的天真等等，这在小读者方面自然会产生出好的道德的作用"⑦。沈从文认同凌叔华纯粹的创作风格："叔华的作品，在女作家中走出了一条新路。"⑧同为自由主义作家的沈从文对凌叔华的上述评价可视为夫子自道。抗战爆发后，凌叔华没有耽于儿童狭小的格局，《中国儿女》的问世表征了其创作观念的突变。其笔下的儿童不再是不谙世事的个体，而开始关心时事，小说中宛英的话就可见一斑："你们总把我当作小孩，你猜我就不关心国家大事？"当儿童真正贴近了抗战语境时，儿童身上的那种自然属性逐渐让位于

---

① 高士其.《抗战与防疫》自序 [M]// 高士其. 高士其全集（第1卷）. 北京：航空工业出版社，2005：215.

② 贺宜. 为了下一代 [M]// 叶圣陶. 我和儿童文学. 上海：少年儿童出版社，1990：124.

③ 杜衡. 纯文学暂时让位吧 [J]. 宇宙风，1938，(68).

④ 徐迟. 抒情的放逐 [J]. 顶点，1939，1(1)：53，55.

⑤ 凌叔华.《凌叔华小说集》序 [M]// 凌叔华. 凌叔华文存. 成都：四川文艺出版社，1998：791.

⑥ 凌叔华. 在文学里的儿童 [J]. 文学集林，1940，(4)：2-109.

⑦ 茅盾. 再谈儿童文学 [J]. 文学，1936，6(1).

⑧ 沈从文. 论中国创作的小说 [M]// 沈从文. 沈从文全集（第16卷）. 太原：北岳文艺出版社，2009：211.

社会性。凌叔华也从轻描淡写的"写意"^① 技法转为了关注抗战的"写实"笔法。30 年代强烈的时代使命感让儿童文学作家没有盲视时代而堕入纯粹幻想的窠臼，也没有盲视教育儿童的社会功用性。在民族危机的历史关头那些倡导纯艺术、纯审美的表现主义与审美主义创作方法，以及基于普遍人性论的种种理论批评形态都渐次式微或转向，逐渐向现实主义文学观念靠拢。

第三节　论争语境与儿童文学主导性的批评路向

在战争语境下，儿童文学与成人文学一样都必须面对如下问题：文学该如何承担抗战这一崇高使命？文学该用什么方式来言说这一政治事件？如何处理思想性与艺术性的关系问题？1935 年，根据中华慈幼协会的呈请，国民党政府将 1935 年 8 月 1 日开始为"儿童年"。于是，围绕着"儿童年"而开展的儿童读物讨论颇为热闹。晚年鲁迅对此并不看好这种热闹的盛况，他认为当时的教科书或儿童书缺乏"战斗的批评家论集"，其结果是"不大有人注意未来了"[②]。鲁迅提醒国人注意童书泛滥时要筑起儿童未来的思想堤坝的意识对于中国儿童文学的发展有着重要的影响，也驱动了关于"儿童节"而展开的讨论。

这次讨论的实质问题是儿童文学"究竟要将儿童领向哪里去"。陶行知反对儿童读物及成人作家对于儿童的"哄"和"捧"，主张"只要你懂"的观点："我们要懂得儿童不做小古董，给人玩耍誓不容；懂得儿童不做小笼统，千问万问要问懂；懂得儿童不做蛀书虫，求学只是为大众；懂得儿童不享现成福，手脑双挥要劳动……"他不认同那种给予儿童的"神秘的爱"，"小孩所需要的不是爱而是了解"[③]。茅盾立足于时代向儿童文学界提出了"给儿童们到生活之路的，帮助儿童们选择职业的，发展儿童们的趣味和志向的"[④] 倡议，并以"全国儿童少年书目"为例，认为其中"大多数是承袭谬误的理论与学识，或者是支离割裂凑搭敷衍"的"哄"儿童的行为。针对儿童节各大书店里的儿童读物，罗荪认为其中或多或少含了毒素，其中养成崇拜黄金心理的、养成崇拜权力的心理的和养成迷

① 朱光潜. 论自然画与人物画——凌叔华作《小哥儿俩》序 [J]. 天下周刊，1946，（创刊号）：4-5.
② 鲁迅. 新秋杂识 [M]// 鲁迅. 鲁迅全集（第 5 卷）. 北京：人民文学出版社，2005：287.
③ 陶行知. 谈谈儿童节 [J]. 永生周刊，1936，1(5)：111.
④ 茅盾. 关于儿童文学 [J]. 文学，1935，4(2)：273-276.

信心理的书籍尤其需要警惕。在他看来，有些图书不过是"把中国神仙，换上外国王子、仙女"。有的童话"不单是内容贫乏和单调，形式也很蹩脚。连句子还在用着'不文不白'的话来写，并且不是光顾了兴趣，忘记了内容所给孩子们的影响，就是没有兴趣的单纯为了教训的文章"。他肯定了叶圣陶的《稻草人》、张天翼的《大林和小林》为童话创作所起的示范作用，还着重介绍了爱罗先珂和伊林的儿童文学作品。他总结道："新的时代要为新的儿童创作新的童话，它们不再是岳武穆刺字，司马温公打缸故事的复写，或是王子公主仙女的神怪传说，而是新的知识的灌输，用孩子的话、孩子的情感、孩子的故事来给予孩子新的知识。"① 罗苏认为，儿童是天真的，成人给他们什么读物，他们就会接收什么，并没有选择的能力。针对当时的儿童读物，他指出："除了一些猫儿狗儿的，就是一些专门注射英雄思想的人物传记，自然人物传记的读物并不能说坏，但是需要一点选择，这就不能不顾虑到一点孩子们的环境了。"他批评了中国的儿童读物还停留在旧的阶段里，"不是麻醉，就是粉饰。尤其是写童话的作家们，大抵又不肯对孩子们的环境加一点注意，在用语方面，就常常忽略了，把成年人的习惯言语都注到儿童读物里，不能不说是'不负责任'吧？！"② 梦野以饥饿的儿童的乞讨为出发点，认为跟他们谈起"儿童文学"，给他们讲一套"一个山洞里藏着金银""天上落下玉米""公主在樱桃园里跳舞"之类的话，无异于欺骗，是没有效果的。儿童文学与大多数贫穷的孩子是无缘的，"有人写一部书把这许多现象告诉给那些总算幸福识得字的小学生么？有人培养他们的'同情心'，有人培养他们的'人类爱'，有人指示他们'社会的生路'和'民族的生存'么？"为此，他认为要写"一部告诉饥饿儿童之所以挨饿的理由，怎样可以走到不挨饿的前途的书，一部告诉幸福的孩子一些贫穷的悲惨的不合理的故事的书。一部教全中国的小朋友一致起来不愿做小亡国奴和反对大汉奸的书。一部教全中国小朋友爱国，爱民族，爱世界，反对强暴，做一个堂堂的大国民的书"。③ 通过上述论争，在战争语境下，儿童读物面向时代发声，逐渐开启了适应儿童身心发展的新天地。据吴鼎概括，"起初在儿童文学书籍中，尚有不少神仙故

---

① 罗苏. 关于儿童读物 [M]//. 野火集. 武汉：一般文化出版社，1936：15.
② 罗苏. 再谈儿童读物 [M]//. 野火集. 武汉：一般文化出版社，1936：19.
③ 梦野. 饥饿的儿童文学 [J]. 文学青年，1935，1(2)：4-13.

事、鬼怪故事等等，可是后来根据社会客观的需要，和从看儿童文学的人们自身的努力，已将儿童文学领域中的迷信材料怪诞思想等成分渐渐肃清，而创造若干应时代需要的新材料"①。

译介，顾名思义是一种介绍，但是当这种介绍与现代中国及中国问题发生关联时，翻译文学就构成了现代中国文学整体结构的一部分。在译介苏联儿童文学作品方面，鲁迅翻译的班台莱耶夫的《表》对当时儿童文学界产生了很大的影响。鲁迅自陈译介该著的目的是"为了新的孩子们，是一定要给他新作品，使他向着变化不停的新世界，不断地发荣滋长的"②。该译作出版后，胡风认为其对于传统儿童文学最大的反抗是将流浪儿"放浪习性底脱除和蜕变，被描写在这里的是一个真实的过程"③。对此，读者吴知方曾指出："像《表》《文件》这一类的故事，我最喜欢了，我觉得这两本书很好，对于儿童也真正地起了教育作用，我觉得这样的作品才是我们需要的。"④《少年印刷工》《大鼻子的故事》《一个练习生》《小红灯笼的梦》《小瘌痢》等中国本土儿童文学没有将儿童视为抽象物或神秘的存在，其所塑造的儿童没有屈服于特定的道德世界，而是能在苦难、战争的情境下完成蜕变。即如陈伯吹所说："不再是常见的家庭里的好儿子、学校里的好学生了；而是无产阶级的工人子弟，以及被'三座大山'压垮了家庭的流浪儿童，还有生活鞭挞下、饥饿线上挣扎的童工等，作为表现作品主题的小主人公了。"⑤应该说，苏联儿童文学中现实主义的底色契合了战争语境下中国作家的创作心理，从而摒弃了耽于幻想的创作理念，直面中国，面向儿童，推动了中国儿童文学现实主义观念的形成与发展。

1938年4月，张天翼的《华威先生》发表，一反抗战初期颂扬光明的文风，此文揭露了被抗战旗帜遮蔽下的丑恶。这引发了一场围绕抗战文学如何反映光明与黑暗的论争。对此，茅盾注重讽刺与暴露的意义："对于丑恶没有强烈憎恶的人，也不会对于美善有强烈的执着；他不能写出真正的暴露性的作品。同样，

---

① 吴鼎. 现代儿童文学泛论 [J]. 教育通讯，1942，5(28)：1-14.
② 鲁迅. 《表》译者的话 [M]// 鲁迅. 鲁迅全集（第10卷）. 北京：人民文学出版社，2005：436.
③ 胡风. 《表》与儿童文学 [M]// 胡风. 胡风全集（第2卷）. 武汉：湖北人民出版社，1999：229.
④ 我们需要什么样的儿童文学 [J]. 战时教育，1943，7(10、11、12).
⑤ 陈伯吹. 谈外国儿童文学作品在中国 [M]// 陈伯吹. 陈伯吹文集（第4卷）. 上海：少年儿童出版社，1998：84.

没有一颗温暖的心的，也不能讽刺。悲观者只能诅咒，只在生活中找寻丑恶；这不是暴露，也不是讽刺。没有使人悲观的讽刺与暴露。"① 经过论争，学界达成了的基本共识是抗战文学既应该表现新时代的典型人物，又应该写"新的黑暗"。该论争驱动了 20 世纪 40 年代"暴露讽刺"文学的兴起。

　　值得注意的是，《表》的译介出版还引发了一场"儿童读物应否描写阴暗面"的论争。这与抗战时期成人文学领域的"暴露与讽刺"的讨论具有同构性。该论争由夏畏的言论而引发。他结合自己的实际，讲述了这样一件事："我的一个可爱的天真的孩子，在看完了一本儿童名著《表》以后，把他母亲的一支自来水笔偷偷地拿走，却用谎话掩饰了自己。我担忧自己的孩子在现实的社会里会成为一个堕落的人！连带地想起最近的广告：'儿童新著《我要老婆》出版'，我应当为孩子买一本回去么？这是儿童的急切需要的吗？"② 在儿童文学是否要写黑暗面的问题上，高尔基曾反对"对丑恶和黑暗的事物付与太多的注意"。在他看来，"过分急于强调日常生活的黑暗面"是一种"错误的风气"。③ 黄衣青发表《毒菌不可不认识》加入了这场论争，她认为，夏畏的孩子因为看了《表》而产生坏的影响这种特殊情况可能是"孩子本身的理解力等问题存在，在逻辑上说，可以说是犯着以'局部'来看'全体'一样的错误"。她的观点是："如果要使他们生存在这个离不开它的社会里，过着健全的生活，健全地做人，那么这本来已有毒菌存在的阴暗面，是不能不告诉他们的。"④ 黄衣青以"方生"和"未死"两个范畴来强调光明应该去争取，同时也认为阴暗面的描写必不可少。在战争语境下，龚炯认为要暴露阴暗面，儿童读物应当描写阴暗面，"非但应该，而且必需"。那种"眼不见为净"是欺人之谈，不是一个有良心的艺术工作者应取的态度。在他看来，"假使因为儿童的心是天真纯洁的，不应该让外界的黑暗，蒙上那颗'小小的童心'。那么，一直让儿童生长在自己的'天真的王国'中，不是和实在并不纯洁并不善良的社会，相云十万八千里吗？"在提出要暴露阴暗面的同时，他也主张热情地讴歌社会的光明面。他结合《表》的内容探讨了儿童受

---

① 茅盾. 暴露与讽刺 [J]. 文艺阵地，1938，1(12)：349.
② 夏畏. 问题的提出 [J]. 中华教育界，1949，3(4).
③ 叶以群. 高尔基对儿童文学的贡献 [M]// 密德魏杰娃. 高尔基论儿童文学. 北京：中国青年出版社，1956：23.
④ 黄衣青. 毒菌不可不认识 [J]. 中华教育界（复刊），1949，3(4-5).

其影响的问题，认为"问题不在于班台莱耶夫描写了阴暗面，而在于儿童接受程度'够不够'？怎样能使儿童消化名著，成为真正的精神食粮，这是教师和家长共同应负的责任"[1]。阮纪鹤态度坚决地指出："描写阴暗面是有害心理健康的。"他认为："儿童好比一张洁白无瑕的白纸，所以富有感染性，我们为了孩子的宁静、和谐、愉悦，何以以阴暗面的罪恶，损毁其幼小的心灵？"他列举了儿童阅读罪恶的文字产生的两种不良的后果：一、心灵上受到剧烈的刺激，以至影响心理的健康；且心理的过度刺激，腺分泌也随之反常，转而影响生理的宁静。二、改革罪恶的效果不可必期，而摹仿罪恶的行为或思想却容易发生。[2]徐恕认为儿童文学"应该描写阴暗面"。他从现实出发提出三个问题：一、儿童能避免接触阴暗面吗？二、纯光明面的启示价值是不是绝对的？三、明白阴暗面可以增加反抗黑暗的力量吗？[3]

对此，孔十穗却有不同的意见，他不赞成阴暗面的揭发可以使儿童将来进入社会而避免受人愚弄的观点，"阴暗的揭示，并不在教训人防备沦陷，而是要从沉溺中解救，要祛除阴暗"。在他看来，"黑暗面侵入幼小者的脑髓中，是一件不幸且残酷的事啊！不能避免黑暗是一件事，引导光明使其不沉溺于黑暗又是一件事"。具体的做法是，在儿童之域的门口，应加以严密的守卫，使黑暗不能随便侵入，"我们要使这些新的幼芽，成为光明的可爱的种子，成为反抗阴暗的药剂，使下一代比我们更有福"[4]。随后，孔十穗又撰文《阴暗的侵入应有限度》，将他所提出的观点进一步深化。首先他将问题的论点归纳为两方面：一、不能忘却儿童。二、不能不注意阴暗面是什么。他认为儿童"儿童好比一株幼苗，它适当的处置应当放在暖房里，我们不是不想把它培养成一株能经历风霜、耐得冰雪的大树，但在幼苗时却是需要保护，不使它在冰雪中枯萎，我们并不想把儿童养成'世故'老人，因为这不是他们的义务"[5]。同时他以上海小学生为例，分析了在见识了很多阴暗面的事实后，儿童文学正好是对于儿童思想具有一种引导和启迪作用，儿童读物写阴暗面不可避免，但是有一定条件的。汪国

①　龚炯. 必须暴露阴暗面 [J]. 中华教育界，1949，3(4).
②　阮纪鹤. 有害心理健康 [J]. 中华教育界（复刊），1949，3(4-5).
③　徐恕. 应该有条件的描写 [J]. 中华教育界（复刊），1949，3(4-5).
④　孔十穗. 应该少写到阴暗面 [J]. 中华教育界，1949，3(4).
⑤　孔十穗. 阴暗的侵入应有限度 [J]. 中华教育界（复刊），1949，3(4-5).

兴不赞成描写阴暗面。他在《应该不是包裹糖衣的毒物》中认为"儿童读物应当是建设性的"。理由主要有以下三点："一、儿童是富有模仿性的，阅读描写阴暗面作品的结果，难免不引起儿童的模仿，以致做出不良的行为。二、儿童是纯真的，对于是非的辨别，由于缺少经验的根据、知识的凭借，显然不能和成人比。三、儿童的人格未成为定型，易受环境的影响，尤其易受所阅书籍的陶冶。"①

　　尽管如此，依然有许多学者、研究者、教育家、编辑等持"要写阴暗面"的观点。杨光在他的文章《不能仅止于暴露》中就认为，《表》这本书从后来流浪孩子彼蒂茄受到良心发现把表还给了醉汉的女孩这一情节中便能发现："尽管里面有些阴暗面的地方，却有一个'好'的结局。儿童读物不像一般的文学作品，有单纯暴露阴暗面的。儿童既然处身现实世界，不论写童话或其他，描写阴暗面是免不了的；我们把现实世界，写得美丽、光明，孩子们和实际一比较，会感到失望的。"②他认为以后儿童会面对大量社会的阴暗面，儿童观念中就应该是乌托邦般和谐宁静。黄植基撰文《唯恐写得不透彻》呼吁："目前的社会是阴暗的，儿童和成人一样，所见所闻也是阴暗的，我们决不能欺骗他们，该把阴暗面放进艺术的作品里去，就是说，把实在的生活放进去；同时我们要指示光明在那里，应当怎样争取，我们没有替'大人'们遮疮疤掩丑恶的义务，同时我们也不能'搪塞'儿童们心里的疑问。"针对孔十穗"儿童是接近光明的""我们总不想永远生活在黑漆的世界"和"罪恶的揭示，反而会引起罪恶"等观点，他认为孔十穗的观点存在"一面不让黑暗侵入幼小的头脑，一面却又希望孩子们成为'反抗阴暗的药剂'"的矛盾性，主张"不但应该写阴暗面（因为它是现在社会的真面目），并且还唯恐写得不深入、不透彻"。③

　　当关于阴暗面的论争进入高潮时，龚炯又撰文《再谈"必须暴露阴暗面"》，他的观点非常明确："我是百分之百主张'必须暴露阴暗面的'。"他回应徐恕所阐述的观点："所提到的黑暗，应是儿童日常所见到听到的。"言外之意是要回归"文学是生活的反映，生活有阴暗面，就应该暴露"。而且他还指出，当时所暴露出来的阴暗面的问题是非常狭窄的，因为当时讨论的阴暗面"是儿童读物里

①　汪国兴.应该不是包裹糖衣的毒物 [J].中华教育界（复刊），1949，3(4-5).

②　杨光.不能仅止于暴露 [J].中华教育界（复刊），1949，3(4-5).

③　黄植基.唯恐写得不透彻 [J].中华教育界（复刊），1949，3(4-5).

的一个问题，而儿童读物的对象，是有书读的儿童"。他更关注的是当时大量饥饿失学的儿童，"他们连最起码的国民教育都不能收，字也不识，生活也不能解决，还有那一个会欣赏儿童读物"。① 与此同时，龚炯还进一步阐述了怎样暴露阴暗面的问题。其《怎样暴露阴暗面》从内容和形式两方面对比并进行了详细的阐释。在他看来，"使儿童们确信这世界上必然有一天会把阴暗面消灭"② 是最为重要的方面。陈伯吹将参与"儿童读物应否描写阴暗面"论战的人分为两类：一是文艺写作者，二是教育工作者。在他看来，文艺写作者往往认为"儿童不能离开社会单独生存，社会有它阴暗的一面"；而教育工作者则认为"儿童是天真无邪的，如一张洁白的纸"，"教育儿童，只能引导走向光明的大道，何必在他们的小脑袋里，倾注墨一般的黑色燃料呢？"他的结论是需要描写阴暗面："但是描写阴暗面，并不就是说描写漆黑的一团，是要从黑暗写到光明，要有拨云见日而见青天的布局，向读者指向光明，并且保证光明的到来。"③

为了更好地让儿童懂得"为人"的道理，这一时期儿童文学界强化创作的现实主义方法，援引了诸多苏联现实主义的理念和作品，极大地推动了左翼儿童文学的发展。1936 年 7 月，傅东华、郑振铎主编的大型文学刊物《文学》刊发了一期《儿童文学特辑》。内收有茅盾的《大鼻子的故事》、老舍的《新爱弥耳》、叶圣陶的《一个练习生》、王统照的《小红灯笼的梦》等儿童小说。还有傅东华译的苏联童话《筑堤》、沈起予译的高尔基的论文《儿童文学的"主题"论》、郑振铎的《中国儿童读物的分析》(上篇)、茅盾的《儿童文学在苏联》三篇论文。该刊主编在《编后记》中指出"这特辑意在给儿童们与'大人们'一种新的提示，新的儿童观"。显然，主编的意图及特辑内容都显示了 30 年代儿童文学逐步走向正视现实、反映时代的倾向。这其中，高尔基的"儿童读物的主题问题，显然就是儿童社会教育的方针问题"④ 对中国儿童文学界产生了重要的影响。对于儿童读物中的幻想故事，苏联儿童文学大会的决议是要创作新的幻想故事，"要适应儿童们对于奇幻的和梦想的天性之爱好，但是当然也不要旧的'神幻故事'的什么仙女、侏儒、巨人、魔窟；新的'神幻故事'一定要有泼辣的想象，但同

---

① 龚炯. 再谈"必须暴露阴暗面" [J]. 中华教育界（复刊），1949，3(4-5).
② 龚炯. 怎样暴露阴暗面 [J]. 中华教育界（复刊），1949，3(4-5).
③ 陈伯吹. 教育的意义必须强调 [J]. 中华教育界（复刊），1949，3(4-5).
④ 高尔基. 儿童文学的"主题"论 [J]. 沈起予，译. 文学，1936，7(1)：38-47.

时一定不能是超现实的玄想；一定要有'奇迹'，但这'奇迹'一定不能是什么神仙、灵鬼们玩的把戏，而是'人'的应用行为所成就的空前的新文化"①。

不可避免的是，为了"抗战"宣传的需要，包括儿童文学在内的抗战文学因注重教育儿童的显效性而出现了诸多语言艺术等方面的问题。概而论之，该问题主要根源于思想性与艺术性的观念上，思想性、教育性的过剩抑制了艺术性的表达。关于这一点，学界已经意识到。老舍就曾用"抗战八股"②来概括抗战文学中存在的艺术问题。对于艺术上的"差不多"现象，学界有诸多争议。无论是认为"差不多"可以成为"不朽的纪念碑的作品"③，还是认为"差不多"有变成"新式八股"④的危险，其立意都集中于文学与政治、时代的关系上，反映了学界对于抗战文学发展的多维看法。儿童文学批评界在"差不多"的问题上所体现出的态度与成人文学界具有同一性。在《抗战中的儿童戏剧》一文中，张早指出了儿童剧中的"差不多"现象："一般儿童戏剧的创作，有个最大的毛病，就是千篇一律，差不多都是汉奸，聪明的小孩，和最后胜利等等，直到现在，儿童剧本还是有这样的病，剧本的范围太狭小了，没有把儿童的日常生活，和幻想等等很多的事件作题材"⑤。臧克家认为，儿童存在着好奇心，但这并不能阻碍他们接受现实主义，"时代、环境、战争，把儿童从狭小的天地里拉出来，从梦里拉出来"。在创作现实主义作品时不能提一些"大道理"，破坏了故事的"兴味线"，不必把"科学救国""航空杀敌"的字眼弄得满纸都是⑥。有感于儿童文学题材的雷同性，以群认为将抗战时期"孩子们悲怀的故事"写入儿童文学中非常有必要。他认为苦难的现实是儿童文学创作者肥沃的土壤，"这一切传奇似的事实，神话似的经历，实在值得文学工作者们，将他们写成优秀的儿童文学"⑦。"思想性"与"艺术性"是儿童文学不容分割的两个方面，两者是相辅相成、同向发展的。杜守素指出，儿童文学"必须是文学的，儿童理解事物，往往是形象的，具体的，不是逻辑的，抽象的"。在儿童文学的范围内填入教条

---

① 茅盾. 儿童文学在苏联 [J]. 文学，1936，7(1)：61-69.
② 老舍. 制作通俗文艺的苦痛 [J]. 抗战文艺，1938，2(6).
③ 蓬子（姚蓬子）. 文艺的"功利性"与抗战文艺的大众化 [J]. 抗战文艺，1938，1(8).
④ 炯之（沈从文）. 作家间需要一种新运动 [N]. 大公报，1936-10-25.
⑤ 新安旅行团集体讨论，张早执笔. 抗战中的儿童戏剧 [J]. 戏剧春秋，1940，1(1)：59-61.
⑥ 臧克家. 好好地想一下 [J]. 战时教育，1943，7（10-12）：5-7.
⑦ 叶以群. 儿童文学的新路 [J]. 战时教育，1943，7(10-12)：4-5.

与伦理，他认为是不应该的："教育是广义的生活教育，不单单是狭义的道德教育。一面要表现种种好的生活习惯，否定坏生活习惯。精神的净化，在抗战同时也是建国的今天，尤其是需要的。"[①] 孤立、片面地强调其中某一个方面都是不得其法的，最终将折损儿童文学本有的价值。

第四节　张天翼的童话创作

在现代中国文学画廊中，张天翼讽刺、幽默的文风是独树一帜的，并且一体化地贯彻于成人文学与儿童文学的创作过程中。他贯彻了"生活就是斗争"的思想，儿童小说《搬家后》和《蜜蜂》都刻画了"反抗儿童"的形象。不同之处在于，前者是旧式的倔强儿童，后者则是新时代的"伟大的斗争者"[②]。《大林和小林》是中国第一部长篇童话，该童话出版后，好评如潮。胡风就曾这样写道："由《稻草人》到《大林和小林》，大概还不到十年的时间，但天翼的童话却取了和《稻草人》完全不同的崭新的样相。"对于这一结论，他是这样解释的：

"五四"运动以后不久出现的《稻草人》，不但在叶氏个人，对于当时整个新文学运动也应该是一部有意义的作品。当时从私塾的《三字经》和小学的《论说文范》等被解放出来了的一部分儿童，能够看到叶氏用生动的想象和细腻的描写来解释自然现象甚至劳动生活的作品，不能不说是幸福的。可惜的是，那以后不但叶氏个人没有从这个成绩得到更好的发展，而且很少看到其他的致力儿童文学的作者。这个现象一直继续到《大林和小林》的出现。[③]

无独有偶，基于语境的变迁，孙犁也认为叶圣陶所开创的"稻草人主义"有"蜕变"和超越的可能[④]。如果说《稻草人》所反映出文本的诸多"话语裂隙"体现了作家在"为儿童"与"为成人"两难的话，那么到了阶级政治与抗战政治的语境下，这种多声部的混杂被同一性的主题所整合，一种表征政治现实主义的儿

---

① 杜守素. 关于儿童文学 [J]. 战时教育，1943，7(10-12)：4-4.

② 汪华. 张天翼的儿童小说《蜜蜂》[J]. 文艺阵地，1938，1(9).

③ 胡风. 关于儿童文学 [M]// 胡风. 胡风全集（第2卷）. 武汉：湖北人民出版社，1999：81.

④ 林冬苹. 儿童文艺的创作 [N]. 晋察冀日报，1941-02-16.

童文学范式由此生成，张天翼即是这种范式的先行者与推动者。

在论及儿童文学与成人文学的差异时，张天翼明确地指出了儿童文学在教育儿童方面的独特性："我深深感到写东西给孩子们看确实是关系到教育少年儿童成为什么样的人的大事，是关系到我们国家的未来的大事。"① 针对当时儿童文学创作存在的误区，"做一个不劳而获的大富翁最幸福，而且用不着念书，用不着干活做事，受了欺辱也不要反抗，只等着神仙来帮助就是"，张天翼利用大林"吃得好，穿得好，不用做事情"的破灭来警示儿童读者，其创作的动机在于"想使少年儿童读者认识、了解那个黑暗的旧社会，激发他们的反抗、斗争精神，使他们感到做一个不劳而获的寄生虫是那么可耻和无聊"。② 为了凸显价值观念对于儿童人生走向的影响作用，张天翼以大林和小林为参照系来阐释其"真的道路"。《大林和小林》中有这样一段对话很能说明上述问题：

> 大林看看口袋，叹了一口气：
>
> "我将来一定要当个有钱人。有钱人吃得好，穿得好，又不用做事情。"
>
> 小林反对道：
>
> "嗯，爸爸说的：'一个人总得干活。'"
>
> "因为爸爸是穷人呀。财主老爷就不用干活。爸爸说的：'你看有田有地的可多好！'"
>
> "妈妈和爸爸都是穷人，妈妈和爸爸都是好人。可不像财主老爷。"
>
> "可是，有钱人才快活呢，"大林大声说。"穷人一点也不快活，穷人要做工，要……"

在这里，张天翼对"不劳而获"价值观的讽喻和批判被展示得淋漓尽致。为了彰显人物价值观念选择和命运走向同构的主题，张氏还将这种观念贯穿于人物成长的过程之中。小林童年时的天真、幼稚在社会发展及其成长过程中也逐

---

① 张天翼.为孩子们写作是幸福的 [M]// 叶圣陶.我和儿童文学.上海：少年儿童出版社，1990：79.

② 张天翼.为孩子们写作是幸福的 [M]// 叶圣陶.我和儿童文学.上海：少年儿童出版社，1990：76-77.

渐隐退，劳动人民的觉悟和话语则日趋显露。关于小林话语转换，可以通过比照其儿时给大林的信及此后与站长的对话来一窥究竟。毋庸讳言，这种思想的直接介入显然有图解阶级话语的印记，不过，张天翼并没有将人物形象僵死于阶级话语或政治话语之下，跌入"思想大于形象"的窠臼。从思想层面看，《大林和小林》将现实内容与幻想内容细腻地揉合在一起，诸多诙谐、夸张情景的加入增添了其童话的喜剧色彩，塑造了具有鲜明文体风格的政治教育童话。从艺术的角度来看，《大林和小林》突破了此前《稻草人》"小说体童话"的杂糅形式，以完全儿童式的想象和幽默来创作童话文体，从而推动了童话文体的自觉与发展。通过两兄弟一善一恶的比照，张天翼以"漫画式"的手法将阶级政治与民间童话中的故事类型结合起来，其本身故事形态的趣味性掩盖了沉重的社会讽刺和政治说教思想。

无论是将张天翼的《大林和小林》视为"中国儿童文学的标本"①，还是所谓的"张天翼模式"②，都从思想性与艺术性的融合来肯定张天翼童话的成就。具体而论，将童话的视角从"过去"拉到"现实"，借助儿童来展示社会广阔生动的讯息，传达教育的文学功用，这既是张天翼童话创作的特点，也是这一阶段儿童文学创作的主要趋向。张天翼并不讳言自己的儿童文学创作存在着某种套路，他说："假如说到我们的写作有点'差不多'，或者害了'八股'症，那完全是另外一种意义……我们自己指出这些毛病，也完全跟艺术至上主义大爷们的用意不同：我们跟他们恰正相反，我们恰正是为了要增强艺术的战斗力。"③ 为了使思想和艺术都充满战斗力，张天翼学习了鲁迅关于创作儿童读物的"有益"与"有味"④ 标准，不过，他并未融合两者，而是将其"益处"置于"有趣"之前 ⑤。这样一来，就造成了思想性与艺术性难以接洽的困境。从时代的召唤看，这种主题先行的创作观念原本无可厚非，儿童文学作为文学的一种类型没有离弃社会现实而加入了全民抗战的洪流。但是从艺术的层面看，这种过剩的思想性的前置还是压抑了艺术形式的探索。关于这一点，胡风敏锐地观察到："当然作者的目

① 汤锐. 中国儿童文学的生动标本 [M]// 吴福辉等. 张天翼论. 长沙：湖南文艺出版社，1987：279.
② 杨佃青. "张天翼模式"论 [J]. 浙江师大学报（社会科学版），2005，(6)：89-94.
③ 张天翼. 论"无关"抗战的题材 [J]. 文学月报，1940，1(6)：300-325.
④ 鲁迅.《表》译者的话 [M]// 鲁迅. 鲁迅全集（第10卷）. 北京：人民文学出版社，2005：436.
⑤ 张天翼.《给孩子们》序 [M]// 张天翼. 张天翼文学评论集. 北京：人民文学出版社，1984：350-351.

的是想简明有效地向读者传达他所估定了的一种社会相理，但他却忘记了矛盾万端流动不息的社会生活赋予个人的生命绝不是那么单纯的事情。艺术家的工作是在社会生活的河流里发现出本质的共性，创造出血液温暖的人物来在能够活动的限度下面自由活动，给以批判或鼓舞，他没有权柄勉强他们替他自己的观念做'傀儡'"①。即使《大林和小林》中也有诸多幻想的成分，但这种幻想还是被"功能化"，蕴涵着一种教育儿童的创作旨趣。对此，方兴严评论道："张天翼的《蜜蜂》与《大林和小林》的语气和格调，极合于儿童趣味，虽然《大林和小林》的叙述形容得有些过分夸张，却能在儿童生活中发生极深刻的影响。"②此后张天翼创作的《秃秃大王》《金鸭帝国》延续了其传达"真的道理"的创作意图，在注重思想显效性的同时折损了艺术审美性。

事实上，这种有缺憾的艺术形式在很大程度上制约了思想表达。不过，值得注意的是，张天翼并没有忽视儿童文学是写给儿童阅读的这一事实，除了要"有益"外，他还注重以幽默的方式来传达思想。在这一点上，张天翼的观念与高尔基颇为类似。有感于有人将认真、严肃理解为"枯燥无味的说教"的说法，高尔基并不认同，他主张儿童文学作家要具有发挥诙谐的才能，"我们需要那种发展儿童的幽默感的、愉快和诙谐的"儿童文学作品③。《奇怪的地方》《失题的故事》延续了张天翼一贯的批判与讽刺的风格，而且加入了符合儿童接受的幽默艺术手法。但是，他也重申了幽默艺术是为批判、讽刺服务的主旨："幽默固然也是一种暴露"④。张天翼这种幽默的艺术使其童话创作没有成为图解政治之物，成为新时期"热闹派"童话沿袭的传统。

第五节　解放区的儿童文学创作

1942年毛泽东的《在延安文艺座谈会上的讲话》对于中国文学的发展无疑起到了重要的作用。其中，"政治标准第一，艺术标准第二"的观点夯定了思想

---

① 胡风．张天翼论[M]//胡风．胡风全集（第2卷）．武汉：湖北人民出版社，1999：39-40.
② 方兴严．儿童文学创作三条路[J].战时教育，1943．7（10-12）：11-15.
③ 叶以群．高尔基对儿童文学的贡献[M]//密德魏杰娃．高尔基论儿童文学．北京：中国青年出版社，1956：24.
④ 张天翼．什么是幽默——答文学社问[J].夜莺，1936，1(3)：122-124.

性与艺术性之间的先后顺序及话语关系。对于儿童文学而言，文学性尽管是着力强调的重要维面，但依然无法摆脱思想性、政治性的限制。儿童文学界所展开的关于"幻想与现实""反映黑暗面"等问题的批判也正是基于此。这也难怪佛克马认为分析共产主义思想指导下的文学的地位，必须反其道而行之地考察"纯文学"概念。他同时遗憾地指出中国文学界却回避了其确切定义①。此后，随着中国共产党领导地位的逐渐确立，《在延安文艺座谈会上的讲话》对于中国文艺工作者创作实践的影响也不断加剧，并一直持续至 20 世纪 70 年代。毛泽东强调作家必须深入工农兵群众这一"最广大最丰富的源泉中去"，然后来研究和分析"一切人，一切阶级，一切群众，一切生动的生活形式和斗争形式，一切文学和艺术的原始材料"②。毛泽东在延安文艺座谈会上讲过"论文艺问题"中并没有提到儿童文学以及其他的文字，但毛泽东的思想"理论的原则确实可以充分应用在儿童文学上，如为谁写，文学的功利主义，写什么等问题上"③。尽管"讲话"并没有明确地将"儿童"定位为"人民"的一种，但在"争取儿童"方面却并没有停止过。

这其中，以红色的思想教育和改造儿童是解放区"争取儿童"的重要手段。童大林所谓的"没有受过教育的儿童，将是新社会的破坏者"④直接以"是否受过教育"作为儿童意识形态的标尺。在新的情境下，何其芳质疑鲁迅的论断："你们将黄金的世界预约给他们的子孙了,可是有什么给他们自己呢"。在他看来，鲁迅的症结在于"他不知道我们争取着一个理想的世界是为了我们的孩子们，也为了我们自己"⑤。何其芳之所以会褪去鲁迅式的"悲观"，其前提是他将儿童与自己视为"人民解放"的整体。正是因为持守着这种观念，解放区儿童文学所遵循的"政治标准"与成人文学并没有多大的区别。以刘御为例，析之。到达延安后的刘御积极参加"街头诗运动"，运用歌谣这种"轻武器"来宣传抗战。其创作的《边区儿童的故事》政治性强，在教育儿童上下功夫："那就是消灭文

① 杜威·佛克马. 中国文学与苏联影响（1956—1960）[M]. 季进，聂友军，译. 北京：北京大学出版社，2011：21.
② 毛泽东. 在延安文艺座谈会上的讲话 [M]// 毛泽东. 毛泽东选集（第 3 卷）. 北京：人民出版社，1991：861.
③ 中华全国文艺协会香港分会编印. 文艺三十年 [M]. 中华全国文艺协会香港分会，1949：75.
④ 童大林. 纪念儿童节 [N]. 解放日报，1942-04-04.
⑤ 何其芳. 为孩子们工作 [N]. 解放日报，1942-05-22.

盲、破除迷信、宣传时事、帮助抗属、锄奸放哨、植树灭虫、公共卫生等"。延安整风后，刘御在从事小学教科书编撰中更注重增加儿童文学的成分，用儿童文学教育儿童的意识逐渐强化，"尽量使用了儿童文学这个有利的武器"①。在解放区，刘御这种结合儿童文学文体特点来教育儿童的做法并非孤例。儿童剧是一种结集着不同艺术形式的文体。熊佛西就认为它的表演是"一个教育活动"，是"我们的'最后一课'"②。解放区的儿童秧歌剧一改之前旧剧远离儿童生活的弊病，以街头、舞台为战场，演绎为"实际的社会教育"③。这种儿童剧与简短的儿童诗歌一样，由于其传播的场所、形式的特质而非常契合宣传和动员抗战的需要，因而成为颇受儿童喜爱的文体形式。

　　当然，解放区文学界并没有将儿童文学视为特殊的存在，也没有先入为主地设置普遍的主题、概念和范式来指导儿童文学创作，而是主张要深入"儿童生活"之中去创作儿童文学。萧三的《略论儿童文学》将儿童自己创作的文学也归入儿童文学范畴④。这种界定显然有战时儿童教育的需要，同时也反映了其关注儿童自身生活、特定的儿童文学观念。正是因为儿童投身于文学创作的观念，推动了这一时期反映儿童现实生活的文学发展。关于这一点，邵子南的《"少年高尔基"们》⑤具有重要的参考价值。此外，罗东的《四四感想》、田间的《为新的一代而歌》都强调要将文学艺术浸入儿童的血液中去的主张，这为辩证理解儿童文学"思想性"与"艺术性"的关系问题提供了理论资源。这一时期，解放区文学界接受了苏联儿童文学的思想观念，强化儿童文学的教化功能，在政治话语的宰制下，儿童文学与成人文学的差异被消融，儿童文学赖以生存的"文学性"无法承担稀释阶级性、政治性的任务，甚至被纳为表述政治话语的工具。作为一种幻想性的文学体裁，童话与现实之间的关系在抗战语境中成为备受关注的问题。如前所述，那种远离现实的王子、公主式的童话逐渐式微。罗竹风认为，想象性的童话固然能激起儿童的兴趣，但有一个致命的缺点是缺乏现实

---

① 刘御. 从儿童教育到儿童文学 [M] // 叶圣陶. 我和儿童文学. 上海: 少年儿童出版社, 1990 : 205-206.

② 熊佛西.《儿童世界》公演感言 [J]. 战时戏剧, 1938, 10(3) : 3.

③ 吴洛. 孩子们的秧歌 [N]. 解放日报, 1946-01-26.

④ 萧三. 略谈儿童文学 [N]. 解放日报, 1942-12-17.

⑤ 邵子南."少年高尔基"们 [N]. 晋察冀日报, 1941-02-16.

性，而这种搁置了现实的想象势必会限于虚幻之中，不利于儿童文学的教育功能。因而，现实主义的创作方式是童话写作的"方向"①。孙犁一方面不同意童话排斥幻想，另一方面也不主张童话离现实太远，"边区的孩子已经参加了战斗，需要对他们进行政治的、战斗的科学教育。今天用艺术来帮助他们，使他们思想感情加速健康地成长，是我们艺术工作者的迫切任务之一"②。这种紧贴现实、时代的创作理念显然有其合理性。不过，现实与幻想如何融合于童话创作之中，依然是值得探讨的理论命题。华山的《鸡毛信》、管桦的《雨来没有死》、骏青的《小侦察员》、孙犁的《一天的工作》等儿童小说书写了战争中的"小英雄"形象，这类作品强化了儿童身上的成人性，而这种成人化的儿童形象的生成也离不开战争语境的塑造及作家基于此背景的儿童想象。

对于战争语境下儿童文学创作的范型，严文井形象地将之概括为"无画的画帖"③，即儿童文学要描绘不存在乃至荒诞的事件，但这并不是作家的终极目的，其真正的旨趣在于帮助儿童看清和理解现实。石志林坦言自己创作《两个小学生》的初衷是向孩子说明"世界里实在没有什么仙剑侠客之类，现在入山求师一类的事已少有发生了"④。概而论之，现实政治介入儿童文学，儿童文学与成人文学之间的差异性逐渐弱化，两者合力发挥着宣传、鼓动和教育功能，其同一性过程应置于文学与政治的张力关系中予以辨证的考量。强烈的意识形态的参与意识深化了这一时期儿童文学的主题意蕴和精神气度，为超越纯文学的狭小天地打开了一条新通道。在这一时期，"五四"时期属于儿童文学的"价值单元"的自然性在很大程度上被"手段化"了，儿童文学普遍具有生活"教科书"的性质，成为帮助儿童实现"社会角色"的有效途径。不过，这种追求手段的功利化也在一定程度上限制了儿童文学审美意蕴的彰显，进而这种受限的艺术形式反过来制约了思想文化的传达。

---

① 罗竹风. 关于童话的写作问题 [M]// 刘增杰. 抗日战争时期延安及各抗日民主根据地文学运动资料（下）. 太原：山西人民出版社，1983：34.
② 孙犁. 谈儿童文艺创作 [M]// 孙犁. 孙犁全集（第4卷）. 北京：人民文学出版社，2004：157.
③ 严文井. 英文版《严文井童话选》前言 [M]// 严文井. 严文井文集（第3卷）. 武汉：湖北少年儿童出版社，2000：381.
④ 石志林. 小泥人历险记 [M]. 上海：山城书店，1948：4.

第三章

20 世纪五六十年代的儿童文学

　　新中国成立之前，中国儿童文学的创作与研究归属于整个中国现代文学的整体组织结构，是中国现代文学的组成部分。新中国成立后，中国儿童文学创作被纳入国家体制，隶属于宣传部门，儿童文学真正成为一种"国家文学"。作家成了国家工作人员，其任务不再是批判旧秩序，而是新秩序合法性的确认。就 20 世纪五六十年代文学而言，洪子诚将其概括为"一体化"的文学，是"高度组织化的文学世界"①。从文学制度的角度看，这种"一体化"或"同质化"是民族国家的共同目标，而"民族国家的文学当然是为这一目标服务的"②。因此，儿童文学也由对旧时代的批判变成了对新时代的礼赞，由宣传儿童参加对旧秩序的革命变成引导儿童参加社会主义建设、培养革命事业的接班人。儿童文学创作不再是超社会、超历史的纯粹文学创作活动，而是归入国家意识形态的整体结构中。与"五四"时期儿童文学从成人文学中析离出来不同，这一时期儿童文学及儿童报刊图书的出版工作先后归属于共青团中央与中国作家协会。在共青团的团章里明确规定了"团的组织要重视少年儿童读物的出版"，中国作家协会也专设了"少年儿童文学组"，开启了党领导与管理儿童文学事业的新篇章。

第一节　新的文学环境与儿童文学理念更新

　　随着新中国的成立，中国儿童文学也进入了新的历史阶段。曾经在解放区发挥过重要作用的文学管理机制，开始在全国范围内产生影响，儿童文学的发展也有了新的媒介环境。在此影响下，儿童文学理念也更新了。儿童文学作品开始呈现出新的面貌。

---

① 　洪子诚. 问题与方法：中国当代文学史研究讲稿 [M]. 北京：生活·读书·新知三联书店，2018：19.
② 　李杨，洪子诚. 当代文学史写作及相关问题的通信 [J]. 文学评论，2002(3).

一般而论，第一次全国文代会是新中国文学组织化生产的开端。儿童文学作家、批评家跻身文代会行列，与成人文学作家一道在"全国文艺工作者团结起来为工农兵服务"的口号下推动着新中国的文学事业的发展。此后，以文代会、中国作家协会为主体来制定文艺政策成为党领导文学的组织方式。在这种同一化的机制中，"文艺是一条思想战线和教育战线，更具体地说，它是党和政府所领导的人民的思想战线和教育战线的一翼，并且是非常重要的一翼；这一翼是和总的战线不可分离的"①。周扬以《新的人民的文艺》拉开了新中国"人民文艺"的大幕。他将文艺理解为社会主义意识形态的重要组成部分，指出："党中央、毛泽东同志重视文艺工作，不只是简单当成文艺现象来看待，而是当成整个思想战线，甚至整个革命战线里面的一个重要因素来看待的。"②在《党与文艺》一文中，邵荃麟集中地分析了文艺与党性、人民性之间的深层关系："从党的政策方针更深刻、更正确地了解和反映了人民生活与斗争的进程；把党的政策思想通过艺术形象广泛地教育了人民，回答人民所提出的最尖锐的问题，并且向人民指出生活和斗争的明确远景，鼓励他们对于革命的信心。"③在这里，三者构成了一个相互推进的链条，其中党的政策思想是根本，文艺是重要的工具和手段，服务人民是基本的旨趣。一旦文艺工作上升至党的事业的一部分，这就意味着新中国文学与社会主义政治文化自动地纽合在一起，而建构起共同的意识形态。

如果说"五四"文学开启了"人的文学"的大潮，文学真正聚焦"人"这一主体来创作；那么新中国文学则高举"人民的文学"的旗帜。"人的文学"与"人民的文学"本质上并不是对立的，而是紧密联系在一起的。关于这一点，钱谷融《论"文学是人学"》做过了辨证的论析，并将两者置于"人学"的整体体系中，视其为"解决一切文学问题的一把总钥匙"④。在新的历史语境下，儿童是人民的重要组成部分，也是"社会主义新人"或"社会主义的新一代"的代名词，被赋

① 国家在过渡时期的总路线和文学艺术的创造任务 社论 [J]. 文艺报，1953(23).

② 周扬 . 建立中国自己的马克思主义的文艺理论和批评 [M]// 周扬 . 周扬文集（第 3 卷）. 北京：人民文学出版社，1990：31.

③ 邵荃麟 . 党和文艺 [M]// 邵荃麟 . 邵荃麟评论选集（上册）. 北京：人民文学出版社，1981：300.

④ 钱谷融 . 论"文学是人学"[J]. 文艺月报，1957(5)：39.

予"最好的人类品质"①，受到了社会各界的高度关注。当然，这里的"新人"是基于新的政体产生后对人的重新认定的产物，它不仅指儿童，还包括妇女、共产党员、共青团员、劳动模范、战斗英雄等。"社会主义的新人，不仅是新生活的继承者，而且是新生活的创造者，更伟大的事业的建树者"。②在培养社会主义新人的伟大工程中，儿童文学扮演着不可替代的角色。并且这种教育深深影响着中国人的人格、品德、是非观以及价值观等，并终身很难改变，决定一代又一代人的素质，从而深刻地决定着中国的未来。一旦被纳入教育和培养社会主义新人的伟大工程，儿童文学就成为"人民事业""党的事业"的一部分，其思想性、教育性就被最大限度地激活，从而遵循"党性原则"。在这种指导原则的统领下，儿童文学与中国当代文学的距离再次被拉近，都被统筹于"人民的文学"的大范畴内。在反修正主义思想的1956年，有人批评《少年文艺》办成了"小人民文学"③，可反证彼时儿童文学的人民立场。在北京首届文代会上，李伯康就从儿童文学与成人文学的共通性为出发点来阐释其之于儿童的教育价值："儿童文学艺术绝不是完全特殊的、孤立的一部分，它的任务是与成人文学艺术的任务紧密不可分的。并且，在作为整个教育工作中第一步的儿童启蒙教育工作中，起着特殊重要的作用。"④陈伯吹也指出："儿童文学是文学领域中的一个部门。它反映着一般的文学的方向和潮流，并且和成人文学同样从属于政治而为政治服务……儿童文学并不是教育学的一部分。但是它要担负起教育的任务，贯彻党所指示的教育政策，经常地密切配合国家教育机关和学校、家庭对这基础阶段的教育所提出来的要求——培养社会主义新人，通过它的艺术形象，发出巨大的感染力量，来扩大教育的作用，借以获得影响深远的教育效果。"⑤这种以教育人民的共同性作为出发点的意识，有效地将儿童文学与成人文学整合为一个整体。

在新的文学体制下，包括儿童文学在内的文学艺术被纳入革命与建设的目

---

① 加强少年儿童工作 [M]. 上海：华东青年出版社，1952：4.
② 培养社会主义的新一代 [N]. 人民日报，1954-06-01.
③ 王国忠. 儿童文学必须坚持共产主义教育方针 [J]. 儿童文学研究，1958(6).
④ 李伯康. 建设儿童文学 [N]. 光明日报，1950-06-02.
⑤ 陈伯吹. 谈儿童文学创作上的几个问题 [M]// 作者不详. 儿童文学论文选（1949—1979）. 北京：中国青年出版社，1981：5.

标中，从而使中国文艺发展逐步走向"一体化"①。这种一体化有效地弥合了儿童文学与成人文学的差异性，在革命和建设的总体目标面前，中国儿童文学迎来了新的发展机遇并被赋予了全新的使命。儿童文学的发展离不开孕育它的时代，在新中国成立的重要历史时期，培育社会主义新人是儿童文学不能回避的崇高使命："我们要告诉今天的孩子，告诉他们生活是劳动创造的这个真理，使他们自觉地认识到自己是新社会的积极建设者，使他们确信自己正是生活的主宰，使他们对生活的前途具备充分的信心和快乐，培育他们成为具有新的品质的战斗者，锻炼他们成为祖国的热爱者，但也深切地爱着全世界受压迫的劳动人民。"② 应该说，这一时期儿童文学"为儿童"的特殊性被激活，儿童文学与成人文学的有机联系也在确证民族国家的宏大主题中逐渐紧密。

第二次文代会确立了苏联文学中"社会主义现实主义"作为我国文艺工作的最高准则，这对于儿童文学来说无疑强化了其关照现实的文学传统。受政治意识形态的影响，中苏文学界人士的"互访"促进了两国文学的交往，"本该有的平等的相互交流'对话'变成了一种近似于启蒙式的'讲述'与'倾听'，一种单向性的学习关系"③。据郭沫若统计，当时国内儿童读物"采用苏联作品的在80%以上"④。1947年，茅盾访问苏联，回国后撰写了《儿童诗人马尔夏克》《马尔夏克谈儿童文学》。他认为其作品"和旧时代的儿童文学不同"，"不是幻想的世界而是现实的世界"，这种"苏维埃的世界"代替了"神仙仙岛，琼楼玉宇的，是劳动人们劳作的结果"，"代替了毒龙猛兽，侠客美人的，是勤劳的人们在集体生活中相亲相爱"。⑤ 相对而言，欧美的儿童文学资源在这一时期受到冷落，仅有意大利共产党员罗大里的作品有广泛的译介。其根由恰如郭沫若上述言论所揭示的那样，即欧美童话所营造的幻想世界和新中国政治文化生态不太契合。譬如当丰华瞻翻译的十卷本《格林姆童话全集》出版后，施以就认为该全集里面"充满了有害于我们的下一代的毒素"。那么，为什么格林童话在欧洲其他各国

---

① 王泉根 . "十七年"儿童文学演进的整体考察 [J]. 中国现代文学研究丛刊，2019(4).

② 杜高 . 新的儿童文学的诞生 [N]. 文汇报，1950-06-20.

③ 方长安 . 冷战·民族·文学：新中国"十七年"中外文学关系研究 [M]. 北京：中国社会科学出版社，2009：72-73.

④ 郭沫若 . 请为少年儿童写作 [N]. 人民日报，1955-09-16.

⑤ 茅盾 . 马尔夏克谈儿童文学 [M]// 孔海珠（编）. 茅盾和儿童文学 . 上海：少年儿童出版社，1990：461.

如此受欢迎呢？施以的答案是因为这些毒素为西欧"反动的统治阶级所爱好"①。尽管此后也有对施以上述批评的"再批评"，但在苏联儿童文学强大的"师者资源"的比照下，施以的批评者也只能将格林童话视为古典著作或外国的某些文学遗产来捍卫。到了 60 年代中期，格林童话因所谓的"超阶级性"再次成为中国批评界口诛笔伐的对象。

　　钱谷融的《论"文学是人学"》阐发了高尔基"文学是人学"内蕴的人道主义精神，认为其社会主义现实主义作品《母亲》表现的是"新人诞生和成长的过程"②。在论及童话的教育意义时，金近以苏联第一个五年计划时期童话论争为例，批评了"童话有害论"的主张。他援引了高尔基《论儿童文学》的话来予以论证："如果不让儿童幻想，企图窒息儿童这种人类的天性，那是一种罪恶行为。"③在讨论解决儿童文学特殊性和普遍性矛盾时，陈伯吹认为"如果作家忠实于社会主义现实主义的创作，这就不是额外的劳动负担"④。在处理童话幻想和现实的关系时，他也指出："在幻想和现实的结合上，童话应该是遵循社会主义现实主义的创作方法，象征地、形象地表现和理解现实生活。"⑤具体来说，就是既考虑儿童的特性，又考虑儿童所处的现实世界。在论证其观点时，陈伯吹大量援引苏联儿童文学作家的观念，并冠之以"先进的苏联儿童文学"。据笔者统计，在《谈有关儿童文学的几个问题》一万多字的篇幅中，陈伯吹举例的苏联儿童文学作品就达到 23 部。陈伯吹的这种"以苏联为师"的情结集中体现在其于 1958 年出版的《在学习苏联儿童文学的道路上》。在该著中，陈伯吹用了极大的篇幅介绍了苏联儿童文学为政治服务，以及党性、人民性、阶级教育等方面所取得的成就。他的学习心得概括起来就是，不管苏联儿童文学的主题是什么，题材是怎样的，但总是围绕着"培养布尔什维克式的朝气，去为社会主义而斗争"的总主题。同时，他也意识到儿童文学中强化政治性并不阻碍作家的艺术创造性，思想性与艺术性水乳交融地统一起来了。⑥

---

①　施以 . "格林姆童话集"是有毒素的 [J]. 翻译通报，1952(3).
②　钱谷融 . 论"文学是人学" [J]. 文艺月报，1957(5)：39.
③　金近 . 童话创作及其他 [M]. 上海：少年儿童出版社，1957：9.
④　陈伯吹 . 谈有关儿童文学的几个问题 [M]// 陈伯吹 . 儿童文学简论 . 武汉：长江文艺出版社，1956：5.
⑤　陈伯吹 . 试谈"童话" [M]// 陈伯吹 . 儿童文学简论 . 长江文艺出版社，1956：25.
⑥　陈伯吹 . 在学习苏联儿童文学的道路上 [M]. 上海：少年儿童出版社，1958：8.

为了进一步传播苏联儿童文学优秀的作品及文学理论，各家出版社、杂志社纷纷译介苏联儿童文学资源。新中国成立后，最早的译介本是 1951 年由三联书店出版的《儿童文学及其他》（西蒙诺夫等著，蔡时济等译）。《少年文艺》创刊号的"本刊稿约"上也醒目地标示"介绍苏联及各人民民主国家少年生活，介绍资本主义国家及殖民地国家少年们的生活及斗争情况的译文"[①]。中国青年出版社出版的《论儿童的科学读物》（1953 年）、《苏联儿童的历史文学读物》（1953 年）、《论儿童读物中的俄罗斯民间童话》（1953 年）、《从儿童共产主义教育的任务看苏维埃儿童文学》（1954 年）、《苏联儿童文学论文集》（1954 年）、《苏联国内战争时期的儿童文学》（1955 年）、《大量创作、出版、发行少年儿童读物》（1955 年）、《苏联儿童文学》（1956 年）、《现代苏联童话的讨论》（1956 年）、《高尔基论儿童文学》（1956 年）、《伊林评传》（1956 年）简略地介绍了苏联儿童文学的历史及相关文体的讨论。但也缺少"论述儿童诗、论述儿童戏剧和论述科学幻想小说的文章；儿童读物的装帧和插图等等问题，也完全没有谈到"[②]。不过，在编者看来，"从苏联儿童文学的丰富收获和它的伟大成就来看，这些论文对于我们，无疑是应该把它们作为先进的创作思想和在创作上具有指导性的先进经验来学习的"[③]。此外，人民教育出版社的《论苏联儿童文学的教育意义》（1954 年）、《苏联师范学校文学和儿童文学教学大纲》（1955 年）、《苏联幼儿师范学校儿童文学、幼儿园本族语言教学法教学大纲》（1955 年），以及少年儿童出版社的《盖达尔的生平和创作》、中国电影出版社的《献给儿童的伟大艺术》、高等教育出版社的《苏联儿童文学教学大纲》、北新书局的《论巴诺夫的传统》、人民出版社的《儿童文学·儿童影片·儿童音乐》等都是传播苏联儿童文学"社会主义现实主义"思想的著述。除了上述理论资源外，各家出版社还译介出版了很多苏联儿童文学作品。这其中，以少年儿童出版社出版的作品最多。如《家庭会议》《第三工作队》《学校》《两个不听话的小姑娘》《中队齐步前进》《翘尾巴的火鸡》《两个朋友》《魔匣》《青山旁》《团的儿子》《钢铁是怎样炼成的》《小儿子的街》《一年级小学生》《我的学校》。此外，中国青年出版

①　本刊稿约 [J]. 少年文艺，1953(1).

②　编辑部的话 [M]// 柯恩. 苏联儿童文学论文集. 北京：中国青年出版社，1954：4.

③　前言 [M]// 瑞托米洛娃，兹洛宾. 苏联儿童的历史文学读物. 北京：中国青年出版社，1953：3.

社出版的《马里耶夫在学校和家里》《格列齐什尼科娃》《远方》，新文艺出版社出版的《鼓手的命运》《明朗的远方》，时代出版社的《林中烟》也深受儿童的喜爱。"苏联儿童文学丛刊"集中发表了一系列儿童文学作品，如启明书局的《蓝杯》、中华书局的《八音盒里的小城市》、北新书局的《战士的小刀》等。概而论之，这些儿童文学作品的主题主要集中在学校生活、家庭生活、战争生活及儿童自己的生活世界四类。通过细读盖达尔的儿童文学作品，陈伯吹认为其刻画人物成功的关键是："在处理题材的时候，总是把它和苏联人民争取社会主义胜利的总主题密切联系起来的。儿童们往往就是社会主义改造和人民生活改善的积极参加者。儿童的成就，不是孤立的，而是和社会环境密切联系起来的。"[1]盖达尔的《铁木儿及其伙伴》与其他苏联儿童文学作品《钢铁是怎样炼成的》《青年近卫军》一样，都创造了典型的人物形象。陈伯吹认为，保尔、奥列格是青年和少年的典范，而铁木儿是儿童的典范。[2]盖达尔继承了高尔基的儿童文学传统，将社会主义现实主义提升到了新的境地。为此，陈伯吹认为，盖达尔的作品"不仅是新中国儿童的最健康的精神粮食，也是我们作为儿童文学工作者的业务学习的最佳的范本"[3]。在阅读盖达尔的儿童文学作品后，贺宜也认为，盖达尔的成就"表明社会主义现实主义创作方法在儿童文学这一艺术形式中的胜利"。他的作品"都把小主人公跟国家生活不可分割地联系在一起"，这样一来，"孩子们的性格都是在伟大的苏维埃现实生活的影响下形成的"。[4]陈伯吹、贺宜所说基本反映了苏联儿童文学的总主题：儿童的成长与苏维埃的成长同构。关于这一点，"十七年"儿童文学也基本依循着这种思路，儿童与新中国的发展共成长。

值得一提的是，苏联红色儿童文学的改写也被纳入"十七年"革命意识形态的框架内。《卓娅和舒拉的故事》《团的儿子》《普通一兵》《钢铁是怎样炼成的》等都有多个中文改写本或缩写本。据张雨童统计，共和国初期这种改写本

---

① 陈伯吹．谈儿童文学作品中写人物——读盖达尔作品的学习笔记 [M] // 陈伯吹．儿童文学简论．武汉：长江文艺出版社，1956：35.

② 陈伯吹．战士·作家盖达尔和儿童文学 [M] // 陈伯吹．作家与儿童文学．天津：天津人民出版社，1957：45.

③ 陈伯吹．学习盖达尔的创作道路 [M] // 陈伯吹．作家与儿童文学．天津：天津人民出版社，1957：52-53.

④ 贺宜．向杰出的少年儿童文学作家盖达尔学习 [N]．人民日报，1955-10-04.

主要有三类：一是中国独创的改写本，二是中俄对照本，三是译自苏联的改写本。^① 面对上述三类改写本，我们可以思考几个问题：一是选取怎样的文本来改写？二是为何要选取这些文本来改写？三是这些文本的改写反映了怎样的翻译政治？四是如何评价此类文本的改写？不言而喻，此类文本都是苏联红色儿童文学的经典文本，在红色革命成长的主线下寄寓了作家种植共产主义理想信念的情怀，这与新中国儿童文学培育社会主义新人的主题不谋而合。因而在转换这些文本时，语境与主题切近，容易让儿童读者接受。在改写的过程中，改写者着重将"作为家庭的儿童"改写为"作为国家的儿童"，以凸显儿童的社会性与党性。这种苏联儿童文学在中国的改写显然既体现了两国意识形态的同向性，又表征了翻译基于特定语境的意识形态性。

新中国的成立宣告了"人的解放"与"社会的解放"，而文学对这种双重解放的书写、表述也就成了确证新中国合法性的一种途径。从塑造"新人"的议题来看，20 世纪五六十年代文学较之于此前的文学而言无疑是最为成功的。无论是成人文学还是儿童文学，其所刻画的人物形象都主动地与之前的旧身份"告别"，在一番脱胎换骨后融入合乎新中国意识形态所认定的新人的话语体系中。新中国成立之初，成人文学以"红色"为基调开启了书写革命历史的文学新传统，文学成为确证民族国家合法性建构的重要途径，从而在新文学整体传统下有效地联结了解放区文学与新中国文学。相对而言，儿童文学在贴近这种新文学主流和传统时没有成人文学那么直接，儿童文学亟待在国家文学的整体格局中为自己"正名"，并开创出专属于新中国儿童的文学范式。

有感于新中国儿童之于新中国的主体价值，为儿童创作优秀儿童读物的呼声逐渐强烈。在第一次全国少年儿童工作干部大会上，郭沫若将少年儿童工作定位为"树人也是建国的基础工作"^②。在其《爱护新鲜生命》《请加以爱护我们的新生一代》《爱护新生代的嫩苗》等文章中，郭沫若都明确论述了少年儿童的可塑性及为少年儿童写作"立人"与"立国"的价值。然而，即便儿童文学如此重要，但"大多数的中国作家并不重视儿童，因而也就不重视儿童文学"，其结

---

① 张雨章 . 共和国初期对"苏联红色儿童经典"的改写 [J]. 中国现代文学研究丛刊，2016(12)：102—111.
② 郭沫若 . 为小朋友写作——在第一次全国少年儿童工作干部大会上的讲话摘要 [N]. 人民日报，
1950—06—01.

果是"少年儿童在精神食粮方面可以说是处在饥饿与半饥饿状态中"①；有感于一些儿童读物脱离政治和儿童生活的状况，贺宜呼吁"给新中国的儿童更多更好的读物"。要达到这个目标，儿童文学作家与出版机构要"认识到自己所肩负的培养教育新中国幼年一代的责任"，更要"树立为人民和为儿童负责的严谨态度"②。由于有些作家"把少年儿童文艺的创作看作是比一般的艺术品低一等的雕虫小技"，于是，"少年儿童文学很自然地被看作只是少年儿童组的事情"③。更有甚者，"不少儿童在书摊上租阅神怪、迷信、黄色的书籍"④。为了改变这种现状，《人民日报》发表的社论《大量创作、出版、发行少年儿童读物》明确地提出："优良的少年儿童读物是向少年儿童进行共产主义教育的有力工具。"⑤ 社论发表后，引起了儿童文学界的广泛关注：中国作家协会出台了"关于发展少年儿童文学的指示"，认为"少年儿童文学是培养年轻一代成为优秀的社会主义事业接班人的强有力的工具"⑥。曾任《小朋友》主编的黄衣青发文呼吁作家创作儿童文学作品，"培养他们共产主义的道德品格和乐观主义的精神，使他们具有勇敢活泼的社会主义新人的感情和意志，用我们真正的艺术说服力来解答幼童的一切'什么'和'为什么'的问题，引导他们前进，使他们怀着百倍信心，望着我们祖国的明天"⑦。《中国少年报》《少年文艺》《中学生》《好孩子》《儿童时代》《红领巾》《儿童文学》《儿童文学研究》等专业杂志相继创刊。出现了两家专业的少年儿童出版社：一家是少年儿童出版社，另一家是中国少年儿童出版社。与此同时，一些成人文学的杂志，如《人民文学》《文艺报》《解放军文艺》《收获》等，也开始刊发"儿童文学专辑"。《人民文学》撰文指出："本刊过去很少发表少年儿童文学作品，对教育新生一代这一庄严任务表现了漠不关心的态度，我们必须立即改变这种态度。"⑧ 例如陈伯吹的《一只想飞的猫》在《人民文学》

① 郭沫若 . 请为少年儿童写作 [N]. 人民日报，1955-09-16.
② 贺宜 . 给新中国的儿童更多更好的读物 [N]. 人民日报，1952-06-02.
③ 多多地为少年儿童写作 [J]. 文艺报，1955(18)：15-17.
④ 胡克实 . 培养社会主义的新人——在第二次全国少年儿童工作会议上的报告 [J]. 中国青年，1954(3)：3-8.
⑤ 大量创作、出版、发行少年儿童读物 [N]. 人民日报，1955-09-16.
⑥ 中国作家协会关于发展少年儿童文学的指示 [J]. 文艺报，1955(22).
⑦ 黄衣青 . 为幼童创作 [N]. 光明日报，1955-12-24.
⑧ 编后记 [J]. 人民文学，1955(11).

1955 年第 12 期发表；张天翼的《宝葫芦的秘密》在《人民文学》1957 年第 1 至 4 期连载；严文井的《唐小西在"下一次开船"港》在《收获》1957 年的创刊号上发表。据王秀涛统计，"十七年"文学期刊的发刊词中所共有的"文学体裁与形式"包括诗歌、小说、剧本、报道、杂文；外国文学、民间文学、儿童文学[①]。在"人民的文学"总题下，以培育社会主义新人为旨趣的儿童文学自然地被纳入其中，成为国家文学的重要组成部分。

有西方学者指出："在中国，现代经典讨论或许说是开始于 1949 年，而在 1949 年、1966 年和 1978 年这些和政治路线的变化密切相关的年份里获得了新的动力。"[②] 文学经典的生成要借助制度的推力，通过评奖、选编、集结、命名、导向等一系列话语方式来实现。在评奖方面，1955 年中国人民保卫儿童全国委员会发布"关于四年来全国儿童文艺创作评奖的公告"，评选 1949 年 10 月 1 日至 1953 年 12 月 31 日的优秀儿童文艺作品。作为文学制度的一种手段，这次评奖活动一个潜在的出发点是扭转"轻视儿童文学"的状况[③]，以此提升儿童文学的地位。该评奖分为文学、美术和音乐三类，其中文学类获得一等奖的作品是张天翼的《罗文应的故事》、高士其的《我们的土壤妈妈》、冯雪峰的《鲁迅和他少年时候的朋友》、秦兆阳的《小燕子万里飞行记》、郭墟的《杨司令的少先队》。在选本编撰方面，1949 年 12 月出版的《一九四八年儿童文学创作选集》可算作最早的年度儿童文学选集。该"年选"包括"童话与寓言""诗歌""小说""散文""戏剧"。该遴选的标准有四："一是要纯创作的。二是要思想前进，有教育作用的。三是要艺术性较高的。四是要适合儿童心理与阅读能力的。"[④] 应该说，该年度选集是新中国成立后出版的第一部儿童文学选集，这对于推动"新儿童文学"知识体系的建构、作家队伍的重构及儿童文学的影响力都产生了极大的影响。同时，这种强调艺术性和适合儿童阅读合接受的标准也较为切近儿童文学的本体。此后，由中国作家协会编选、人民文学出版社出版的"儿童文

---

① 王秀涛."十七年"文学期刊的发刊词 [J]. 粤海风，2009(3).
② D. 佛克马，E. 蚁布思. 文学研究与文化参与 [M]. 俞国强，译. 北京：北京大学出版社，1996：46.
③ 蒋风. 儿童文学丛谈 [M]. 长沙：湖南人民出版社，1979：182.
④ 一九四八年儿童文学创作选集 [M]. 上海：中华书局，1949：3.

学选"，出版了两个选本：《1954—1955 儿童文学选》[①] 和《1959—1961 儿童文学选》，分别由严文井和冰心写序，在当时产生了较大的影响。与"儿童文学选"并肩而立的是由不同文体组成的"成人文学选"，包括"诗选"（袁水拍作序）、"短篇小说选"（侯金镜作序）、"散文小品选"（林淡秋作序）、"特写选"（徐迟作序）、"独幕剧选"（赵寻作序）五类。尽管此时的选本编纂尚未形成固定、常态的遴选机制，但也是将儿童文学纳入国家文学的重要举措，"担负着主流意识形态的传达、规范的建立，以及读者的引导等功能"[②]。与成人文学领域"诗选""短篇小说选""散文小品选"等不同的是，"儿童文学选"并非作为一种独立的学科门类，而是作为一种文学体裁存在的，其编选内容即为儿童文学加上一般文学的四大体裁："这次编选的文学作品包括儿童文学，诗，短篇小说，散文特写，独幕剧，按其题材分别编为 5 本。"[③] 整体地看，《1954—1955 儿童文学选》尚无反映"工业建设"的作品，甚至到了 1959 年任大星还在呼吁书写"技工学校生活和工厂艺徒生活"[④]。该儿童文学选中反映"农业合作化"的作品也不多，而且正面描写的几乎没有。最早对《1954—1955 儿童文学选》做理论研究的是陈伯吹。在其《从两本儿童文学选集说起》中，他看似是介绍该"儿童文学选"的基本情况，实际上是以这些儿童文学作品为例来探讨儿童文学创作的理论问题。在他看来，"鼓励写社会主义建设的大题材"是今后儿童文学的"方向"。对于儿童文学中的概念化问题，陈伯吹认为此类作品"像一枝干瘪的纸花，色、香、味全无"[⑤]。同时，他还着重探讨儿童文学创作中语言与思维的关系问题。当然，在《1959—1961 儿童文学选》中陈伯吹提出的上述问题也没有完全解决。尽管如此，这种由中国作协统一规划编纂的"儿童文学选"是兼具普及与提高的社会功能的，其中所编选的篇目并未按照儿童文学内在的文体来分类，也没有区隔幼儿文学、童年文学与少年文学的差异，其杂糅的编选原则反

---

① 该选集有两个版本，分别由人民文学出版社和中国青年出版社出版。人民文学出版社选辑了 40 篇儿童文学作品，是以题材分类排列的。中国青年出版社选辑了 22 篇儿童文学作品。两个版本中共同的篇目 9 篇，实际辑录 53 篇儿童文学作品。

② 徐勇.中国当代文学选本编纂体系建设：历史回顾与现实重构 [J].学术月刊，2020，52(4)：142-153.

③ 中国作家协会.编选说明 [M]// 中国作家协会.1954—1955 儿童文学选.北京：人民文学出版社，1956：1.

④ 任大星.谈谈儿童文学作品反映工业建设的问题 [J].儿童文学研究，1959(1).

⑤ 陈伯吹.从两本儿童文学选集说起 [M]// 陈伯吹.儿童文学简论.武汉：长江文艺出版社，1956：51.

映了当时儿童文学创作的基本状态。此外，人民文学出版社选编的"建国十年来优秀创作"的目录中也出现了"儿童文学"，依然沿用了"四大文体"加上"儿童文学"的方式。儿童文学入选的篇目是：张天翼的《给孩子们》、严文井的《小溪流的歌》、袁鹰的《寄到汤姆斯河去的诗》、胡奇的《五彩路》、袁静的《小黑马的故事》。①

值得注意的是，1954 年 9 月人民文学出版社还编辑出版了《冰心小说散文选集》，该选集选入了冰心的《寄小读者》。自 1923 年 7 月冰心以"寄儿童世界的小读者"为名在《晨报副镌》连载开始，冰心以通信的方式与儿童平等地对话，专门向儿童介绍和讲述成人世界的事情。1926 年 5 月，北新书局将这些通信和杂记编辑成《寄小读者》，也就成了该书的初版本。此后，开明书局出版了该书的"丛刊本"。此次人民文学出版社的"选集"以开明本为底本，但也有多处修改。其中主要修改的部分是淡化意识形态的内容，如将"美国人"修改为"别国人"，"俄国人"也模糊化为"老人"等。同时删除了"有许多自俄赴美的难民，男女老幼约有一百多人。俄国人是天然的音乐家"等内容。本着"拾起'寄小读者'这根断线"②，冰心沿着过去"专为儿童"的路子继续创作。与 1920 年代的"寄小读者"不同，这一次的"再寄"所面对的儿童是新中国的小主人，其所写的通信也主要集中于新中国的新人新貌："这三十年之中，我们亲爱的祖国，经过了多大的变迁！这变迁是翻天覆地的，从地狱翻上了天堂，而且一步一步地更加光明灿烂。"③ 在带领小读者领略世界各国的风光、文化时，冰心的《再寄小读者》没有了《寄小读者》里那种羁旅的"黍离"情愫，而对于中国山河景致的描摹则渗透了强烈的爱国主义情感。

新中国成立后，除了叶圣陶、冰心、张天翼、陈伯吹、严文井、贺宜、金近、包蕾、苏苏、鲁兵、任大霖、任溶溶、洪汛涛、葛翠琳等专业的儿童文学作家外，魏金枝、康濯、马烽、阮章竞、秦兆阳、柯岩、王蒙、冯钟璞、张一弓、茹志鹃、浩然等成人文学作家也尝试着创作儿童文学。尽管上述作家的创作"主业"是成人文学，但其涉足儿童文学领域确实反映了作家对于儿童文学事

---

① "建国十年来优秀创作"目录 [J]. 文艺报，1959(18).

② 冰心. 对东风的感谢 [J]. 人民文学，1958(4).

③ 冰心. 再寄小读者·通讯一 [N]. 人民日报，1958-03-18.

业的关注。严文井的话代表了当时儿童文学作家的普遍心声：

> 中国的未来在要求我们工作，加倍工作。如果拒绝这个要求，就等于犯罪。因此我们很多人，不论他写过儿童文学作品没有，也不论他是专业作家或业余作者，都订了这方面的写作计划 [①]。

　　专业与非专业作家的贯通有效地整合了"两支创作队伍"，给新中国儿童文学带来了新的力量，在其创作中，儿童没有被视为远离现实人生的特殊存在，儿童文学教育儿童的功用性得到了落实，进而与成人文学一道被纳入国家文学的整体体制之中。尤其值得注意的是，"第三代作家群"的出现壮大了儿童文学的整体阵营，"给我们的文学带来了新的声音，注入了新的血液" [②]。《儿童文学研究》创刊号《我们要为总路线的胜利引吭高歌！》指出："儿童文学是我国整个文学艺术事业的一个环节，在保卫总路线的斗争中，自然也应该充分地发挥它的战斗作用；儿童文学作者，作为文艺战线上的战士，自然也应该坚决担负起这个光荣的战斗任务。" [③] 在创刊号里，《儿童文学》也表达了希望儿童"做共产主义接班人" [④] 的旨趣。与此同时，一些熟悉儿童的教师、少先队辅导员也加入了儿童文学创作的队伍。关于这一点，金近就曾指出："小学老师和少先队辅导员写作少年儿童文学作品，是最合适的。" [⑤] 确实，这些群体与儿童接触较多，熟悉儿童的生活，从他们对儿童特性的了解来看，也适合创作与儿童相关的文学作品。

　　不言而喻，儿童文学自有区别于成人文学的特殊性，但在文学书写新中国"人民"的主导方向时，儿童文学的特殊性让位于共同主题的普遍性，由此将两种文学之间的壁垒消融于宏大主题的统筹方案中，两者各司其职，合力推动文学一体化的话语实践。针对当时存在的"少年儿童文学就是写少年儿童自己"的误解，严文井认为少年儿童文学不在于它是否写了少年儿童，而在于它是否为

---

① 严文井 . 中国的未来在要求我们 [J]. 读书杂志，1955(4)：14-15.
② 茅盾 . 培育新生力量，扩大文学队伍 [J]. 文艺报，1956(5-6).
③ 我们要为总路线的胜利引吭高歌！ [J]. 儿童文学研究（第一辑），1959.
④ 编者的话 [J]. 儿童文学，1963(1).
⑤ 金近 . 我怎样学习写作少年儿童文学作品的？ [J]. 文艺学习，1956.

了少年儿童，"把成人从少年儿童文学领域内驱逐出去的做法，都是不让他们认识生活的全貌，只能培养他们将来成为近视、迂阔，品德和智力都得不到健全发展的人，而这同怎样真正对少年儿童进行深刻教育的要求是毫不相干，甚至是背道而驰的"①。考虑到新中国儿童这一阅读对象，儿童文学界没有盲视新情境下新儿童的书写，在"争取下一代"的伟大工程中发挥了其本有的文学功能。冰心指出，在阶级存在的社会里，不可能有超阶级的儿童，儿童文学"首先要帮助他们懂得什么是阶级，什么是剥削，谁是朋友，谁是敌人，新旧社会的区别在哪里，作为新中国的儿童应当有什么样的雄心大志等等"②。在论及儿童文学主题范围要扩大的问题时，袁鹰批评了"儿童文学就是写儿童的文学"这一说法的偏狭，指出该观念"把儿童生活从我们整个国家社会生活孤立起来，割断了他们之间的联系，这样就违反了我们的党把儿童看作国家的未来，看作社会主义新人，看作是要把共产主义的旗帜撑持到最后胜利的人的根本政策"③。将儿童文学从狭隘的"写儿童"或"为儿童"的观念中解脱出来，这赋予了儿童文学更为阔大的空间。同时，当这种被扩充的空间得到了国家文学机制的保障时，其主题、题材和价值都获取了新的层级。当然，如果一味地皈依于这种宏大的国家体制，而不是从儿童文学的内部找寻遇合外部文学体制的资源，最终也会使儿童文学重陷发展泥沼。

当然，"一体化"并不意味着绝对同质化。讨论"十七年"文学不能回避文学与政治之间的复杂关系。恰恰相反，只有在文学与政治的框架内，这种讨论才会成立，才是有意义的。这一时期文学活动的开展固然有政治意识形态的潜在作用力的趋导，但文学的表达又是无法完全被同质化规训的。这即是文学性与政治性之间复杂的关系之所在："在文学性的背后，总是政治性，或者说政治性本身就构成了文学性。"④自 20 世纪 30 年代以来，中国儿童文学逐渐离弃了纯化或美化儿童的文学观念，强化儿童的社会性，将儿童推至中国社会化进程之

---

① 严文井．序言 [M] // 中国作家协会．1954-1955 儿童文学选．北京：人民文学出版社，1956：2.
② 冰心．序言 [M] // 中国作家协会．1954-1955 儿童文学选．北京：人民文学出版社，1956：1.
③ 袁鹰．关于少年儿童文学创作的一些问题——在全国青年文学创作者会议上的发言 [M] // 长江文艺出版社编．儿童文学论文选．武汉：长江文艺出版社，1956：10.
④ 蔡翔．革命/叙述：中国社会主义文学—文化想象（1949-1966）[M]．北京：北京大学出版社，2018：15.

中，从而使得儿童文学参与到现代中国社会发展及民族国家想象的洪流中来。经历了抗日战争和解放战争的洗礼，这种以"社会为本位""国家为本位"的文学传统发展至新中国成立后趋向于成熟。国家政治视角的介入，对于儿童文学而言并非坏事，相反获得了深度观照中国乃至世界的文学叙事的经验及想象方式。当儿童文学被纳入国家文学的体制时，其思想和艺术注定要深植于国家整体的思想文化机体中，折射和反映着时代的风云变幻。这样说来，包括儿童文学在内的文学创作、研究演绎成与社会历史深刻对话的文学场，而介入社会历史场域的儿童文学也因系统与结构的动态性而使得自身具有了动态性。

在这种语义场中，儿童文学与政治意识形态之间复杂的关系形态直接影响到"儿童性"与"文学性"的权重，有关思想性与艺术性的关系问题再次成为学界关注的焦点。这其中，对于"童心论"的论争即是儿童文学与政治深入对话的衍生物。1960 年陈伯吹因提倡"童心"而被冠以资产阶级"儿童本位论"，受到了批评。贺宜对于陈伯吹"童心论"的批评最有代表性。贺宜认为陈伯吹企图抽去儿童文学的阶级性，代之以"超阶级"的"童心"，取消儿童文学作家的阶级立场和阶级观点，代之以"儿童立场"与"儿童观点"。他主张不要把儿童文学的特点与特殊性混为一谈，要坚持儿童文学的党性原则[①]。左林与贺宜的观点如出一辙，在肯定儿童特殊性的同时主张坚守"儿童文学的共产主义方向"[②]。两人观点中有一个显见的理论裂隙：否定"童心论"意味着拒斥儿童特殊性，但其立论的基础恰恰又是儿童的特殊性。杨如彧的《驳陈伯吹的童心论》也存在着上述立论不自洽的问题。一直以来，对于童心的礼赞被视为"儿童本位观"的体现，从儿童出发、从儿童的审美趣味着眼来创作儿童文学作品是中国儿童文学的本体诉求。"五四"以来很多的儿童文学先驱都以"儿童是儿童"的鲜明立场来推动中国儿童文学的发展。陈伯吹倡导"童心"说的出发点是要彰显儿童文学的特殊性，作家、编辑要了解儿童、洞见儿童的特殊性。这和叶圣陶在 1958 年所提出的"懂得儿童"有着实质性的相似："所谓懂得儿童，不仅是跟儿童有所接触的意思。接触了，而且能了解儿童生活的实际，能跟儿童的心起共鸣，那才是

---

① 贺宜 . 坚持儿童文学的党性原则——兼驳"童心论"和"主要写儿童论" [J]. 儿童文学研究，1960(2).
② 左林 . 坚持儿童文学的共产主义方向 [J]. 人民文学，1960(5)：68.

真懂得儿童。"① 从表面上看，"童心论"与文学的社会功用性并不完全冲突，只有当这种"童心论"排拒了时代、社会、历史等要素而深陷一元论的偏狭时，才会限制思想性的传达。儿童并不是超时代的儿童，尤其是在新中国成立的语境下，儿童作为"社会主义新人"的符码而成为社会各界的共识，培育"社会主义新人"不仅关涉儿童文学的生产方式，还指向国家的政治体制，甚至指向一种伦理态度。

这场论争期间，鲁兵的《教育儿童的文学》出版了。该著作从学理的层面更为明晰地阐明了对"童心论"的批判。鲁兵立论的基石依然是文学的政治标准与立场。他将包括儿童文学在内的文学艺术比作"革命机器"的"齿轮"和"螺丝钉"。在他看来，"五四"以来对于儿童文学的界定忽略了"教育"二字，这种观念是以儿童文学局部现象掩盖了其作为教育工具的实质。在他的意识中，根本不存在"无意思之意思"的儿童文学作品，那些只着眼于"儿童之本能的兴趣与趣味"而"内容意义不甚紧要"，甚至"可有可无"的观点是不可取的。在此基础上，他提出了儿童文学"思想教育""知识教育"和"语言教育"三种路向，其结论是"儿童文学是教育儿童的文学，它只能在既服从于儿童教育的方向，又服从于文学的规律时，才能得到迅速的、健全的发展"。② 应该说，鲁兵强调儿童文学的教育方向性对于那种远离时代、社会的玄美化倾向是非常有意义的，尤其在培育社会主义新人的语境下，儿童文学不可避免地承担着引导和教育儿童的使命。在"文学/教育"的结构中，教育处于该结构的中心，并呈现出政治化的取向。不过，一旦这种教育的方向性太过于强化和集中时，儿童文学作为文学艺术的一种门类，其"文学性"必然受到这种被预设的思想性或教育性所宰制，很容易撑破"思想性"与"艺术性"的张力结构。关于这一点，有诸多历史的教训值得深入反思。

第二节　儿童小说中新的生活面貌

新中国成立后，在儿童小说中，我们能够读到作家对革命历史和现实生活

---

① 叶圣陶．最适于写儿童文学的人 [J]．延河，1958(6)：61.
② 鲁兵．教育儿童的文学 [M]．上海：少年儿童出版社，1962：32.

的表现。但无论是表现革命历史还是现实生活，都呈现出了在革命理念指引下的新的生活面貌。

（一）讲述革命历史

革命历史小说"承担了将刚刚过去的'革命历史'经典化的功能……通过全国范围内的讲述与阅读实践，建构国人在这革命所建立的新秩序中的主体意识"①。对以儿童为读者的儿童小说而言，讲述革命历史的儿童小说同样承担着向儿童读者讲述革命历史，帮助其树立正确的历史观念的重任。吴其南也指出，"革命文学自然要创造革命者的英雄形象。延伸到儿童世界，便是一些小英雄、小战士，特别是红色接班人的形象"②。

但是考虑到儿童读者的接受能力，儿童小说对革命历史的讲述，更为平实、质朴，较少具有传奇色彩，接近于张清华所说的"类史诗叙事"，"注重场景和英雄人物的刻写"，"完整地书写出革命历史的阶段性与整体性轨迹，书写出革命英雄人物的成长历史、完整的人物谱系"。③

李楚城的《小电话员》④、王愿坚的《小游击队员》⑤描绘了正面战场上的小英雄形象。艰苦的战斗环境和强烈的革命信念，让小说中的人物迅速成长起来。《小电话员》中的小黄虽然年纪小，却是一位有着丰富战斗经验的电话员。作家通过一次艰苦的战斗，将对电话员的战斗状态的表现，变得形象而生动。面对战场上的各种突发事件，电话员的战斗岗位不仅是指挥所，更是整个战场。当电话线被敌人的炸弹炸毁，小黄义无反顾地冲向前线，去寻找电话线的断点。当小黄将电话线接通，作家准确地将人物内心的想法，与外部战争形势的变化，呼应起来。小黄在战场上所受到的痛苦，最终因为他成功接通电话线，而让敌人在战场上用失败偿还。

小游击队员樟伢子的父母因为救红军伤员而被杀害，长期流浪山野的经历让樟伢子有了野外生存的能力（《小游击队员》）。小说通过樟伢子救援侦察班

① 黄子平. 革命·历史·小说 [J]. 当代作家评论，2001(2)：98-101.
② 吴其南. 20世纪中国文学中的儿童形象 [J]. 温州师范学院学报（哲学社会科学版），2003(3)：1-8.
③ 张清华."类史诗"·"类成长"·"类传奇"——中国当代革命历史叙事的三种模式及其叙事美学 [J]. 陕西师范大学学报（哲学社会科学版），2008(3)：51-60.
④ 李楚城. 小电话员 [J]. 新教育，1953(3)：13-22.
⑤ 王愿坚. 小游击队员 [J]. 少年文艺，1956(7)：1-15.

长黄光亭，与黄光亭一起侦察蔡溪庄敌情，在黄光亭被抓的情况下樟伢子给红军送信，并参加红军，与红军一起攻占蔡溪庄，描绘了樟伢子从一个对革命敌人充满仇恨的孩子，在真实战斗中成长为一个成熟的革命战士的过程。

刘真也是这一时期富有代表性的一位作家。她的小说《我和小荣》《长长的流水》等，建立在作家回顾自身的革命经历的基础之上。《长长的流水》通过三个阶段中作家描写"我"与大姐的相处经历，为读者呈现了"我"从不理解大姐对我的严格要求，到理解大姐的苦心的成长过程。吴其南认为，"像《长长的流水》等作品，在一个若有若无的革命叙事框架中，表现的主要是革命语境中普通的人际关系……是她作为作家最成功的地方"[1]，充分肯定了刘真的创作在文学史上的价值。刘真的小说中，作家将革命语境中人与人之间的真挚情感表现了出来，将个人的成长过程表现了出来。

任大星的《雨亭叔公的双筒枪》回溯了男孩阿鑫与女孩月华的友谊，控诉了富有的地主家庭对贫穷的农民的压迫。为了给生病的二哥捞河蚌，女孩月华被双筒猎枪的糯米子弹击中，最终肉体溃烂而死。地主的富庶与农民的贫困形成鲜明的对比，但是面对生活贫困的农民，地主似乎缺少基本的怜悯。这也让小说蓄积起了足够的批判能量，让读者不禁为女孩月华的命运感到担忧，感到痛心。

徐光耀的中篇儿童小说《小兵张嘎》表现了少年战士张嘎的成长过程，也是这一时期革命历史题材儿童小说创作的代表性作品。抗日的国仇与奶奶被害的家恨，让张嘎决心参加八路军。小说中，作家表现了张嘎逐步适应、融入战斗生活的过程，在区队长等其他革命战士的帮助下，张嘎的认知从私仇上升为革命的目标。有意思的是，作家有意地保留了张嘎身上的孩子气，比如：张嘎对枪的期待，张嘎与女孩玉英到淀里去玩等等，也描写了张嘎和玉英在战斗中结下的情谊，让读者看到了一个更为符合孩子特征的人物形象。

巴金的《活命草》和王蒙的《小豆儿》讲述的是新中国成立后的战斗。《活命草》的故事发生在朝鲜战场，《小豆儿》讲述的是与隐藏的敌人作斗争的故事。

《活命草》里，志愿军叔叔"我"与朝鲜男孩金明珠、女孩朴玉姬结下了深

---

① 吴其南．从仪式到狂欢——20世纪少儿作家作品研究 [M]．北京：人民出版社，2014：105.

厚的情谊。面对两个孩子对死去或被抓走的亲人的思念，志愿军叔叔"我"讲述了中国的"活命草"的故事，给他们以生活的希望，也寄予了对更年轻一代的美好未来的期许。《小豆儿》发生在当代社会之中。面对突然出现的亲戚，女孩"我"保持着对敌人的警惕，和弟弟、妈妈一起，找到了证据交给了派出所。在这类小说中，我们已经能够看到，革命的觉悟让女孩愿意去揭露爸爸和叔叔的罪行，并最终在集体的怀抱里，感到温暖。这显示了现实中的儿童或者文学作品中的儿童人物，所面临的阶级性与亲情的抉择。而对阶级性与亲情的抉择的态度，折射出现实中的人或者文学作品中的人物的内在心理状态，也反映了社会环境的变迁轨迹。

（二）记述现实生活

新中国成立后，新的社会生活状况，成为人们生活的内容，也在儿童小说中得到了呈现。

张天翼的《罗文应的故事》[①]、任大星的《吕小钢和他的妹妹》[②]、杲向真的《小胖和小松》[③]、王路遥的《画春记》[④] 等儿童小说，都表现了城市的生活，思考了孩子的生活习惯问题，也赞美了少年儿童的美好、生活的美好。

《罗文应的故事》中，男孩罗文应总是被各种各样的事情吸引注意力，比如：在回家路上闲逛、看新到的画报等等，从而耽误了学习。虽然，这是一种常见的生活习惯，但在小说中，这是一个需要改正的习惯。在同学的帮助下，通过集体温习功课，大家帮助罗文应建立起了时间观念，改正了拖延时间、浪费时间的毛病。小说中，作家详细地描绘了珍惜时间的行为方式内化于心的过程。罗文应在内心里和自己较量，最终还是克服了好奇心，养成了珍惜时间的习惯。

任大星的文集《吕小钢和他的妹妹》包含了《吕小钢和他的妹妹》《运动员的故事》《一道算术题》等多篇儿童小说，对儿童的生活有深入的表现。

《吕小钢和他的妹妹》中，妹妹吕小朵身上保留了孩子不受拘束的方面。吕

① 张天翼. 罗文应的故事 [N]. 中国少年报，1952-02-25.
② 任大星. 吕小钢和他的妹妹 [M]. 北京：中国青年出版社，1954.
③ 杲向真. 小胖和小松 [J]. 人民文学，1954(1)：96-102.
④ 王路遥. 画春记 [J]. 儿童文学，1963(3).

小钢需要帮助他的妹妹吕小朵养成良好的学习习惯，但是妹妹总是时时处处与吕小钢对着干。在老师的帮助下，吕小钢才认识到，自己看似对妹妹严格要求，却缺少对妹妹的关心和陪伴。吕小钢带着妹妹和同学们一起游玩，在和同学们相处的过程中，妹妹不再顽皮，不再吵架。这部小说中，作家提倡的是劳逸结合的学习方式。对正常的休息、游玩，作家是肯定的。而且作家还表现了妹妹学习知识的进程的不易，表现了兄妹情谊和同学情谊，更为真实。

《小胖和小松》描绘了一个友好而其乐融融的游园场面。小胖和小松是一对姐弟。姐姐小胖对弟弟充满关爱，弟弟小松活泼、调皮。由于公园里人很多，游玩过程中，小胖和小松走散了。公园里的大人和孩子们，纷纷帮助姐弟俩寻找对方。通过表现姐弟俩的寻找过程，小说为读者呈现了人与人相互关爱的社会氛围。

《画春记》通过"我"和小毅去寻找春景的过程，让"我"切实地体会到了如何观察生活，如何画出真实的景物。为了完成作业，画出春景，"我"和小毅走了许多的路。这让"我"体会到，原来观察生活、描绘真实的景物，并不是一句空话，而是要付出努力的。公园里的船工正在给游船涂新油漆，农民正在蓄肥料，小毅坚定地去寻找春景，通过这些画面，作家为读者描绘了春天的气息。可以说，这里的"春天"既是实景，也是对这些珍惜春光的劳动者的赞美。

萧平的《海滨的孩子》[①]、马烽的《韩梅梅》[②]、任大霖的《蟋蟀》[③]、浩然的《大肚子蝈蝈》[④] 等儿童小说，则将目光投向了乡村，表现社会主义建设中的儿童生活。

《海滨的孩子》通过去外婆家的男孩二锁的眼睛，将新奇的海边生活呈现在读者面前。对男孩二锁来说，这里的许多生活经验是他不熟悉的，比如海中的生物的习性、特征等等。因此，他也常常不满哥哥大虎对自己的"教导"。因为挖花蛤没有注意到海潮的上涨，二锁陷于危险之中，在哥哥大虎的帮助下，两人最终跑赢了潮水，也结下了生死之谊。

《韩梅梅》《蟋蟀》《大肚子蝈蝈》都涉及农村的建设问题。没有考上中学

① 萧平. 海滨的孩子 [J]. 人民文学，1954(8) : 52-56.
② 马烽. 韩梅梅 [J]. 人民文学，1954(9).
③ 任大霖. 蟋蟀 [J]. 人民文学，1955(7) : 42-46.
④ 浩然. 大肚子蝈蝈 [J]. 儿童文学，1964(4).

的韩梅梅回乡参加生产，首先面对的是亲人和乡邻的不解（《韩梅梅》）。主动担任村里养猪的任务后，韩梅梅发挥自己懂文化的优势，和青年一起改变猪圈的环境，和负责养猪的云山爷一起，改进养猪方法。在同样没有考上中学的张伟的对比下，富有钻研精神的韩梅梅凭借自己的努力，收获了成长。《蟋蟀》里的"我"和徐小奎没有考上中学，开始参加农业劳动。从学生到农民的转变，需要两位人物掌握新的技能，比如握镰刀的姿势等等。在勤于钻研本领的赵大云的启发下，"我"却仍然不为所动，沉溺于抓"蟋蟀"的活动之中。当然，最终"我"也加入了火热的劳动大军中，发挥"我"的计算特长，成为合作社的"会计助理员"。在城乡二元的历史背景下，作家赞扬的不是一心升学的态度，也不是斗蟋蟀的闲情逸致，而是农业劳动中所获得的乐趣。

《大肚子蝈蝈》里的人物年龄更小一些。哥哥大旺一心帮助成人干活，而弟弟二旺则想捉蝈蝈玩耍。弟弟为了寻找蝈蝈，把豆粒都弄掉在了地上。为了减少损失，大旺和二旺仔细地把掉下的豆粒全都捡了回来。玩耍是孩子的天性，但是如何在玩耍的过程中，不损害集体的利益，是这篇小说自始至终在思考的问题。

以任大星和萧平为例，刘绪源认为在当时表现现实生活的儿童小说中，存在两种范式："把深受政治生活和社会生活影响的儿童生活纳入文学的视野"的范式和"原有的'私人生活场景'的写作"范式①。茅盾认为，"在主题和题材方面，比较多的作者还是把主要的注意力放在学校和少先队的生活上，其中又以反映城市中的学校生活为最多。……无形之中就限制了主题和题材的多样性和丰富性"②。

整体来看，虽然当时革命历史题材和现实生活题材的儿童小说，已经取得了不容忽视的文学成绩。但是正如侯颖所指出的，在教育主义笼罩之下，当时的儿童文学存在着人物形象概念化、故事情节雷同化、结构单一化、叙事模式僵硬化、语言空洞化等问题③。这种倾向在"文革"时期的儿童小说中愈演愈烈。在当时，茅盾也认为，"我们的少年儿童文学的内容好像在比赛'提高'。学龄

---

① 刘绪源.中国儿童文学史略（1916—1977）[M].上海：少年儿童出版社，2013：117–118.

② 茅盾.《1954—1955儿童文学选》序言 [M]// 锡金.儿童文学论文选（1949–1979）.北京：中国少年儿童出版社，1981：129–130.

③ 侯颖.论儿童文学的教育性 [M].北京：中国社会科学出版社，2012：117–122.

前儿童读物和低年级儿童读物一般高，而低年级读物又和少年读物一般高"①。在今天看来，儿童小说中所体现出来的这些问题，反映的是儿童文学作品主题思想的接受难度与儿童读者的接受能力之间的落差，体现的是儿童文学作品主题思想的单一化与社会生活的复杂性之间的距离，在今天仍然值得我们重视，需要我们警醒。

第三节　童话的教育性及其论争

"十七年"间，童话的创作也取得了新的成就。作家们用童话表现社会的进步，褒扬儿童的品格，教育儿童读者更好地成长。同时，作家们也注重开掘传统资源，将之变成童话创作的重要参考。"十七年"间，围绕着童话作品也发生过一些论争。

（一）童话创作的成就

秦兆阳的《小燕子万里飞行记》②、黄庆云的《奇异的红星》③ 等童话，把现实世界和童话世界更为密切地结合在一起，把现实的元素融入童话叙事之中，形成了独特的文学特征。

《小燕子万里飞行记》中，为了捉住时间，两只小燕子开始了对周围世界的探索。从场子旁边的野地到庄稼地，从沿着河飞到飞向南方，两只燕子见识了现实世界的奇妙，并在和大雁一起飞行的过程中，增长了本领。通过这种方式，两只燕子真正地捉住了时间，把时间变成了自己的成长。通过描绘两只燕子的飞行，作家巧妙地把祖国各地的山川风景融入其中，赞美了美丽的祖国山河。

《奇异的红星》将社会阶级的差异拟人化。恶魔成了"享福而不做工"的富裕阶级的代表。阿力不相信恶魔的说法，坚持认为穷人可以"自己做力气的主人"。在灿烂红星的照耀下，这些快乐而坚定的人们，一起战胜了不劳而获的阶级，改变了家乡的贫困面貌。通过童话，黄庆云把中国人民翻身当主人的过程

---

① 茅盾. 60 年少年儿童文学漫谈 [M]// 蒋风. 中国儿童文学大系·理论 1. 太原：希望出版社，2009：516.

② 秦兆阳. 小燕子万里飞行记 [M]. 上海：少年儿童出版社，1955.

③ 黄庆云. 奇异的红星 [J]. 作品，1955(8)：80-88.

表现了出来。

　　洪汛涛的《神笔马良》^①、葛翠琳的《野葡萄》^②等童话，展现了儿童身上耀眼的道德光芒。

　　《神笔马良》的主人公马良，家庭贫困，但是他却刻苦地自学绘画，并有了高超的绘画水平。白胡子老人赠予马良一支神笔。用这支神笔画的东西，可以变成真的。但是，善良的马良没有被这样的利益所诱惑，而是用神笔来帮助穷人，拒绝用神笔来为贪婪的富人和权贵服务。显然，作家对马良的品格是高度赞扬的。只有马良才配得上这支神笔。《野葡萄》里，被人们称为"白鹅女"的女孩儿，为了让自己的眼睛重放光明，历经艰险前往远方，寻找传说中的野葡萄，最终成功地抵达了野葡萄生长的地方。但是，面对石头老人的好意挽留，女孩儿想到的是更多需要她帮助的人们。她不愿意留下来享福，却愿意返回人间，去帮助更多的人。作品颂扬了女孩高尚的道德。

　　方轶群的《萝卜回来了》^③、金近的《狐狸打猎人的故事》^④、任溶溶的《"没头脑"和"不高兴"》^⑤等童话，向读者讲述了生活的道理。

　　《萝卜回来了》中，情节成立的逻辑基础是，书中的角色都想着与自己的朋友去分享食物。所以，最后当兔子意外地发现萝卜回来时，萝卜传递轨迹构成了一个情感的"闭环"。这个童话中所包含的友谊、分享等教育意义，就在这一情节链条中自然地呈现了出来。《狐狸打猎人的故事》虽然不乏夸张和讽刺，但是，作家所描述的情节里，我们却一步步地接受了作家所设定的情节逻辑。依托以讹传讹的传说效应，狐狸假扮成了传说中那头由狐狸变成的狼。没有打猎经验的年轻猎人，面对传说中的"狼"，吓破了胆子，丢了猎枪，还被迫答应了狐狸的要挟。最终，年轻的猎人被吓晕过去，而老猎人则一枪击毙了狐狸。当胆小的猎人遇上胆大的狐狸，两者的身份就错置了。作家通过讽刺年轻的猎人，告诉读者面对貌似强大的敌人时，要有像老猎人一样的胆气。

① 洪汛涛.神笔马良 [M].上海：少年儿童出版社，1956.
② 葛翠琳.野葡萄 [J].人民文学，1956(2)：95-99.
③ 方轶群.萝卜回来了 [M].上海：少年儿童出版社，1955.
④ 金近.狐狸打猎人的故事 [J].儿童文学，1963(1).
⑤ 任溶溶."没头脑"和"不高兴" [J].少年文艺（上海），1956（2）.

彭文席的《小马过河》[1]，方惠珍、盛璐德的《小蝌蚪找妈妈》[2]，鲁克的《谁丢了尾巴》[3] 等童话，通过描绘动物形象来讲述科学知识。

《小马过河》里，作家为小马设置了一个体验生活的场景，那就是一条需要蹚过的河。来自牛、松鼠、驴的经验，对小马来说都是间接经验。小马没有仔细地思考间接经验，就出现了童话中小马无所适从的状态。在马妈妈的分析里，小马才明白，原来各个动物的身高不同，这导致了各个动物对河水深度的体会是不一样的。《小蝌蚪找妈妈》的场景设计同样是非常巧妙的。寻找亲人总是会根据一定的外貌线索，对小蝌蚪而言，最大的特点是，自身的体貌特征不断在变化。这就增加了小蝌蚪找妈妈的难度，也导致了小蝌蚪找妈妈的过程中，不断地发生"误判"。但是通过这个童话，蝌蚪长大变成青蛙的知识，却被一代代的小读者熟悉、理解了。《谁丢了尾巴》中，当猴子在石头上捡到一条尾巴，第一反应就是去寻找丢失了这条尾巴的动物。通过猴子找寻尾巴主人的过程，作家将蜻蜓、鲤鱼、啄木鸟、松鼠、兔子、袋鼠等动物的尾巴的形状和功用，顺理成章地介绍给读者。而到了作品的尾声，读者才明白这是蜥蜴丢失的尾巴。而对蜥蜴来说，丢失尾巴并无大碍，因为尾巴会再次长出来。在这些童话中，科学的知识与引人入胜的情节，完美地结合在一起，为我们呈现了那一时期"科学童话"的历史面貌和文学高度。

包蕾的《猪八戒学本领》[4] 是这一时期一个重要的作品。这个作品在化用传统文化的方面，取得了很高的成就。在《猪八戒学本领》中，我们能读到具有古意的白话文字，显示出作家的文字能力。虽然这篇童话中的情节是作家创作的，但是其中的人物形象，却很符合《西游记》中的原型。接续《西游记》的人物形象设计，作家也讽刺了猪八戒行为。通过描写猪八戒学艺不精而出丑的场面，作家告诉儿童读者要虚心，踏实，勤学苦练，随机应变。

（二）张天翼与严文井的童话创作

"十七年"的童话创作中，张天翼和严文井是最具文学特色的。

---

① 彭文席. 小马过河 [M]. 北京: 中国少年儿童出版社, 1957.
② 方惠珍, 盛璐德. 小蝌蚪找妈妈 [M]. 北京: 中国少年儿童出版社, 1959.
③ 鲁克. 谁丢了尾巴 [J]. 儿童文学, 1964(4).
④ 包蕾. 猪八戒学本领 [J]. 少年文艺, 1961(11).

　　张天翼的作品主要集中于《给孩子们》^①一书。该书除了包含儿童小说《罗文应的故事》《去看电影》等之外，还包含了童话《宝葫芦的秘密》。正如吴其南所言，《宝葫芦的秘密》很大程度上可以看作是《大林和小林》的姐妹篇，但是引人思考的问题是："同样是有些好逸恶劳、有些剥削阶级思想残余的孩子，为什么大林堕落成一个一无所能的废物、一个财主家的恶少，而王葆却能改掉旧思想旧习惯、回到集体中来呢？关键是社会、外部环境的不同。"^②在童话《宝葫芦的秘密》中，吴其南所提到的"社会、外部环境的不同"既是外在的，也是心理上的。王葆自身并未像大林一样丧失自我反思的能力、丧失价值判断的能力。尽管王葆内心有着物质欲望，但是却并不希望宝葫芦用偷的方式，来满足自己的欲望。王葆不能接受宝葫芦的所作所为居然让自己被有着偷窃行为的杨拴儿视为同类。而且由于宝葫芦的所作所为，王葆无法像原来一样和集体中的同学们坦诚相见，无法融入集体，失去了集体的归属感，这让王葆的内心受到煎熬，也让他最终放弃了独享的宝葫芦的秘密，返归正常的生活。

　　这一时期严文井童话的代表作是《唐小西在"下一次开船"港》^③。这篇童话中，男孩唐小西没有时间观念，学习的时候总是注意力不集中，一直在浪费时间。于是，唐小西就想摆脱时间的束缚。住在闹钟里的时间小人，在与唐小西争吵后，被气跑了。因此，唐小西就被不怀好意的灰老鼠骗到了丢失了时间的"下一次开船"港。"下一次开船"港的历险，让唐小西感觉到，只有让时间回来，才能逃离这个地方，才能让生活恢复正常。当唐小西诚恳地邀请时间小人归来，生活重又恢复生机。通过唐小西的经历，严文井深入地探讨了时间观念的重要性。

　　吴其南认为，"严文井童话抒发的是激情，他善于用华美的词藻、铺排性的句子，将一种奔涌在作品表现内容深处的浪漫情绪酣畅淋漓地表现出来，为此，他常常有意识地淡化情节，淡化描写对象的客观性而突出创作主体的情绪性，将散文诗、朗诵诗的笔法融入童话"^④。在《小溪流的歌》^⑤等作品中，我们能够看

① 张天翼．给孩子们 [M]．北京：人民文学出版社，1959．
② 吴其南．从仪式到狂欢——20 世纪少儿文学作家作品研究 [M]．北京：人民文学出版社，2014：82．
③ 严文井．唐小西在"下一次开船"港 [J]．收获（创刊号），1957(1)：229-268．
④ 吴其南．中国童话发展史 [M]．上海：少年儿童出版社，2007：255．
⑤ 严文井．小溪流的歌 [M]．北京：人民文学出版社，1959．

到这样的文学特征：小溪流向前流淌，石块、树桩、乌鸦等等，都无法阻止小溪流。作家有意地淡化曲折的情节，把时代的豪情，灌注在小溪流一路向前的奔流之中，塑造了小溪流这个富有感染力的童话形象。

站在中国儿童文学现代化进程的高度，朱自强认为，《宝葫芦的秘密》《唐小西在"下一次开船"港》两篇作品"使中国的幻想文学超越了民间童话、文学童话，接近了幻想小说（Fantasy）这一幻想文学的新文体"①。确实，无论是两篇作品对主题的探索的深度，还是作家在两部作品里为读者呈现的相对来说较为广阔的幻想世界，都呈现出了"十七年"童话达到的高度，让我们看到，童话对自身的超越。

（三）围绕童话等的论争

"十七年"间，围绕着《慧眼》《老鼠的一家》及陈伯吹的文章，曾发生过文学论争，体现出文学发展的社会环境。

欧阳山的童话《慧眼》②发表于《作品》杂志 1956 年第 1 期。这篇童话中，男孩周邦的眼睛，有看见别人的心的功能。但是，周邦也有一个毛病，那就是一听到别人恭维自己的话，就沉不住气。因此，周邦就被不想劳动的大人给欺骗了。这篇童话引发了论争。比如，当时的批评者认为，"慧眼是和人们的辛勤的劳动、丰富的生活经验相脱离的"③。

拓林设计、詹同绘图的《老鼠的一家》发表于 1957 年 11 月的《小朋友》杂志。作品对小女孩和老鼠之间的友谊的描写，引发了人们的批判，被认为在教育意义上产生了误导，从而引发论争。1958 年 2 月出版的《儿童文学研究》第 4 辑刊出了丁景唐《文艺作品必须坚持以社会主义思想教育儿童的原则》、贺宜的《从〈老鼠的一家〉的争论谈童话创作中几个特殊问题》两篇文章，作为论争的阶段性总结。通过论争可以看到，把老鼠作为童话当中的正面角色，会否对儿童的认知观念产生误导，在当时成了争论十分激烈的话题。

另一场论争，围绕陈伯吹当时被称为"童心论"的观点展开。1956 年，陈伯吹在文章中提道，"一个有成就的作家，愿意和儿童站在一起，善于从儿童

---

① 朱自强. 中国儿童文学与现代化进程 [M]. 杭州：浙江少年儿童出版社，2000：301.
② 欧阳山. 慧眼 [J]. 作品，1956(1)：2-15.
③ 陈善文. 关于童话《慧眼》的一些问题 [J]. 作品，1956(9)：54-56.

的角度出发，以儿童的耳朵去听，以儿童的眼睛去看，特别以儿童的心灵去体会，就必然会写出儿童能看得懂、喜欢看的作品来"①。这篇文章在1960年引发了论争，出现了《坚持儿童文学的共产主义方向》②《驳陈伯吹的"童心论"》③等批判文章，认为陈伯吹的文章忽视了共产主义教育方向，并认为陈伯吹的观点具有"儿童本位论"特征。从文学史来看，方卫平认为，陈伯吹"以其质朴的理论直觉和知识勇气，脱离了大一统的意识形态和公共经验的控制，说出了被当时许多人遗忘或丢弃了的文学经验和常识……他所带给中国儿童文学历史的不仅仅是一些可能更接近事物真相的专业知识，更是一种在特定时代极为稀缺的学术道德和人格品质"④。这让我们看到，陈伯吹对儿童文学理论的探索所具有的意义。

茅盾认为，"我们的少年儿童文学中非常缺乏所谓'童话'这一个部门，而且，进行社会主义、共产主义思想教育的童话，究竟应当采用什么题材（去年是题材之路愈来愈窄），应当保持怎样的风格，这些问题在去年的争论中都还没有解决"⑤。这也让我们看到，当时关于童话的论争，没有深化对童话的文学理论问题的认识，也没有很好地促进童话的发展。

第四节　儿童诗的抒情方式

新中国成立后，儿童诗也迎来了新的发展环境。与文学的时代面貌相呼应，作家们用儿童诗抒发对生活的热爱，赞美儿童，引导儿童健康地成长。在这些作品中，我们能够看到儿童诗的新的抒情方式。

（一）抒发对生活的热爱

在儿童诗中，诗人们用各种方式抒发对生活的赞美。

诗人们通过赞美自然、赞美生活，传递身处新的历史阶段的喜悦，如艾青

---

① 陈伯吹.谈儿童文学创作上的几个问题[M]//周基亭.海上文学百家文库81 陈伯吹卷.上海：上海文艺出版社，2010：405.
② 左林.坚持儿童文学的共产主义方向[J].人民文学，1960(5)：68.
③ 杨如能.驳陈伯吹的"童心论"[J].上海文学，1960(7)：66-68.
④ 方卫平.中国儿童文学理论发展史[M].上海：少年儿童出版社，2007：311.
⑤ 茅盾.60年少年儿童文学漫谈[M]//蒋风.中国儿童文学大系·理论1.太原：希望出版社，2009：517.

的《春姑娘》①、田地的《祖国的春天》②、邵燕祥的《芦管》③、乔羽的《让我们荡起双桨》、圣野的《欢迎小雨点》④、刘饶民的《大海的歌》⑤等诗作，包含着鲜明的时代印记，展现出对自然、对生活的热爱。

《祖国的春天》的前半部分中，诗人把春天比作一个小姑娘。通过春姑娘给大地带来的变化，来展现对祖国大地的热爱。跟随春姑娘的脚步，读者看到了欣欣向荣的景象："蚕豆和麦苗伸直了腰，/油菜花发出耀眼的金光；/……肥马在池边饮水，/池中微波在荡漾……"通过一幅幅充满动感的画面，诗人展现了春天给祖国各地带来的新气象。这为诗歌后半部分的抒情，奠定了情感的基础。正因为祖国各地都在发展，"我"也受到了感染，情愿在祖国各地，化身为形形色色的生物，去为祖国建设贡献力量。

乔羽的《让我们荡起双桨》首先是作为歌词出现的。这首歌词创作于 20 世纪 50 年代，是作者为儿童电影《祖国的花朵》创作的主题歌歌词。随着电影的播映，这首歌曲也成为最受少年儿童喜爱的流行歌曲之一。

歌词充满了 50 年代奋发昂扬的时代气息，诗人把自己化身为少年儿童中的一员，用自己的笔记录下了和少年儿童一起在北海划船、玩耍的情景。他和孩子们一起"荡起双桨/小船儿推开波浪"，因为"做完了一天的功课/我们来尽情欢乐"。同时，诗人的思绪也和孩子们一起飞扬，跟他们一起"愉快地歌唱"，看那"水中鱼儿"，也一起欣赏祖国的美丽河山，看"海面倒映着美丽的白塔/四面环绕着绿树红墙"，享受着"迎面吹来"的"凉爽的风"。面对此情此景，诗人巧妙地向"红领巾"们提出了一个问题，"亲爱的伙伴/谁给我们安排下幸福的生活？"答案很清楚，当然是我们可爱的祖国。整首诗特别富有激情，给读者积极向上、精神振奋的感觉。这首诗歌的语言十分优美，朗朗上口而又音韵和谐，非常适合朗读和歌唱。"小船儿轻轻飘荡在水中/迎面吹来了凉爽的风"一句回环往复，让每一位读者都深深地记住了这熟悉的旋律，不断地被传唱。

圣野的《欢迎小雨点》用拟人的手法，表现了对小雨点的欢迎。当不多不

---

① 艾青. 春姑娘 [J]. 中国少年儿童，1950(13).
② 田地. 祖国的春天 [M]// 田地. 他在阳光下走. 上海：少年儿童出版社，1954.
③ 邵燕祥. 芦管 [M]. 上海：少年儿童出版社，1957.
④ 圣野. 欢迎小雨点 [M]. 上海：少年儿童出版社，1955.
⑤ 刘饶民. 大海的歌 [M]// 刘饶民，金进等. 为孩子们写的诗. 天津：天津人民出版社，1958.

少的雨点到来的时候，无论是小苗、荷叶，还是水塘和野菊，都持欢迎的态度，从下雨前的等，到下雨过程中的笑和敬礼。诗人通过描绘雨点下落过程中由动到静的变化，把事物内心的情感外化，把人面对雨点时的情感外化，表现了对雨点由衷的欢迎。

刘饶民的《大海的歌》包含描写大海的一组诗歌。《天和海》中，诗人把海天一色的自然场面，描绘为孩子把两者"拉着连起来"的举动。在自然的风貌中，注入了孩子天真的想法。《大海睡了》一诗中，诗人表现了风平浪静后大海印着月光和星星的场景，非常巧妙地将这一静谧的情境中的轻轻的潮声，比作大海熟睡的鼾声。一动一静，凸显出了大海的宁静。《海上的风》中，诗人描绘了海风吹拂下迥然不同的效果，既有平静的万朵浪花，也有美妙的万种歌声，能吹着渔船向前，也能掀起"波浪滔天"。诗人将大海的万千变化，融汇成了四个画面。

（二）充满童趣

这一时期的儿童诗歌中，不仅有对生活的赞美的儿童诗，也有许多童话诗和描写儿童状态的诗歌，都充满了童趣。

最值得一提的是，叶圣陶在从事编辑、语文教育等工作之余所创作的儿歌《小小的船》：

> 弯弯的月儿小小的船，
>
> 小小的船儿两头尖，
>
> 我在小小的船里坐
>
> 只看见闪闪的星星蓝蓝的天。

与童话《小白船》一致，在这首诗歌中叶圣陶同样在赞美儿童。诗作没有去表现纷繁的社会现实，相反营造了一个纯美的世界，展现了在纯净的意境中，天真、可爱的儿童摇着月亮船玩耍的情景，这也让诗作具有了一种穿越时空的纯澈之美。

冰心的《雨后》① 通过男孩女孩言语和内心的矛盾，非常准确地表现了男孩女孩的心绪。哥哥和妹妹在雨后的广场上玩耍。哥哥言行是不一致的，在水里摔了一跤，"嘴里说：'糟糕——糟糕'"，"而他通红欢喜的脸上，却发射出兴奋和骄傲"。妹妹也是如此，虽然社会角色的规训让妹妹不敢像哥哥一样痛快地玩耍、痛快地摔跤。但是，在内心却无法掩饰对玩耍的渴望。"心里却希望自己 / 也摔这么痛快的一跤！"

金近的《春姑娘和雪爷爷》② 设计了春姑娘和雪爷爷两位角色的对话，将冬春交替之际两个季节交错的情境描绘了出来。诗人用雪爷爷的口吻，讲述了冬天的好处，为麦苗盖"厚厚的白被子"，把害虫全冻死。诗人用春天里各种事物的迫不及待登场的态度，表现了时序之变，也展现了催人奋进的时代精神。

金波的《回声》③ 别出心裁地选择了"回声"这位无法看到的小伙伴。从时代发展来看，回声里我们能听到儿时的山歌，能听到山林田野间动物的鸣叫，也能听到兵荒马乱的声音。但是，在当下，由于生活的变化，我们听到的变成了幸福的声音。因此，正如作家在最后一段里所说的那样，当我们积极地面对世界，那么回声里也会是昂扬的声音。

（三）引导儿童健康地成长

自 1955 年 12 月在《人民文学》上发表《小弟和小猫》《坐火车》《我的小竹竿》三首儿童诗之后，柯岩积极投身于儿童文学创作。《小弟和小猫》第一段描写小弟弟"聪明又淘气"，在描写他平时不讲卫生的动作形态时押"i"韵，突出小弟笑嘻嘻的机灵劲儿；后四段写小弟不愿意洗澡，让小猫嘲笑，押"ao"韵，突出情节突变，小弟的难堪与在此之后的性格转变。第一段"小弟"是主角，所以押"i"韵；后四段小猫出场，押"ao"韵。另一个有诗歌音乐性的鲜明展现，在于对小猫的物性和人性的双重把握。而小猫的叫声正是"喵，喵，喵"，对应诗中的小猫的台词"妙，妙，妙"与"不妙不妙！"，充分考虑了拟声中动物本身的属性与将叫声赋予意义的可能性。因而，柯岩在不违背猫叫声规律的基础上加以改写生发，让人与动物之间的对话在文本中实现。幼儿在朗读过程中，

① 冰心 . 雨后 [N]. 光明日报，1959-06-27.
② 金近 . 春姑娘和雪爷爷 [J]. 人民文学，1956(2)：93-95.
③ 金波 . 回声 [J]. 人民文学，1962(3)：66-67.

通过扮演"小弟"的"跑"和"笑"的动作来感受"小弟"的转变；通过模拟"小猫"的叫声来还原他人对自身的认知，在活动口舌的诵读中增强语言的感染力。由此一来，便被当时不少儿童反复朗诵。柯岩的大量儿童诗，都注重押韵，用音韵美提高可读性。如《小红马的遭遇》《小红花》《妈妈下班回了家》等押"a"韵，句子具有口语化的特点，充满儿童忐忑不定的情绪变化，也充满了俏皮的情趣；《"告状"》《床头的画》等押"ang'韵，语音响亮，适合诵读；《不信国庆你来看》等押"an"韵，通过换韵（ian → an）丰富诗歌的层次……柯岩在探索押韵过程中，如没有全文押韵，便会在保持一节的音律的情况下进行换韵，而不拘泥于押韵本身，让韵律更好地为诗歌服务。

《坐火车》被认为是一首游戏诗，这首诗的创作基于传统以板凳为火车的"坐火车"游戏。"轰隆隆隆，轰隆隆隆，呜！呜！"作为火车经过声音的模拟，贯穿整首诗歌始终；因此，儿童在回环往复的游戏中朗读此诗，又可以用火车声作为伴唱，因而展示出复调音律。幼儿在游戏课上通过搬板凳这一方式放松自我、娱乐身心，也在这个过程中掌握语言技巧，通过循环性的音律形成对音乐的认识。而这首儿童诗，后来也被谱成了儿歌，传唱至今。

柯岩的诗作《帽子的秘密》[1]构思巧妙，写出了家庭中的温馨亲情，又充满了盎然的童趣，引人入胜。"哥哥"的"帽檐老是掉下来"成了全诗的悬念和线索，"妈妈把它缝了又缝 / 不知道为什么它总是坏"。因此，就派"我"去学校看看，原来"哥哥"和七八个同学"一出校门就把帽檐扯下来"，在玩当海军的游戏。

接下来的一部分，写得最有儿童趣味，写出了儿童对于游戏的真实态度。"我"被当成奸细抓起来了，"哥哥"命令部下把我枪毙。这是符合"哥哥"作为一个海军的游戏逻辑的。可是"我"就不愿意了，因为"我长大了要当解放军 / 随便说我是奸细就不成！""我"在这个问题上是十分较真的，他把生活的逻辑和游戏的规则混为一谈，产生了一种错位，却达到了艺术上的表现效果，体现了儿童的心理特性。

另外，诗歌的教育意义完美地结合在了审美趣味之中，"妈妈"比"我"先

---

[1]　柯岩. 帽子的秘密 [J]. 人民文学，1956(4)：99–102.

了解了"帽子"里的秘密，但是用一种比较好的方式对孩子们提出了自己的看法，"真正的海员坚强英勇／热爱祖国热爱劳动／你们能不能学习英雄／不看帽子要看行动"，不仅让"我"和"哥哥"受到了启发，也让每一位少年儿童读者受到了教益，达到了艺术性与教育性的统一。

《看球记》[①]中，诗人柯岩给我们展现了一个球迷家庭。在这个家庭中，从父母到孩子都热爱足球，而且各自都有对足球、对参赛足球队的独特看法。所以，就在他们一起去球场观战的前前后后，诗人塑造了个性鲜明、性格突出的人物群像。在这些人物中，核心的灵魂人物，当然是"我"。在诗歌的前半部分，诗人就是通过"我"的眼睛，去观察家人的言行举止。在诗人的笔下，除了"我"，诗歌中的爸爸、妈妈、小弟、妹妹对足球有着异乎寻常的热情，都通过人物夸张的语言、动作、心理活动得以表现。比如小弟的愿望就是"最好让两边都赢"，体现了儿童面对足球比赛时的可爱心态。在这几个儿童人物中，"我"是熟悉足球的，所以"我"既看不惯捧着花的妹妹，觉得她根本就不是真正的球迷，也带着小弟渐渐看出了足球的门道。结尾处的小弟的举动更是神来之笔，他在自己的背心上写了球员的号码，将小弟对足球的热情从球场延伸到了晚上，延伸到了日常生活之中。这也是儿童和成人的不同之处，也许成人就很少会像小弟一样，甚至在梦里也还惦念着足球。

50 年代，任溶溶译介、出版了不少马雅可夫斯基、马尔夏克等苏联作家的儿童文学作品。任溶溶在"十七年"中出版了诗集《小孩子懂大事情》[②]。任溶溶的儿童诗创作风格，也一定程度受到了苏联儿童文学作品的影响。

诗作《爸爸的老师》[③]巧妙地设置人物关系，在读者的好奇心态中，逐步揭晓数学家爸爸去看望的老师到底是谁这一谜底。在孩子眼中，数学家爸爸的老师应该是"他一定是胡子很长，满肚子的学问"。但是，最终孩子却发现，爸爸去看望的原来是一年级的老师。这一转折既在意料之外，又在情理之中。因为，通过这首诗让我们明白："我才知道我的爸爸，虽然学问很大，却有一年级的老师，曾经教导过他"这一浅显而又深刻的道理。

① 柯岩. 看球记 [J]. 文艺学习，1956(10)：42—43.
② 任溶溶. 小孩子懂大事情 [M]. 上海：少年儿童出版社，1965.
③ 任溶溶. 小孩子懂大事情 [M]. 上海：少年儿童出版社，1965.

这样的构思既贴近少年儿童读者的真实心理，又激发了他们的阅读兴趣，同时也具有艺术上的精巧细节，可以培养少年儿童读者的艺术感受力，同时给予人格上的启迪，让他们从小就懂得要热爱老师，对老师要时刻抱着感恩的心情。诗人还刻画了爸爸的表情。他很认真地看待这件事情，"可是爸爸临走以前，把我反复叮咛，要我注意这个那个"，并且诚恳地感谢老师，认为虽然自己近些年取得了一些成绩，但是"老师也有功劳，我懂得那二二得四，是老师您教导"，给我们塑造了一个诚恳、善良、勤奋的中年学者形象。

鲁兵的儿歌《太阳公公起得早》[①]展现了朝气蓬勃的锻炼场面，让儿童读者知道早起的重要性。全诗朗朗上口。第一段巧设悬念，当太阳以为宝宝在睡觉时，却发现宝宝不见了。第二段正面展现宝宝做早操的场面。第三段夸赞早起锻炼的宝宝，进一步明确了主旨。

---

① 严冰儿，陈秋草. 唱的是山歌 [M]. 上海：少年儿童出版社，1957.

第四章

20 世纪六七十年代的儿童文学

　　"文革"期间，正常的出版秩序被打乱了。韦君宜在《思痛录》中，曾经回顾过人民文学出版社在"文革"后期内部的实际境遇。"要阶级斗争，那就得把意见不同的双方写成两个阶级，敌对阶级还要具体破坏，这就更难了……我这编辑的主要任务就是帮助作者把'作品'编圆……'四人帮'垮台之后，我才忙着下令，让当时正在炮制中的这类'青松'式作品赶快停工。但是有许多部作品正在进行中，有的编辑单纯从业务出发，觉得半途丢掉太可惜，还有的已经改完了，发排了"①。从韦君宜的回忆中，我们能够从人民文学出版社这一家看到当时出版社运行的实际状况。

第一节　"继续革命"理念下的儿童文学体制

　　在"文革"文学的批评场，"继续革命"论是文学批评的重要理论资源。它既是发动"文化大革命"的动力源，也是文学创作与批评的话语支点。"继续革命"的提出是基于革命的"未完成"状态及革命所面临的诸多潜在的危机，是对"革命终结"论的一种理论纠偏。因而，"完整地、彻底地解决了在无产阶级专政下继续进行革命、防止资本主义复辟这一个当代最重大的课题"②。为了进一步"继续革命"，就必须预设"思想上的阶级"③，思想与文化、文学的相邻性，文学批评就成了手段，这正是"文化大革命"的爆发从文化界、文学批评界发动的重要缘由。具体而论，"继续革命"理论在文学批评中的体现在于设置革命、阶级之间的冲突，并以这种对立和冲突的框架来写人。这样一来，儿童文学书

---

①　韦君宜. 思痛录 [M]. 北京：北京十月文艺出版社，1998：163，169-170.

②　沿着十月社会主义革命开辟的道路前进——纪念伟大的十月社会主义革命五十周年 [N]. 人民日报，1967-11-06.

③　林宁. 批评的支点："继续革命"理论——文革时期文学批评的语境反思 [J]. 江苏社会科学，2013(6).

写儿童性、自然性的方面受到过剩的政治性、革命性、思想性的影响甚深，由此产生的模式化、公式化的样态必然会制约其文学性的抒张。

从词源上分析，"继续革命"理论的首要之义是革命尚未终结，因而要接续上一个阶段未完成的革命题旨，同时在此基础上将革命延续和进行下去，直至革命结束。在此理论的指引下，"文革"文学必定会继承"十七年"所开启的诸多文学传统。不过，在实际的文学批评上，"十七年文学"基本被"文革"话语所否定，被当成了"文艺黑线专政"，"革命样板戏"的创作成为文学创作的典范。对于"文革"继续革命理论源头的探寻也曾是学界研究的热点问题。陈思和将"文革"文学的理论前缘界定为抗日战争时期，认为"文革"文学是以新中国成立为标志的"战时文化"发挥到登峰造极的产物①。洪子诚则将"十七年"和"文革"时期视为"一体化"的整体。在他看来，这个"一体化"的文学形态滥觞于"五四"时期，20世纪六七十年代中国文学即是"五四"文学发展合乎逻辑的结果②。除此之外，还有学者将"文革"文学与"左翼"传统联系起来，将"革命"文学视为其文学观念的初始阶段。在此，本书暂且不辨析到底哪一种说法更符合实际情况，而是立足儿童文学这一特定领域来考察其文本话语体系的基本形态及运作策略，从"文革"儿童小说的故事类型来审视其与成人文学一体化的内在逻辑。在评论《向阳院的故事》和《红雨》时，林尽染指出儿童文学要让下一代懂得在无产阶级专政下的"继续革命"③，即是遵循了上述思想逻辑。塑造"红色儿童"是新中国成立以来中国儿童文学的重要使命。与"十七年"儿童文学相似的是，在诸多的革命战争题材的儿童小说中"红色儿童"是历经革命、战争淘洗后的符合现代民族国家想象的全新儿童。革命或战争的语境造就了"红色儿童"坚定的信仰、信念，是激励儿童读者奋进的"小英雄"。一般而论，在塑造儿童的成长时，要不要写儿童的稚气与顽皮？要不要写儿童的缺点或落后面？要不要写儿童转变的过程？这原本不容置疑的问题，在这一时期被简化：红色儿童紧跟时代的脚步，追随进步的潮流往前走。从出场到退场他们的变化并不是很大，甚至一些儿童一入场就具有高尚的品格，性格处于定型的状态。这其

---

① 陈思和. 中国当代文学关键词十讲 [M]. 上海：复旦大学出版社，2002：2.

② 洪子诚. 关于五十至七十年代的中国文学 [J]. 文学评论，1996(2)：60-75.

③ 林尽染. 紧紧掌握时代的脉搏——评儿童文学作品《向阳院的故事》和《红雨》[N]. 人民日报，1973-12-30.

中，革命的号召、成人的引导对其成长起到了至关重要的作用。显然，这非常符合政治话语对于文学创作中英雄典型的"顶层预设"，即研究者吴娱玉所概括的"红色题材""一号主角""组织化身"和"高大全型"①。

概而论之，这类儿童小说主要有《找红军》（鲁彦周）、《小猎手》（张万林）、《战地红缨》（石万驹）、《山村枪声》（木青）、《小铁头夺马记》（蔡维才）、《浙东的孩子》（崔前光）、《红电波》（谢学潮）、《铁匠的儿子》（何芷）、《小闯》（丹江）、《敌后小英雄》（边子正）、《湖边小暗哨》（崔坪）、《湖上芦哨》（王拓明）、《金色的朝晖》（石冰）、《新来的小石柱》（童边）、《喧闹的森林》（胡景芳，浩然等）、《铁壁岛》（董海）、《青少年护泊哨》（顾骏翘）等。这些儿童小说是由作家个人创作的，值得注意的是这一时期出现了诸多集体创作的儿童小说，如《少年英雄李爱民》（中共武乡县委通讯组编）、《草原小交通》（人民出版社编）、《边疆小八路》（黑龙江省文教局黑龙江人民出版社编）、《故事团的故事》（红小兵报社编）、《铁牛》（靖安县文化站供稿）、《未来的战士》（红小兵报社编）、《杏花塘边》（山西运城县文艺创作组）、《冲锋号》（金山县文化馆编）、《新芽》（红小兵报社编）、《进攻》（三结合创作组编）等。其实，早在1963年就出现了集体创作的作品。巴金、魏金枝、茹志鹃、张煦棠和燕平集体创作了报告文学《手》②。1964年，为了适合少年儿童阅读，燕平以给儿童讲故事的方式改写了《手》，这也成了儿童文学集体创作最早的版本。在"文革"时期，"集体写作"分为集体性的文学创作和文学批评两类。就集体的文学创作而言，成人文学领域就出现了上海写作组集体撰写的《虹南作战史》。"八大样板戏"的制作更是集体创作的具体表现。这一时期"三结合"也由"大跃进"时期的"领导出思想，群众出生活，作家出技巧"转变为"党委领导""工农兵业余作者"和"专业编辑人员"组成③。提倡集体创作的人认为，这种方式"有利于党对文艺工作的领导"④。但是这种"结合"罔顾文学创作中作家个体的主观性、现实生活的

---

① 吴娱玉.论样板戏"英雄典型"及其艺术偏差——兼论样板戏实验的美学成本 [J].清华大学学报（哲学社会科学版），2015(3)：101-113.

② 巴金，魏金枝，茹志鹃，张煦棠，燕平.手 [J].上海文学，1963(9)：8-27.

③ 黄擎，李超.1949—1976年间的集体写作现象平议 [J].长沙理工大学学报（社会科学版），2010(1)：96-102.

④ 周天.文艺战线上的一个新生事物——三结合创作 [J].朝霞，1975(12)：68-71.

复杂多元性，在这种并非自由、自愿结合的机制中容易生产出体现官方意志的批量的、机械化的文学作品。事实上，早在"大跃进"时期，陈毅就曾对这种"三结合"的集体方式提出了反对意见，他反问道："作家就没有思想啦？领导就可以包思想啦？群众出生活，作家就没有生活？领导就没有生活啦？领导就死掉了啦？作家出技巧，这个作家就仅仅是一个技巧问题呀！不晓得哪里吹来这么一股歪风！"[①] 审视这一时期集体创作的儿童小说，不难发现：囿于凸显儿童"红色小英雄"的使命，这类儿童小说有着较为明显的政治话语的价值、伦理预设，在集体写作的机制下，主题的选定、儿童小说的语言、思想的纯化等方面都因意识形态的控驭而大体呈现出模式化的倾向。作为"红色小英雄"，儿童身上的弱点、缺憾、欲望乃至儿童性都被过滤，由此也弱化了儿童作为"人"完全生命的丰富样貌。基于此，儿童文学与成人文学整齐划一地被纳入国家文学的体系之中。

"文革"时期，成人文学与儿童文学都深受极"左"思潮的影响，在"革命压倒一切"的语境下而日趋简单化和重复化，儿童文学的特殊性、复杂性在政治意识形态的框架内被弱化。那时，活生生的生活不能写，人物丰富的思想情感不能写，否则就要被斥为"写中间人物""干预生活""人性论""弘扬资产阶级的儿童情趣"等。在"极左"倾向的影响下，儿童文学"生活教科书"的功能被置换为"政治教科书"。为了让儿童"从小粗知马列"，儿童文学的教育性、工具性的作用比"十七年"时期更加凸显。因而那些幻想类的童话、寓言、民间故事则被斥为"封""资""修"而打入另册，这是造成"文革"时期儿童文学文体单一的根本原因。苏联文论的"典型"理论引入中国以来，它便与政治处于同欢共舞的状态。"十七年"以来，高尔基、别林斯基、马林可夫等人的"典型"理论被中国文学创作与批评界所吹捧，抛开这种典型理论对于当代中国文学的正面作用，一旦将文学形象抽象化、样板化，这样按政治、阶级需求所制作出的典型势必会消解"人"本身的复杂性，在很大程度上助燃了此后"三突出"原则的泛滥。"根本任务论"是"文革"文学话语体系的基本原则，即"要努力塑造无产

---

① 陈毅．在全国话剧、歌剧、儿童剧创作座谈会上的讲话 [M]// 中共中央书记处研究室文化组．党和国家领导人论文艺．北京：文化艺术出版社，1982：141.

阶级的英雄人物，这是社会主义文艺的根本任务"①。无产阶级的英雄人物是"高大全"的人物形象，概而论之，"高就高在具有高度的阶级斗争、路线斗争和继续革命的觉悟，美就美在他们是用马克思主义、列宁主义、毛泽东思想武装起来的新人"②。

　　为了凸显这种文艺思想的合法性，社会主义文艺的倡导者将写无产阶级英雄的"缺点"、反对塑造高大完美的无产阶级英雄的做法定义为资产阶级、修正主义的文艺③。《小蝌蚪找妈妈》被扣上"母爱超过阶级之爱""宣传人性论"等帽子即是显证。《小蝌蚪找妈妈》由盛璐德口述，方惠珍记录整理成文，后经中少社叶至善看中而辅以图画，才成为深受幼儿喜欢的原创图画书。事实上，这本图画书主要是科普与文学的结合物，根本不涉及阶级、人性等敏感话题。但在"继续革命"的支配下受到批评。另一个适例是《小兵张嘎》。小说因写到了张嘎的"嘎"（如打架咬人、堵烟囱等），而被斥为"故意让主人公犯错误""在人物脸上抹黑"，违反了小英雄"高大全"的原则而罪莫大焉。此外，柯蓝的《雾海枪声》（少年儿童出版社 1954 年初版）因写了几个有个性或有缺点的战士形象，而被批评为歪曲和丑化解放军战士的形象，"文革"中此书被列为"毒草小说"。肖平的《三月雪》（《人民文学》1956 年 8 月号）因描绘了刘云母女之间的情感，"文革"中被扣上了"人性论"的帽子。陈炎荣的《省城里来的新同学》（《少年文艺》1956 年 12 月号）书写了省城女孩杨玲到乡下去体验生活的故事。"文革"时期对其批评主要有三：一是把城市的孩子写得高人一等；二是歪曲贫下中农子弟的形象；三是丑化了社会主义新农村。徐慎的《换了人间》（《少年文艺》1963 年 5 月号）因写了后母与女儿建立新型母女关系的主题，而被批判为"歪曲新社会人与人之间的关系"。史超的《"强盗"的女儿》（少年儿童出版社 1963 年初版）塑造了一个革命者后代桂娃的故事，"文革"中被批评为弘扬"人性论"，被扣上污蔑革命的共产党人是"强盗"等帽子。张庆田的《葵花儿》（少年儿童出版社 1964 年初版）因写了一些知识少年务农的故事而在"文革"时期被列为毒草小说，当时批判的论点有：一是把农村广大贫下中农写得自私和

---

① 林彪同志委托江青通知召开的部队文艺工作座谈会纪要 [N]. 人民日报，1967-05-29.

② 反映新的人物新的世界的革命文艺 [N]. 人民日报，1974-07-16.

③ 努力塑造无产阶级英雄典型是社会主义文艺的根本任务 [N]. 人民日报，1974-06-15.

落后；二是知识少年下乡到处指手画脚，宣传了"下乡当官"的论点。白丹青的
《罗秀蓉在工地上》（少年儿童出版社 1957 年初版）描写了十五岁少年罗秀蓉
在水电站建筑工地参加建设的故事，被列为毒草小说，当时批判的主要论点是
《拖拉机站站长和总农艺师》（尼古拉耶娃）等"干预生活"的翻版。马烽的《韩
梅梅》（中国青年出版社 1954 年初版）描写了知识少年韩梅梅回乡务农、改造
农村的故事。"文革"时受到批判，批判的主要论点有三：一是歪曲和污蔑社会
主义农村和贫下中农形象；二是以书本知识改造农村，颠倒了知识青年和贫下
中农的关系；三是韩梅梅立志务农取得了成绩和荣誉，被批判为弘扬"吃小亏，
占大便宜"的观点。与此同时，随着一些作家在政治上受到迫害，其作品也被
彻底否弃。丁玲的《一个小红军的故事》（少年儿童出版社 1956 年初版）是一
部反映小红军战士生活的儿童小说，在"文革"中被扣上了丑化工农兵红军、美
化国民党匪军的帽子。李伯宁的《铁娃娃》（中国青年出版社 1954 年初版）是
一本描写抗日战争时期儿童形象的小说。"文革"中李伯宁因之受到政治迫害，
该书被列为毒草小说。当时批评的观点有：一是为作者本人树碑立传；二是否定
党的领导，歪曲根据地群众；三是为叛徒翻案。尽管儿童文学具有特殊性，但
在当时的语境下，儿童文学的特殊性被搁置："儿童文学也应和成人文学一样，
需要努力塑造无产阶级的英雄典型。"① 原本儿童文学塑造无产阶级英雄典型也
不无道理，但由于过分地强调"根本任务论"，文艺的"三突出"也片面地神化
了英雄人物，从而使得其作为"人"本有的属性被误置。"歌颂小英雄""表现大
主题"是当时儿童文学创作的两个基本问题。② 这种文艺思想在儿童文学领域的
具体表征即是儿童主人公身上本有的儿童性被抑制和抽离，代之以一种成人化
的"小英雄"的形象而存在。这种现象在"红小兵"小说中更为突出。与此同时，
这一时期成人文学领域的"革命样板戏"的创作思想也渗透于儿童文学之中，
《文汇报》就曾发表过评论员文章，认为少年儿童文艺要学习革命样板戏的创作
经验③。

　　"样板戏"是"文革"时期独特的戏剧范型。它充分运用戏剧舞台、音乐、

① 路途. 儿童文学与儿童特点 [N]. 人民日报，1972-12-26.
② 谢佐，殿烈. 歌颂小英雄 表现大主题——谈谈儿童文学创作中的两个问题 [J]. 红小兵通讯，1975(1,2).
③ 要重视少年儿童文艺的创作 [N]. 文汇报，1973-05-08.

灯光等艺术手段来塑造革命英雄人物和历史人物，借助崇高的美学形式来获致革命抒情的意味。《红灯记》《沙家浜》等革命样板戏之所以能成为"文革"文学的"样板"，其根由在于它们的艺术形式与思想内涵符合政治话语的要求，做到了"革命的政治内容和尽可能完美的艺术形式的统一"，为革命"大善"寻觅到了一个具有崇高意味的当代"抒情面相"。[①] 应该说，革命样板戏是对传统戏剧的现代革命，"革命"伦理、话语充斥于戏剧这种舞台艺术的内核，此后遭人诟病的"脸谱化""程式化"正源自这种革命政治话语的规约。"三突出""两结合"等艺术手法的运用拉开了其与传统戏剧之间的沟壑，昭示了一种新的戏剧艺术的诞生。正因为是"毛主席文艺路线的光辉样板"[②] 和"革命文艺的样板"[③]，其他文体创作也纷纷向"样板戏"靠拢，儿童文学自然也不例外。

第二节　《红柳》改编与《闪闪的红星》

1966 年，张长弓的儿童小说《红柳》由少年儿童出版社出版。1974 年，张长弓将《红柳》改名为《戈壁花》由上海人民出版社出版，并对原版本进行了较大的修改。从题目看，"红柳"是生活在荒漠戈壁的一种充满生机与活力的植物，"红柳"就是"戈壁花"。在该小说中，作者创作的出发点是歌颂女主人公小九莲身上所体现出的"红柳精神"。关于这一点，《红柳》和《戈壁花》的内容提要中都鲜明地标示出来了：

红柳，是一种生命力极其坚韧的植物。在那荒漠的戈壁，在那干渴的沙坨，在那无垠的不毛之地，唯有她——巍然屹立，任凭烈日的暴晒，风沙的吹扑也毫不畏缩、动摇，并以其灼目的艳红，显示出蓬勃的生机。

书中的主人公小九莲就是一个红柳式人物。她小小年纪就胸怀革命大志，誓与父兄一道改变穷乡僻壤的面貌，制服狂虐的风沙，使故乡由荒瘠的沙原变为肥沃的绿洲。小九莲在党的教导下，在前辈与同伴的帮助下，在与敌对思想和困难的斗争

---

①　张丽军 . 百年中国戏剧现代化语境下的"样版戏"论 [J]. 文艺研究，2017(4)：95–106.

②　实践毛主席文艺路线的光辉样板 [N]. 人民日报，1966–12–09.

③　革命文艺的优秀样板 [N]. 人民日报，1967–05–31.

下，她像一丛幼嫩的红柳般茁壮地成长起来了！①

戈壁花就是红柳，是一种生命力很强的植物。在那荒漠的戈壁，在那无垠的不毛之地，唯有红柳——刚毅、坚韧，不怕烈日的烤晒，无畏狂风的袭击，并以其灼目的艳红，显示出蓬勃的生机。因此，人们叫它戈壁花。

书中的主人公小九莲，就是一个戈壁花式人物。她在毛主席"农业学大寨"伟大号召的鼓舞下，胸怀革命大志，誓与治沙队一道改变穷乡僻壤的面貌，战天斗地，制服狂虐的风沙，使大戈壁由荒瘠的沙原变为肥沃的绿洲。小九莲在党的教导下，在革命前辈和治沙队战斗集体的帮助下，在与阶级敌人和资本主义自发势力的斗争中，她像一丛幼嫩的戈壁花般茁壮地成长起来了。②

从上两段文字的比照中不难看出，《戈壁花》凸显了毛泽东"农业学大寨"的伟大号召和鼓舞，小九莲的成长除了受父兄的影响外还增添了"治沙队战斗集体"的直接帮助。在具体的章节中，《戈壁花》由《红柳》的十五节修改为十八节，增加的章节为"小树怎样才能长高""沙虎蛇"和"一棵草"。"小树怎样才能长高"的主要内容是奶奶给小九莲讲述了以前的故事：旧社会戈壁草原上的居民生存环境恶劣，在专制的恶势力的压制下民不聊生。有一对兄弟挺身而出，哥哥苏木达为反抗王爷的暴政壮烈牺牲，弟弟巴图当了解放军排长推翻了王爷的统治，并与当地居民一起植树造林，改善生存环境。应该说，增加了从前的故事为下一节"巴图伯伯"中巴图的出场提供了铺垫。"沙虎蛇"以"高人"黑那存吃了小九莲栽的小树苗为起因，引出了小九莲与黑那存之间的辩论。在黑那存看来，治沙只是梦想，"普天下三山六水一分田，那都是铁定不移的"。小九莲的回答是完全成人化的："咱公社发动治沙，难道没有你的份吗？把草原建设成社会主义大花园，你不感觉到幸福吗？"对此，黑那存讽刺小九莲是"治沙迷"。为了凸显小九莲的觉悟之高，小说交代了其具有会分析问题的本领，而这种分析问题能力从何而来？文本做了如下铺垫："特别是看了巴图伯伯的治沙展览馆以后，听说了旗里有人反对治沙、硬解散了治沙队以后，奶奶给她一籽一

---

① 张长弓.红柳 [M].上海：少年儿童出版社，1966.
② 张长弓.戈壁花 [M].上海：上海人民出版社，1974.

瓣地讲了阶级斗争地历史以后。""一棵草"主要围绕着小九莲与想挖药材的黑那存父子的对话展开。两方的立场不同，黑那存打着自己的小算盘，并以供销社主任"地不平"作为挡箭牌，破坏治沙的大工程。小九莲毫不示弱地给他们讲道理，她心中有党，有治沙的大局，她明白，"不只是挖掉一棵草的问题，还是一种斗争，是一种阶级斗争啊！"她的话使得黑那存父子哑口无言，而那个毫无大局观念的"地不平"也只能垂头丧气地回去了。晚上，小九莲把挖草药的事告诉了巴图，巴图在称赞小九莲的同时也对其进行了更为深层次的宣讲："改造沙漠是一场战斗，不但要跟沙漠作战，更重要的是要同资本主义思想激烈交锋！"

除了增加了完整的三章外，原有的十五章也有大量的修改。概而论之，修改的地方主要有三：一是增加了治沙队之前的"治沙"故事。二是将治沙事件上升到革命战斗、路线斗争的高度上来。三是强化了巴图伯伯等人对于小九莲成长道路选择的影响。当然，版本批评并不是以发现"异文"为终极目的，除此之外还要探究"为什么要修改"，在异文的裂隙中找寻修订者所处的历史文化语境及深邃的文化心理，揭开"语境与文本互译"的广阔空间[1]。对于这种修改或重写，《戈壁花》的内容提要中也有交代："本书是在原少年儿童版《红柳》的基础上进行修改重写的。作者在重写过程中，努力学习和运用革命样板戏的创作经验，在反映党的基本路线，突出第一号英雄人物，体现党对少年一代教育培养等方面，做了补充和修改。经过重写，作品的思想性和艺术性比原来的《红柳》都有提高。"[2]应该说，这段交代是比较符合实际情况的，围绕着小九莲这一小治沙英雄形象，《戈壁花》较之于《红柳》而言更为集中地凸显其坚定的治沙信念及党的信仰，这种修改无疑体现了修订者的"革命逻辑"，尤其是设置了其与"属野猪的那号人"之间的辩驳、论争，两种正反对峙的阵营就此产生，而以小九莲为代表的治沙人的高大形象得以彰显。奶奶对之前治沙史的讲述及巴图的政治宣讲则从更大的程度上固化了小九莲心中的信仰，是其成长道路上的"引路人"。不过，在强化这种正面的引导的同时却没有细化和突出小九莲自身的启悟，即他者启蒙与自我启蒙两条线索并不是对位的，《红柳》和《戈壁花》都未

---

① 金宏宇. 新文学的版本批评 [M]. 武汉：武汉大学出版社，2007：60.
② 张长弓. 戈壁花 [M]. 上海：上海人民出版社，1974.

能深刻地描摹小九莲自我内心的多质性和作为儿童该有的"儿童性"，反而在革命、正义话语的浇灌下其复杂多维的儿童本性却出现了偏差，被书写成为早熟的正面人物、英雄人物了。这种书写、修改正是革命样板戏和"三突出"原则在儿童小说中的显在形态。

很多研究者认为"文革"文学的成就不高，其基本理由是文学性的缺失，而这种缺乏文学性的创作与批评体系无法与之前的文学相比。在论及"文革"儿童文学时，朱自强指出："中国儿童文学自五十年代末因畸形的社会政治生活的左右，有近十年间处于倒退，十年间几乎就是空白。"① 作为国家文学重要组成部分的儿童文学并未摆脱特定历史语境的影响，其思想性与艺术性因受政治意识形态的强力控驭而受到折损。不过，从这一时期儿童小说的创作数量和类型来看，却并非朱自强所说的"空白"，除了前述的存在着模式化、公式化的弊病外，《闪闪的红星》等几部作品对于革命儿童叙事和红色儿童形象塑造的探索还是值得肯定的，不能一概予以否定。毋庸讳言，《闪闪的红星》有着较强的政治指向性。李心田创作该小说的初衷是"要让青少年不忘记'辛酸的童年'，并要把它告诉当今的青少年"②。他还说："我不回避我的作品要对青少年进行某种教育，如果不这样做，我会遗憾的。"③《闪闪的红星》以"我"为叙事视角，讲述的是潘冬子的成长历程。事实上，在"十七年"和"文革"时期，"红色儿童"的成长故事并不鲜见，甚至可以说是革命历史题材儿童小说的基本模式。与以往的类似小说相比，《闪闪的红星》的独特之处在于没有简化潘冬子走向革命的十五年成长历程，也没有以先入为主的革命信仰、思想来牵引主人公的成长选择。换言之，潘冬子从"我"成为红军战士"潘震山"是历史与逻辑统一的必然结果。在共产主义接班人的成长过程中，"革命"置换了一般意义上的"家"体制下的儿童教育，"家长"功能被传统家庭伦理之外的"革命"力量所取代，而成为"被替换的父母"。④ 为了给"革命"话语预留空间，小说设置了潘冬子"无家庭"的情节：父亲潘行义参加长征走了，母亲被胡汉三烧死。这种"无父"的状态既是

---

① 朱自强. 中国儿童文学与现代化进程 [M]. 杭州：浙江少年儿童出版社，2000：347.
② 李心田. 我和儿童文学 [J]. 儿童文学研究，1992(2).
③ 李心田. 不要讳言教育 [J]. 儿童文学研究，1991(1).
④ 谢芳群. 革命儿童叙事中"家长"功能的消解与转换——以《闪闪的红星》《小兵张嘎》为例 [J]. 南方文坛，2013(2)：64-67.

潘冬子寻父的精神根由，也为革命话语替代家庭话语提供了可能。然而，这种置换、取代并非生硬地消解。尽管父亲潘行义没有陪伴冬子走上红军战士的道路，但其少有的几次影响却是冬子的人生启蒙课。潘行义腿上中了弹，在取子弹的场景中，冬子见证了父亲的坚毅与英勇：

> 爹的腿上划了个大口子，血滴答滴答地流着，他的头上滚着大汗珠子，牙紧咬着，呼吸急促，但一声也不吭。我差一点又哭了出来，可是这时爹的眼睛正好瞧见了我。我不敢哭了，爹的眼睛中闪着两道光，那光是不准人哭的。[1]

在与潘行义的对话中，冬子明白了"血债血偿"的道理："也用枪来打，叫他们也淌血。"潘行义也为冬子接续革命火种进行了进一步的革命启蒙："记住，等你长大了，要是白狗子还没打完，你可要接着去打白狗子。"在留给潘冬子一本列宁小学课本、一颗子弹头和一个红五星后，潘行义离家投入了革命队伍，父子的告别意味着传统家庭体制的破裂，也为冬子投身革命、在革命中成长提供了空间。当母亲牺牲后，冬子真正变成了"无家"的儿童，也预示着其向"革命的战士"转变跨近了一步："自从妈妈死后，修竹哥就是我的亲人，游击队就是我的家，我怎么能再舍得离开呢！"此后，修竹哥、陈钧叔叔、吴书记等游击队员正式成为冬子人生道路上的精神导师。然而，冬子毕竟是个孩子，在战争年代不能独立地打"白狗子"，他还需要成人的护佑。此后，宋大爹"接管"和"承担"了冬子父亲的角色。然而，不幸的是胡汉三却把宋大爹抓起来了，冬子再次失去了世俗意义上"家"的护佑。看着自己的亲人一个个被胡汉三杀害，十三岁的冬子没有丧失斗志，他遐想自己快点长大："我要快点长啊，长到了十五岁，我就来找游击队，那时我能扛得动枪了，跑得动路了，我要跟他们一起去打白狗子，打那些叫'皇军'的日本鬼子。"这种跨越年龄的遐想套用班马的话说即是"儿童反儿童化"[2]。"儿童化"曾被视为一种反对"成人化"倾向的、致力于达到儿童状态的追求。然而，在特定的情境下儿童并非固化于"儿童化"的状态下，儿童想要摆脱童年而向往成年的冲动被调动起来。班马曾列举《小

① 李心田. 闪闪的红星 [M]. 北京：人民文学出版社，1972：8.
② 班马. 中国儿童文学理论批评与构想 [M]. 武汉：湖北少年儿童出版社，1990：34.

兵张嘎》为例来分析儿童处处模仿成年人物的特色。这无疑是有启发性的，不过，班马并未深究张嘎"小大人"形象背后所隐匿的时代风云及儿童的文化心理。潘冬子不想做儿童的遐想本源于革命与成长的双重召唤：如果沉溺于童年不谙世事的幻境势必不利于革命的正当原则，也是走出"不成熟"状态的成长原则的牵引。除了凸显潘冬子与胡汉三的矛盾斗争外，《闪闪的红星》还设置了潘冬子与米号沈老板、保长武玉堂以及与中央军的斗争。四组矛盾环环相扣，将家仇与国恨的主题联结起来。在这种激烈的斗争中，潘冬子身上的革命潜能和意志被充分激发出来。有感于"儿童成人化"的倾向，王泉根曾提出儿童的"不知情权"[1] 的观点。在革命历史题材的儿童小说中，这种"不知情权"显然是对儿童革命信仰及成长隐喻的阉割，对战争、政治、革命等宏大话语的"不知情权"无异于抽空了此类儿童小说"回述"历史、确证新中国合法性的条件，这显然是不现实的。

难能可贵的是，潘冬子的成长历程中也处处流露出属于"儿童"的特性，如将"皇军"谑称为"黄军"，又如对潘行义的感情超越了革命信物"红星"等。这种一出场并非英雄人物的设置与"文革"时期所标榜的"根本任务论""三突出"等原则有所偏离，因而所书写的不过是"革命英雄前传"[2]。1974 年 10 月，儿童小说《闪闪的红星》被改编成电影。"十七年"时期，小英雄刘文学的故事流传后，就出现了多种文体书写同一人物的现象：袁鹰创作了叙事长诗《刘文学》，贺宜撰写了儿童小说《刘文学》（少年儿童出版社 1965 年 5 月初版），中国儿童剧院创作了话剧《少年英雄刘文学》，儿童艺术剧院集体创作的儿童剧《毛主席的好孩子刘文学》。与"刘文学"故事跨文体书写相似，《闪闪的红星》从儿童小说到电影的版本变迁也是跨学科和艺术门类的。不过，两者不同之处在于，前者多种文体的集体书写属于"合鸣"式的，其人物形象塑造和主题提升等方面趋于一致，而后者的改编则受制于"文革"时期诸多原则的规约，出现了并不趋同的差异。总体而言，修改后的电影剧本更突出在典型环境下来塑造潘冬子这一英雄形象，通过简化了其自然属性来强化阶级斗争和路线斗争的象征功能，由

---

① 王泉根 . "成人化"剥夺了童年的滋味 [N]. 文汇报，2004-02-16.
② 张楠 . 重读《闪闪的红星》[J]. 小说评论，2013(2)：139-148.

此赋予潘冬子成长的"高起点"①。具体落实到修改层面，影片开头就将潘冬子的英雄品格凸显出来，开场让潘冬子亲历"打土豪分田地"的仪式，增加了其投枪刺敌、拳打逃敌和口咬敌手的场景。同时，为了突出和深化主题，电影《闪闪的红星》删掉了潘冬子与保长武玉堂及中央军的斗争，集中呈现潘冬子与胡汉三及米店沈老板的斗争主线。为了更好地将潘冬子与沈老板的故事融入其与胡汉三的斗争主线中，电影《闪闪的红星》增加了沈老板为胡汉三搜山筹办军粮的情节。电影是视觉的艺术。在电影《闪闪的红星》中，"红色"视觉元素充斥银幕，集中地呈现了潘冬子的"红色"成长历程。

经过电影改编，"革命英雄前传"编织于意识形态的"教育"与"成长"的宏大议题中。电影改编后好评如潮。在观看了电影《闪闪的红星》后，当时的观众和影评人反响热烈，出现了诸多评论该影片的研究成果。从儿童小说到儿童电影，《闪闪的红星》的主题更为集中，但是儿童性却随之弱化，"童心""童趣"的成分几乎被坚硬的政治话语遮蔽，这是思想性对于艺术性抑制的结果，也是我们反思"文革"儿童文学不容忽视的重要角度和切口。

---

① 王尧.《闪闪的红星》：电影对小说的修改 []. 小说评论，2011(3)：63-67.

第五章

20 世纪 80 年代
的儿童文学

进入 80 年代，中国文学在国家"拨乱反正""思想解放"旗帜的引领下开启了新的发展历程。"工具论""从属论"受到质疑和否弃，"为文艺正名"成了学界的共识。与成人文学一样，儿童文学从附属于政治的工具论中走出来，其发展获得了新的发展机遇。此前的儿童文学创作受到"两结合""三突出"等原则的桎梏非常严重，儿童文学批评也附和于成人文学的批评系统，甚至沦为路线斗争、思想斗争的工具。具体而论，儿童文学所获取的发展机遇主要表现在其重新回归到"儿童文学"的本体位置上。周晓的"儿童文学是文学"[1] 以一种同义反复的语言表述，彰显了文学主体性的自律特质，集中表现出摆脱从属论、工具论的"去政治化"的美学诉求。更具体地说，它反拨的是之前文学的他律论，"来自文学中心的潮动"[2]，具有很强的现实性和时代性。即整个中国文学回到"文学"的艺术本性之位的具体体现。

第一节　文学环境的调整与文学理念的探索

"文革"结束后，儿童文学事业和其他各项事业一样，逐渐调整并走向改革开放，迸发出新的活力。

（一）出版机构的恢复与发展

对儿童文学发展产生重要影响的是，由国家出版局、教育部、文化部、共青团中央、全国妇联、全国文联、全国作协、全国科协于 1978 年 10 月联合在江西庐山召开的全国少年儿童读物出版工作座谈会。

在会议发言中，张天翼认为"要大造舆论，使社会上各有关部门都来关心

---

① 周晓. 儿童文学札记二题 [J]. 文艺报，1980(6)：20-21.
② 吴其南. 转型期少儿文学思潮史 [M]. 上海：少年儿童出版社，1997：12.

儿童读物的写作和出版工作"，"各种文艺刊物、报纸要多发表儿童读物和有关儿童读物的评论"，并指出"一本好的儿童读物不仅在思想内容上要有益，能吸引孩子们感兴趣，而且在封面设计、装帧、插图等方面，也要适合儿童的特点和趣味，为他们所喜爱"。[①] 金近认为，"有好些给成年人看的文学杂志和报纸副刊，也有这股瞧不起'小儿科'的风气"[②]。

会后，国务院批转了《关于加强少年儿童读物出版工作的报告》[③]，提出加强少年儿童读物出版机构，扩大编辑出版队伍，其他省、市、自治区出版社也要充实和加强少儿读物的编辑力量，积极创造条件成立少年儿童出版社，使每个大的地区都有一家专门出版少儿读物的出版社。建议全国文联各协会、中国科普创作协会及其在各地的分会建立相应的组织，负责研究、指导、组织少儿读物的创作。共青团中央除已恢复《中国少年报》外，拟创办《少年科技报》。面向全国的儿童刊物，包括《儿童文学》《我们爱科学》《儿童时代》《少年文艺》《少年科学》《小朋友》等，争取能增加印数。

这一时期，除了原有的中国少年儿童出版社、少年儿童出版社相继恢复正常工作。至 80 年代，还相继成立了新蕾出版社（天津）、四川少年儿童出版社、湖南少年儿童出版社、辽宁少年儿童出版社、湖北少年儿童出版社、河南少年儿童出版社、浙江少年儿童出版社、陕西少年儿童出版社、江苏少年儿童出版社、黑龙江少年儿童出版社、山东少年儿童出版社、河北少年儿童出版社、江西少年儿童出版社、新世纪出版社（广东）、甘肃少年儿童出版社等儿童文学出版机构。还相继创办了《朝花》《童话》《小溪流》《巨人》《东方少年》《当代少年》《娃娃画报》《未来》《婴儿画报》《少男少女》等儿童文学刊物。

（二）资料整理与理论建设

这一时期，出版了一些回溯、梳理中国儿童文学的资料集，如：《儿童文学短篇小说选（新中国成立以来）》《儿童文学短篇小说选（1949—1979）》《儿童文学剧本选（1949—1979）》《全国少年儿童图书综录（1949—1979）》《科学文

---

① 张天翼. 不能辜负孩子们的期望 [M]// 儿童文学研究（第 2 辑）. 上海：少年儿童出版社，1979：21.
② 金近. 为"小儿科"辩护 [M]// 儿童文学研究（第 2 辑）. 上海：少年儿童出版社，1979：28.
③ 尽快地把少儿读物出版工作促上去——国务院批转《关于加强少年儿童读物出版工作的报告》[J]. 出版工作，1979(2)：1-5.

艺作品选(1949—1979)》《我和儿童文学》《儿童文学论文选(1949—1979)》《中国现代儿童文学选 小说·散文》《中国现代儿童文学选 诗歌·戏剧》《郑振铎和儿童文学》《中国科学幻想小说选》《中国新时期儿童诗选 (1977—1980)》《苏苏儿童文学作品选》《茅盾与儿童文学》《中国科学小品选 (1934—1949)》《中国科学小品选 (1949—1976)》《中国科学小品选 (1976—1984)》《陶行知和儿童文学》《上海 "孤岛" 文学作品选 (下) 报告文学戏剧儿童文学卷》《苏联儿童文学选集》《中国现代作家儿童文学精选 (1902—1949)》《中国当代名作家儿童文学作品选》《中国现代儿童文学文论选》《当代中国寓言大系 (1949—1988)》等。

　　随着社会形势走向正轨，儿童文学的理论探索也重新展开。这一时期，出现了《小百花园丁杂说》(贺宜)、《论科学文艺》(叶永烈)、《漫谈童话》(贺宜)《儿童·文学·作家》(洪汛涛)、《晚清儿童文学钩沉》(胡从经)、《儿童小说创作探索录》(周晓)、《安徒生简论》(浦漫汀)、《中国民间童话概论》(刘守华)、《儿童文学的春天》(樊发稼)、《中国现代儿童文学史》(蒋风)、《世界儿童文学史概述》(韦苇)、《童话学讲稿》(洪汛涛)、《现代儿童文学的先驱》(王泉根)、《中国儿童文学史 (现代部分)》(张香还)、《幼儿文学 ABC》(郑光中)、《论童话寓言》(陈子君、贺嘉、樊发稼)、《论儿童诗》(陈子君、贺嘉、樊发稼)、《童话辞典》(张美妮)、《论当代中国儿童文学 (1949—1985)》(陈子君、贺嘉、樊发稼) 等理论著作。这一时期还出版了日本上笙一郎所著的《儿童文学引论》。必须一提的是，1982 年 5 月四川少年儿童出版社出版了由北京师范大学、华中师范学院、河南师范大学、杭州大学、浙江师范学院的成员协作编写的《儿童文学概论》，同年同月湖南少年儿童出版社出版蒋风独著的《儿童文学概论》，为各类学校开展儿童文学课程提供了不可或缺的教材。1979 年，儿童文学理论辑刊《儿童文学研究》复刊。80 年代以来综合性学术期刊《浙江师范大学学报》还不定期出版了多期 "儿童文学专辑"。

（三）奖励制度的完善

　　王尧认为，"当在文学史论述中考察文学的文化语境时，已经无法将 80 年代文学的背景孤立起来，它与之前之后的关联，正是 '经典社会主义体制' 形成和变革的全过程"[①]。文学奖励制度的建立，正折射出 1980 年代 "社会主义体制

---

① 　王尧 . "重返八十年代" 与当代文学史论述 [J]. 江海学刊，2007(5)：191–195.

的形成与变革"的具体形式。依靠"1954—1979 第二次全国少年儿童文艺创作评奖""宋庆龄儿童文学奖""全国优秀儿童文学奖""新时期（1979—1988）优秀少年儿童文艺读物奖""1982—1988 全国优秀少儿读物奖"等先后出现的奖励制度，1980 年代的一批儿童小说作品得以进入被"经典"化的序列。

　　1980 年，举办了"1954—1979 第二次全国少年儿童文艺创作评奖"。"1954—1979 第二次全国少年儿童文艺创作评奖"虽然在名称上涵盖了"文革"十年，但除李凤杰的《铁道小卫士》[1]外，获奖作品基本可以分为"文革"前的作品和"文革"后的作品[2]。周扬在颁奖仪式上提道，"这次评奖和第一次评奖，还有一点不同，增添了一项荣誉奖。这是专为'五四'以来的老一辈少年儿童文艺家们而设的……我们用荣誉奖的形式向他们表示尊重，也就表明，我们尊重自己的历史"[3]。因为在第一次评奖中，已经涵盖了 1949 年之后的新作品，"荣誉

---

[1]　李凤杰 . 铁道小卫士 [J]. 陕西文艺，1975(2)：19–28.

[2]　获奖的小说、童话、科学文艺中，发表于"文革"后的作品：一等奖有叶永烈《小灵通漫游未来》，少年儿童出版社 1978 年版；郑文光《飞向人马座》，人民文学出版社 1979 年版。二等奖有王安忆《谁是未来的中队长》，《少年文艺》（上海）1979 年第 4 期；瞿航《小薇薇》，《北京文艺》1979 年第 6 期；王路遥《破案记》，《儿童文学》1979 年第 11 期；程远《弯弯的小河》，《儿童文学》丛刊 9，中国少年儿童出版社 1979 年版；罗辰生《吃拖拉机的故事》，《儿童文学》1979 年第 7 期；方国荣《失去旋律的琴声》，《儿童时代》1979 年第 16 期；陈模《奇花》，中国少年儿童出版社 1979 年版；童恩正《雪山魔笛》，《少年科学》1978 年第 8、9 期两期连载。三等奖有刘心武《看不见的朋友》，《少年文艺》（上海）1979 年第 1 期；李迪《野蜂出没的山谷》，人民文学出版社 1979 年版；谷应《伶俐与笨拙》，《革命接班人》1979 年第 7 期；郑开慧《鲁鲁和弟弟的遭遇》，《儿童文学》丛刊 9，中国少年儿童出版社 1979 年版；尤凤伟《白莲莲》，《人民文学》1979 年第 6 期；陈传敏《爸爸》，《儿童文学》1979 年第 11 期；明连君《台阶上的孩子》，《山东文学》1979 年第 1 期；彭荆风《蛮帅部落的后代》，少年儿童出版社 1979 年版；金振林《小黑子和青面猴》，《儿童时代》1979 年第 19 期；戴明贤《报矿》，见《岔河涨水》，戴明贤著，贵州人民出版社 1979 年版；李仁晓《小粗心》，福建人民出版社 1979 年版；严振国《冷丫》，《鸭绿江》1979 年第 2 期；奚立华《燃烧的圣火》，少年儿童出版社 1979 年版；梁学政《盼望》，《人民文学》1977 年第 6 期；杨书案《小马驹和小叫驴》，《儿童文学》丛刊 6，中国少年儿童出版社 1978 年版；康复昆《小象努努》，《儿童文学》丛刊 10，中国少年儿童出版社 1979 年版；郭大森《天鹅的女儿》，《吉林文艺》1978 年第 3 期；顾骏翘《丰丰在明天》，中国少年儿童出版社 1978 年版；孙幼忱《小狒狒历险记》，少年儿童出版社 1978 年版；尤异《彩虹姐姐》，少年儿童出版社 1979 年月版；金涛《大海妈妈和她的孩子们》，科学普及出版社 1979 年版；刘后一《"北京人"的故事》，上海人民出版社 1977 年版；励艺夫《拍脑瓜的故事》，科学普及出版社 1979 年版；嵇鸿《"没兴趣"游"无算术国"》，原载 1977 年 11 月 23 日《红小兵报》，据《童话选》，上海教育出版社 1978 年版。另有林呐《看路人》、周骥良《聪明的药方》、赵镇南《互助》、王兰《纳拉》、长正《夜奔盘山》、赵世洲《自然界的启示》、小蓝《小嘀咕》等篇目出处不详。

[3]　周扬 . 为了未来的一代——在第二次全国少年儿童文艺创作评奖授奖大会上的讲话 [M]// 第二次全国少年儿童文艺创作评奖委员会办公室 . 儿童文学作家作品论 . 北京：中国少年儿童出版社，1981：7–11.

奖"的设立其实就是对现代儿童文学作家、作品做了"经典"化的追授。

　　一等奖的小说、童话、科学文艺获奖作品中，仅有叶永烈的《小灵通漫游未来》和郑文光的《飞向人马座》为"文革"后作品。依周晓的话来说是"以创作而论，去年以来，儿童文学短篇小说虽然出现了几篇使人耳目一新的新人新作，童话创作也比较活跃，这是可喜的现象。然而，儿童文学创作的发展是迟缓的。例如 1978 年、1979 年两次对首先脱颖而出、起了报春作用的优秀短篇小说的全国评奖，其中没有一篇儿童小说获奖。去年举行的二十五年来的全国少年儿童文艺评奖，一等奖绝大多数是五十年代的作品，近三年来的一篇也未能入选……三年多来这种状况虽有不少变化，但还没有根本改观。一些在一般文艺创作中已遭到唾弃的清规戒律，在儿童文学领域内仍在创作中起作用，理论上也没有廓清"[1]。与二等奖中的《失踪的哥哥》《谁丢了尾巴》《布克的奇遇》《雪山魔笛》等相比，《小灵通漫游未来》《飞向人马座》指向未来、"向科学进军"的意蕴确实更浓一些。童恩正的《雪山魔笛》笔法朴实，纪实地将用藏传佛教遗址发掘中发现的，原本属于喇嘛的，使用人的胫骨制作的笛子，唤来周围山上的人猿的事件，去"迷信"化，去神秘化，将之变为在社会主义制度下，各学科协作而发现人猿仍然存在，并说明科学原理的科学教育故事。

　　王安忆的《谁是未来的中队长》、瞿航的《小薇薇》、方国荣的《失去旋律的琴声》、程远的《弯弯的小河》等思虑"文革""伤痕"的小说，亦位列二等奖。《谁是未来的中队长》中的李铁锚，可说是《我要我的雕刻刀》[2]中的章杰的"先锋"，而且王安忆着意从社会整体层面上去表现张莎莎、张姓的车间主任给人的不良观感。开放式的结局，其实包含着对李铁锚们的深深褒奖。但小说提出的问题作为一个话题本身，可以说至今也未在中国的现实中闭合，是一个社会治理中交杂着情感态度、人际关系、制度设计和价值信仰等关系的话题。《白莲莲》对"芝麻大的污点，甚至是纯属虚构的'污点'"所隐含的现实政治中儒家般的"政治道德化"的思维方式，并没有"深耕"，而是用同样的道德的方式去解决，用白莲莲"清澈如水的眼睛"、"坦然"的心情，去"纠正"错误，收束结尾，而没有也不可能触及"政治道德化"的思维方式和制度设计本身。《人民文学》

① 　周晓. 儿童文学创作要有大的突破 [N]. 人民日报，1981-02-18.

② 　刘健屏. 我要我的雕刻刀 [J]. 儿童文学，1983(1)：30.

选择发表这篇作品，也是这种有限"纠正"的姿态与官方意识形态内在容忍度一致性的体现。《鲁鲁和弟弟的遭遇》用挖掘"文革"中保护鲁鲁和弟弟的世交、好人的方式，帮助他们坚韧而正直地度过了困苦，迎来了好人好报、苦尽甘来的传统戏曲似的大团圆结局。《小薇薇》《小黑子和青面猴》中最纯美的是自然、乡野气息。王路遥的《破案记》、罗辰生的《吃拖拉机的故事》都属于针砭时弊的作品。其他很多作品如《看不见的朋友》《聪明的药方》《小粗心》都一般地指向了日常生活习惯、品行的教育。《小粗心》因夸张而产生幽默效果，《伶俐与笨拙》里社会活动丰富、形象出众的陶嘉面目分裂，似乎成了张莎莎的变异版，因世故、老师面前一套背后一套，而有些不堪和让人不寒而栗。从整体上来看，在符合官方意识形态宏观要求的基础上，突出正面道德榜样的引导和规训作用，是大部分获奖作品的共性。

发表于 1975 年，获三等奖的《铁道小卫士》的笔法，是同一时期"文革"文学的读者所熟悉的。作者用学习铁道卫士、在暑假成立红小兵护路队，来对抗暑假布置很多作业的"智育第一"的"邪路"。小英雄铁雄对阶级斗争有着敏感、透彻的认识，地主、上中农等均依成分不同，对铁道交通有不同程度的破坏野心。上中农王占利只是到铁道上揽路基石，地主张贵就蓄意陷害管理学校的贫下中农代表，并直接制造了铁轨上的惊险事件。由于并没有将对"智育第一"的批判引向"批林批孔"，这或许应该是"文革"结束后，小说仍能安然位列三等奖的原因。

奖励制度的设立和完善，也呼应了作家们希望提高儿童文学这一文学门类的地位的期盼。刘厚明在外事访问回来之后，就撰文呼吁，"'推墙'的工作还有赖于提高儿童文学及其作家的地位。我再重复一遍，我们可不希望像南斯拉夫的儿童文学作家那样，得到'最高地位'，只是希望和其他作家平起平坐。例如，全国作协设立的文学评奖中，有短、中、长篇小说，有诗歌，有报告文学，独独没有儿童文学，这公平吗？难道儿童文学不算文学，不属于作协关心的范围之内？儿童文学从理论上不再是'低人一等'了，成人文学作家写儿童文学自然就不会再有'屈才'之感"[1]。刘厚明作为对文学体制具有影响力的体制内人

---

[1]　刘厚明. 推倒这堵墙——编余札记之三 [M] // 儿童文学研究（第 19 辑）. 上海：少年儿童出版社，1985：78-83.

士①，相信他的呼吁也有助于中国作家协会"全国优秀儿童文学奖"这样常态化的儿童文学奖项的设立。尽管，就像洪治纲在《无边的质疑——关于历届"茅盾文学奖"的二十二个设问和一个设想》②中，对茅盾文学奖提出激烈的质疑一样，全国优秀儿童文学奖的评选也并不是丝毫不容置喙的，但是全国优秀儿童文学奖、茅盾文学奖确实和鲁迅文学奖、全国少数民族文学创作骏马奖一起，建立起了针对各个文学门类的"国家级"奖励制度，并裹挟着可能附加的巨大的政治、商业利益，在文学"失却轰动效应"的时代里，激励着、奖掖着文学创作者们。

中国作家协会首届（1980—1985）、第二届（1986—1991）全国优秀儿童文学奖，于1988年3月、1993年2月分别揭晓。在"以票数和篇名笔画为序"的首届全国优秀儿童文学奖获奖名单③中，《寻找回来的世界》④《乱世少年》⑤两部涉及"文革"的长篇小说，尽管篇名笔画较少，但是均排在了另两部相对更早

---

① 刘厚明曾出任过中国作家协会儿童文学委员会副主任、文化部社会文化局副局长、全国少年儿童文化艺术委员会副秘书长、文化部少年儿童文化司司长等职。

② 洪治纲.无边的质疑——关于历届"茅盾文学奖"的二十二个设问和一个设想[J].当代作家评论，1999(5):107−123.

③ 中国作家协会首届（1980—1985）全国优秀儿童文学获奖篇目：长篇小说有《荒漠奇踪》，严阵，中国少年儿童出版社；《盐丁儿》，颜烟，中国少年儿童出版社；《寻找回来的世界》，柯岩，群众出版社；《乱世少年》，萧育轩，少年儿童出版社。中篇小说有《来自异国的孩子》，程玮，少年儿童出版社；《紫罗兰幼儿园》，郑春华，《巨人》。短篇小说有《五虎将和他们的教练》，关夕芝，《儿童文学》；《三色圆珠笔》，邱勋，《儿童文学》；《再见了，我的星星》，曹文轩，《儿童文学》；《我要我的雕刻刀》，刘健屏，《儿童文学》；《独船》，常新港，《少年文艺》（上海）；《第七条猎狗》，沈石溪，《儿童文学》；《白脖儿》，罗辰生，《儿童文学》；《扶我上战马的人》，张映文，《延河》；《老人和鹿》，乌热尔图，《上海文学》；《冰河上的激战》，蔺瑾，《东方少年》；《阿城的龟》，刘厚明，《北京文学》；《彩色的梦》，方国荣，《儿童文学》；《我可不怕十三岁》，刘心武，《东方少年》。中篇童话有《雁翅下的星光》，路展，宁夏人民出版社；《黑猫警长》，诸志祥，福建少年儿童出版社；《翻跟头的小木偶》，葛翠琳，江苏人民出版社。短篇童话有《小狗的小房子》，孙幼军，《儿童文学》；《总鳍鱼的故事》，宗璞，《少年文艺》（上海）；《老鼠看下棋》，吴梦起，《巨人》；《小燕子和它的三邻居》，赵燕翼，《儿童文学》；《开直升机的小老鼠》，郑渊洁，《儿童文学》；《狼毫笔的来历》，洪讯涛，《少年文艺》（上海）。诗歌有《我想》，高洪波，宁夏人民出版社；《我爱我的祖国》，田地，《儿童时代》；《春的消息（组诗）》，金波，《巨人》；《小娃娃的歌》，樊发稼，天津人民美术出版社；《再给陌生的父亲》，申爱萍，海燕出版社。散文有《俺家门前的海》，张歧，《儿童文学》；《醉麂》，乔传藻，《朝花》；《中国少女》，陈丹燕，《少年文艺》（上海）；《十八双鞋》，陈益，《少年文艺》（上海）。寓言有《狐狸艾克》，曲一日，新蕾出版社。报告文学有《作家与少年犯》，胡景芳，《水晶石》；《王江旋风》，董宠兽，《少年文艺》（上海）。科幻小说有《神翼》，郑文光，湖南少年儿童出版社。

④ 柯岩.寻找回来的世界[M].北京：群众出版社，1981.

⑤ 萧育轩.乱世少年[M].上海：少年儿童出版社，1983.

的、以较少异议的革命历史进行记述的长篇小说《荒漠奇踪》[①]《盐丁儿》[②] 之后，这也反映了评奖者对儿童小说涉及"文革"叙事的迟疑和慎重。

《盐丁儿》的情节本身以及自叙式的叙述方式，较《荒漠奇踪》的武侠小说般的传奇色彩，略为平淡。而且在长篇篇幅的末尾，《盐丁儿》的文字叙述也越发变得有点儿散漫、艰涩。或许对于第一届全国优秀儿童文学奖的评委们来说，《盐丁儿》的价值更大程度上来源于作者革命亲历者的身份，以及小说作为革命历史的亲历和见证。《荒漠奇踪》依托小红军战士小司马的逃亡、寻找队伍的路径展开情节。大量身份上的巧合密集地出现在小司马的面前，既促成了小司马的顺利逃亡，也因叛徒身份的隐蔽，展现了儿童小说中很少出现的红军内部肃反的细节描写，将紧张、危险的气氛推向了最终战败的"绝境"。结尾只是用小司马、老朗木、小蛮子对革命成功的畅想来"转圜"战败的肃杀气氛。在作者老到的叙述中，河西走廊的风物和传说，被疏落有致地放置于小说情节之中。这种文字上的风味，也为当时长篇儿童小说所鲜见。

《寻找回来的世界》在"一年多"的时间跨度里，在工读学校一连串波澜起伏的事件中，表现了正派的共产党员的群体形象。一开始，吴家驹所期望的给倩倩这样"幻想破灭"但"继续追求，并准备用自己的行动实现自己幻想"的青年创造条件，使他们真正成长起来的预期，后来在谢悦、郭喜相等学生身上，也不同程度地得到实现。在整体意识形态上，作者需要处理的是在基层的各个社会层面实际推进"拨乱反正"工作的情形和"时代的特点"，展现了"极'左派'摇身一变成了解放派"等诡谲的情势。而谢悦的身世纠葛中，就集中体现了其母亲为代表的政治投机"表演"。"文革"后社会风气的恶化，在作者笔下也显得无可奈何。第16章中反面人物薛人凤给学校办批件时，"顺应"社会风气，"灵活"阿谀办事员小王和主任的表现，显得"敬业"而对学校忠心耿耿，或许超出了作者对于这个人物的情感态度，而更多的是社会情势的驱使。

《乱世少年》里的叙述者"我"，在前往碧云林场"避祸"的路上，从"走资派"地委书记之子，阴差阳错地纠缠进了海正标们的先是"造反"后是上碧云峰投奔土匪的历险中去。"我"对海正标这个"流氓"的情感，作者的预设立场是

① 严阵. 荒漠奇踪 [M]. 北京: 中国少年儿童出版社, 1981.
② 颜一烟. 盐丁儿 [M]. 北京: 中国少年儿童出版社, 1985.

敌视、鄙夷的；但是，每当写到海正标的武艺，海正标对我的照顾、"教导"、对形势和人世的"透彻"理解，及其江湖人般的行事风格时，文字间就会不经意地流露出些许"佩服""感激"的味道。小说的主基调在于着力挖掘"文革"中基层工人、农民对"武斗"对混乱局面的自发反抗，其中就有山门镇上省属工厂的"保皇派""红森工"及小碧河村民对"造反派"的愤慨和痛击。面对"文革"中"刀弹相加，死在眉睫"的境遇，圣丹老人"落荒而逃，逃入山林"，"文革"前的舒心的日子只能徒存在他的记忆里。当然，也有像第 23 章中阿婆、刘阿姨泪水中送别龙阿公和我、大勇这样的人们在混乱中佝偻而又勤劳地生活着的场景。

　　小说中贯穿情节的人物"我"，虽然曾羡慕有当红卫兵资格的"木木"们，某种程度上自身也不免感染了"好动不好静，好走不好坐，好外不好里，好吃不好做，好玩不好学，好武不好文，好斗不好理"的"时代病"，对郭天雄的喟叹"这叫社会主义革命，是共产党人跟共产党人过不去？还是混在共产党内的一些坏人，整另一批共产党人"，"我"也"感到莫名其妙"；但是，对"革命"行动中的混乱和破坏，"我"始终抱持着清醒的认识，为了救被绑架的林场党委书记林大山，主动地去找圣丹老人探听情况。用小说中的话说就是"你没有堕落，反而成长起来了！革命的共产党人的教育，在你身上起了作用"。为了救龙阿公，"我"只身闯入了因"打开监狱找左派"的武斗而得以逃脱的土匪"黑眉猴"海伯来的碧云峰山寨，将情节推向了更为惊险、血腥的江湖密战。"我"和海正标们的"智斗"对话往往百转千回，充满玄机，跌宕起伏。虽有些不大可能出自少年之口，但也足见作者对描摹一个少年英雄在"文革"时势中成长的用心。当"我"重返小碧河村，在农民法庭上被判"枪毙"后，在生死一线走了一遭。暴露了真实的身份后，又被匪徒围住撕咬，"死过去足有几分钟"。在这种临近死亡的绝境体验中，小说达至最终的高潮。在某些片段，作者也会用一定篇幅的直接的政治论述，来引领小说的"大改方针"，但是总体而言，小说是被紧张的情节所牢牢牵引，自然向前滑行的。

第二届（1986—1991）全国优秀儿童文学奖[①]同首届相比，又可以看到长篇作品在数量上有了增加，对少年儿童校园生活面的表现也更为宽阔，同一个作家的作品如孙幼军的《怪老头儿》，相较于首届获奖的《小狗的小房子》，显得更为生动。《毒蜘蛛之死》给了1980年代出生、成长的孩子新的文学体验，"类似暗夜力量的震撼至今萦绕于心，甚至大大影响了我后期的创作"[②]。《今年你七岁》《一只猎雕的遭遇》都显示出了远离政治意识形态的姿态。《山羊不吃天堂草》所需要处理的是城乡二元对立中少男少女们成长面对的挑战。《今年你七岁》《少女的红发卡》《校园喜剧》《第三军团》《青春的荒草地》尽管都涉及校园生活，但是由于所表现的历史时期不同，也因为几位作者迥异的文风，而呈现了差异巨大的文本面貌。《下世纪的公民们》这本印数15100册，有着ISBN国际书号的小说，没有定价，而是明确标注着"非卖品"字样，这在笔者所见的1980年代儿童小说中是唯一的。而且该书名还得到了康克清的题字，从封底可以看到隶属于北京市教育局选编"儿童文库"，显现了官方给予的某种高规格。小说所涉及的话题，如不再夹起尾巴做人，要理直气壮、堂堂正正、敢说敢笑、敢怒敢喜、敢作敢当，适应开放型社会、更新观念，肯定孩子的个性与独立思考能力，也同样都是"高规格"而敏感的，涉及了社会主义核心价值观的理念与实践。用杨老师的话说就是，"当我站在学生们跟前，我不把他们当成我的学生，认为我

---

① 中国作家协会第二届（1986—1991）全国优秀儿童文学奖获奖作品：小说有《今年你七岁》，刘健屏，中国少年儿童出版社；《一只猎雕的遭遇》，沈石溪，江苏少年儿童出版社；《雪国梦》，邱勋，人民文学出版社；《走向审判庭》，李建树，中国少年儿童出版社；《下世纪的公民们》，罗辰生，人民文学出版社；《少女罗薇》，秦文君，少年儿童出版社；《山羊不吃天堂草》，曹文轩，江苏少年儿童出版社；《西部流浪记》，关登瀛，海燕出版社；《狼的故事》，金曾豪，希望出版社；《少女的红发卡》，程玮，江苏少年儿童出版社；《校园喜剧》，韩辉光，湖北少年儿童出版社；《第三军团》，张之路，中国少年儿童出版社；《青春的荒草地》，常新港，新蕾出版社；《绿猫》，葛冰，重庆出版社。童话有《小巴掌童话》，张秋生，少年儿童出版社；《扣子老三》，周锐，湖南少年儿童出版社；《吃耳朵的妖精》，郑允钦，江西少年儿童出版社；《怪老头儿》，孙幼军，湖北少年儿童出版社；《毒蜘蛛之死》，冰波，四川少年儿童出版社。散文、报告文学有《小鸟在歌唱》，吴然，少年儿童出版社；《16岁的思索》，孙云晓，少年儿童出版社；《孙悟空在我们村子里》，郭风，福建少年儿童出版社；《星球的细语》，班马，福建少年儿童出版社。诗歌有《我们这个年纪的梦》，徐鲁，湖北少年儿童出版社；《在我和你之间》，金波，中国少年儿童出版社；《绿蚂蚁》，刘丙钧，安徽少年儿童出版社。幼儿文学有《岩石上的小蝌蚪》，谢华，少年儿童出版社；《快乐的小动物》，薛卫民，中国少年儿童出版社；《虎娃》，鲁兵，少年儿童出版社。

② 郭敬明．幸福眼泪与痛苦笑靥——出版人前言[M]//冰波．毒蜘蛛之死．武汉：长江文艺出版社，2011：9.

是来管他们的，来教他们的，我把他们当成未来的教授、科学家、企业家。我真心地把他们当成朋友，喜欢他们，爱他们，他们是我们国家的下世纪的公民"。在作为长篇小说并不长的篇幅中，这些理念与实践之争，各阶层人生活中的真话与谎言，密集地出现在情节进程中，而大龙们要用率真破除的是曾捆绑了吴老师一代人几十年的东西。小说对现实生活中恋爱男女们的势利和丑陋的辛辣讽刺，可以说是不遗余力的，大龙和侯子平相声中的男女、宽叔、何老师们一应如此。

第二节　儿童小说与童话的探索

儿童小说和童话的探索，是这一时期儿童文学在创作上推陈出新的最集中体现。

（一）突破小说题材"禁区"

如果说，在成人文学里，人们抱怨当时写作的文学作品"看不懂"，是从阅读"朦胧诗"开始的话，那么在儿童文学中，人们"替"儿童"抱怨"儿童文学变得"看不懂"、太"深"了，则是从小说开始的。《祭蛇》①《今夜月儿明》②等涉及新的题材"禁区"的"出格"小说出现时，这样的担心和争论就开始了。争鸣主要集中在"早恋"的题材能否涉足，小说的表现有没有过火等方面。

苏叔迁表达的是比较有代表性的反对意见，他认为，"主张写'朦胧的爱情'，归根结底就是写爱情的一种障眼法，也就是赞成早恋……还比不上二十年代先进知识分子有远见（自'五四'运动以来，我国先进的知识分子就反对早恋、早婚、早育），实在是一种历史的倒退"③。"五四"启蒙作为1980年代判断是非的正确性标杆之一而存在，苏叔迁就是希望用将初恋延伸向早婚、早育的方法，借由"五四"启蒙的力量，来批判小说对"朦胧的爱情"的描写。只是细细一想，在"五四"作家的笔下、生活中，这种年轻生命的爱情，似乎也很合"时宜"地存在着，并延续在左翼文学中，继续演绎着革命加爱情的文学模式、生活实践。

而另一方面，《儿童文学选刊》从1984年下半年开始到1985年编发的文章

---

① 丁阿虎. 祭蛇 [J]. 东方少年，1983(1).
② 丁阿虎. 今夜月儿明 [J]. 少年文艺（上海），1984(1).
③ 苏叔迁. 早恋，不宜提倡 [J]. 儿童文学选刊. 1984(5)：63.

中，也可以看到很多赞同丁阿虎的写法的观点，有的读者还将他看作是自己心灵知己的，感慨"阿虎同志，您到底是什么时候从我的心中盗走了我那时的经历"①。因为主办者、编选者有意引导的缘故，《儿童文学选刊》一直引领着1980年代中国儿童文学潮流。方卫平认为，"周晓的名字，是与80年代初以来中国儿童文学事业的发展紧密联系在一起的。他以评论家和编辑家的双重身份，以1981年在任大霖先生倡议下创办和主持的《儿童文学选刊》为契机和平台，目光如炬，激情澎湃，坚韧执着，为'新时期'乃至世纪之交我国儿童文学的观念突破和艺术革新做出了不可替代的贡献"②。

翻检20世纪80年代的《儿童文学选刊》，可以明显地发现编选者们有意组织、引导各种面貌、思路的作品、言论并呈的痕迹，既不拒斥"保守"的观点，同样也是儿童文学"改革者"们的豪语、壮语集中呈现的地方。在"现代童话创作漫谈"中，我们看到革新童话创作的作家们"疾言厉色"的呼吁，"童话创作渐显出一种值得注视的变化潜潮。这一潜行的新潮预示：作家开始向童话的深层结构探索，力求扩大作品的内涵辐射面和读者辐射面，悄悄地试图实现向更高更新的艺术标杆的超越。令人振奋的是，这种对文学探险的渴求和尝试，已经形成一部分中青年童话作家的一种同频共振"；"絮絮叨叨的外婆式的童话已经无法，也不可能满足各层次的儿童读者群的渴求。于是热闹派童话应运而生"；"在大变革的时代背景下，它率先冲毁了曾在中国儿童文学之中衍生的道学气，带来了久违的游戏精神"。就像杜卫所说的，"与其说当时的众多文学审美论是一种理论形态，还不如说它们是一种文学理想的表达，体现了对文学的感性价值、情感价值、生命价值和人道价值的热情追求和热切渴望，这是同文学创作领域里崇尚感性、情感、原始生命和人本主义的思潮相一致的，或者说就是这种思潮的理论表达"③。在这些激情洋溢的宣言式文字中，我们可以感觉到他们胸中的文学理想。这也正是南帆所谓的1980年代所具有的"解放的叙事"的力量，人们"将锋芒共同指向了50年代以来形成的文学规训。这显明了一个多义的80年代，又显明了一个单质的80年代……解放的叙事驱使各种话

① 关于小说《今夜月儿明》的讨论 来信来稿综合摘编 [J]. 儿童文学选刊，1985(1)：54-56.

② 方卫平. 珍贵的"过客"——周晓与新时期儿童文学 [N]. 文艺报，2011-11-30.

③ 杜卫. 走出审美城：新时期文学审美论的批判性解读 [M]. 北京：东方出版社，1999：74.

语聚合成一个结构，协同抗拒传统观念的强大压力。'解放思想'的号召产生了全方位的效应，文学首当其冲。解放的叙事不仅解释了80年代的生机勃勃，而且解释了粗糙——由于解放的渴求如此迫切，摧枯拉朽的意愿远远超过了精雕细琢的耐心"①。

这种粗糙与力量并存的大趋势，也形成了影响儿童文学潮流的巨大力量，连被称为"走在金光大道上"，"文革"中以"八个样板戏一个作家"的那"一个作家"面貌出现的浩然，在作品集《勇敢的草原》落款于1980年9月12日的后记中，也真诚地写道，"随着文化科学的发展，少年儿童的眼界开阔了，对文学作品阅读的胃口提高了，再不是任何'花花绿绿'的玩意儿都能够引起他们欢喜的眼光、'粗茶淡饭'即可让他们'狼吞虎咽'的时期。他们要按照自己独特的心意去选择，一般化的东西决不肯接受。他们的这个权利谁都不能剥夺，也剥夺不了！因此，目前摆在儿童文学作家面前的头等迫切任务，除了多写，就是把创作的艺术质量提高一步，跟上读者变化了的欣赏水平。我现在拿出来的三个中篇，明显的全不符合标准；尽管在这次修改的时候，做了些努力，但在艺术质量方面仍然很粗劣。说心里话，我不敢满足现状，亦不想'敝帚自珍'，因为我怕失去小读者。十分可惜，在目前，只有请求小读者们原谅，我实在不能把这三个东西修理得变个模样了，等我的健康恢复到力能从心之时，一定多写点新作品，尤其在艺术技巧方面花点苦功夫；我起码想做到：当把作品给后代的时候，自己不至于觉得羞臊"②。这个集子中的三篇小说《枣花姑娘历险记》《勇敢的草原》《长城的子孙》，确实无论是人民公社的环境设置，还是为读者所"熟悉"的情节设计，都显示了较为直白的共产主义品德教育的意图。但是，浩然的《后记》，却让我们看到了这位"熟悉"的"主旋律"作家，不为人熟悉的另一面。

当《古堡》③《白色的塔》④《鱼幻》⑤《蓝鸟》⑥等小说，及关于这些小说的争论

① 南帆. 八十年代：话语场域与叙事的转换 [J]. 文学评论，2011(2)：75-81.
② 浩然. 后记 [M]// 浩然. 勇敢的草原. 哈尔滨：黑龙江人民出版社，1981：234-235.
③ 曹文轩. 古堡 [J]. 少年文艺（江苏），1985(1).
④ 程玮. 白色的塔 [J]. 当代少年，1985(4)：2-8.
⑤ 班马. 鱼幻 [J]. 当代少年，1986(8)：2-10.
⑥ 梅子涵. 蓝鸟 [J]. 东方少年，1986(12).

出现时，因应"读者变化了的欣赏水平"，作者、研究者们也开始更费心思地"掂量"小说内容及叙述的变化，用唐代凌的话来说，正是"涉及儿童小说的题材和技巧两个方面"①。

　　常新港的短篇小说中，入选《探索作品集》的《沼泽地上的那棵橡树——北方少年传闻之三》②是比较"虚化"的。他的另一个短篇《十五岁那年冬天的历史》③用平凡人的生活嘲讽宏大历史叙事，也颇有解构历史的意味。这一切到了长篇《青春的荒草地》④里，则变得更为中和、圆润了。在这部长篇中，作者从容地将心灵幻想意象和少年的现实成长铺排开来，少了短篇中的过分极端，多了一些叙述上的平实、节制。带有意识流色彩的象征性心理描写的插入，再加上作者所企图营造的神秘色彩、情节巧合，和作者早期短篇作品中的那一点陌生的神秘相比，当然来得更庞杂、宏大了。程玮的《少女的红发卡》⑤中，无论是宗教意象、《致爱丽丝》的曲子，还是人物间的心灵感应，都和《白色的塔》中的塔、《树洞里的校长室》⑥里的树洞，具有相同的象征功能，只是由于篇幅的变化，有机会变得更繁复了。《一百个中国孩子的梦》⑦里的"梦"，有的是对现实中受到的压抑的反抗和恐惧，比如被逼背唐诗、练琴、被体罚、生离死别、情绪上的恐慌失落等等，大部分则是现实中诱发的情感、感官需求的延伸和满足。因是对儿童思维的模拟和借用，文中很多逻辑、情节上的转折与跳跃，似乎也不需要许多铺垫，感染了当时先锋小说所流行的强力"抒情"之风。

　　儿童小说变革中的"蓝鸟"和"古堡"，也成了研究者眼中这一代作家创作身影和内在动因的集体象征。萧萍认为："对于压抑与积累已久的第四代作家而言，八十年代是一个合适的理想的爆发口，他们燃烧的才情使传统的儿童文学获得了明亮的活力与推动力，他们是一群寻找'古堡'的孩子，尽管山顶一片废墟，但他们'是这个世界上第一个知道山顶上没有古堡的人'！这是经历了'文革'创伤的第四代作家群体的心声；不仅如此，他们以《蓝鸟》中'我'的勇气和

① 交流·切磋·探索——全国儿童文学创作座谈会发言选录（上）[J]. 儿童文学选刊，1986(1)：58.
② 常新港. 沼泽地上的那棵橡树——北方少年传闻之三 [J]. 少年文艺（上海），1986(2).
③ 常新港. 十五岁那年冬天的历史 [J]. 东方少年，1986(12).
④ 常新港. 青春的荒草地 [M]. 天津：新蕾出版社，1989.
⑤ 程玮. 少女的红发卡 [M]. 南京：江苏少年儿童出版社，1991.
⑥ 沈振明. 树洞里的校长室 [J]. 东方少年，1987(8)：25-26.
⑦ 董宏猷. 一百个中国孩子的梦 [M]. 南昌：江西少年儿童出版社，1989.

决心不断尝试与超越，显示了这一代作家强大的实力与后劲，也正是他们将儿童文学在新时期演绎得多姿多彩。"①

　　梅子涵的《蓝鸟》入选了《探索作品集》，曹文轩入选《探索作品集》的作品是《第十一根红布条》。萧萍将《蓝鸟》和《古堡》放置在一起作为这一时代儿童文学作品的象征，是看到了这两篇作品对于未知的神秘之物的共同向往，以及共有的身体力行的探索精神。"以《蓝鸟》中'我'的勇气和决心不断尝试与超越"，更成了萧萍眼中对 20 世纪 80 年代文学革新者们的整体描述。《蓝鸟》对主角自我主体意识的表现，在《走在路上》里也得到了很明显的再现。《第十一根红布条》则体现出了曹文轩面对苦难、死亡及人生的很多状态时，一贯的"悲悯"情怀。这在他的《山羊不吃天堂草》《草房子》《青铜葵花》等代表性长篇中都能明显地看到。而且在对苦难和死亡的表现上，常见抒情性的渲染笔法，这或许也是实践其"儿童文学承担着塑造未来民族性格的天职"的倡议②的行动之一。这种写法其实某种程度上，是对这批作家青春成长时期遍布于整个社会的社会主义现实主义文学手法的借用和内部超越，这是某种意义上的当时的先锋性，常新港的《独船》，也是如此。而到了上文提及的《沼泽地上的那棵橡树——北方少年传闻之三》《十五岁那年冬天的历史》时，常新港已经从这一起点出走，走向了《蓝鸟》《我们没有表》③那样的从叙述形式到内在理念整体性地自我解构，显示出了文学先锋性变动不居的特点。

（二）抒情童话与热闹童话的探索

　　冰波的《窗下的树皮小屋》④《毒蜘蛛之死》⑤《如血的红斑》⑥都入选了江西少年儿童出版社"新潮儿童文学丛书"《探索作品集》⑦。入选该丛书尤其是这本选集的作品，可谓是当时比较公认的，在文学的内容、形式等方面做出了各自探索、努力的儿童文学先锋作品了。冰波的上述几个作品的情感强烈程度，因作

①　萧萍. 九十年代前期少年小说的发展与变化 [J]. 儿童文学研究，1996(1).
②　曹文轩. 中国八十年代文学现象研究 [M]. 北京：北京大学出版社，1988：312.
③　梅子涵. 我们没有表 [J]. 儿童文学，1990(4)：16-23.
④　冰波. 窗下的树皮小屋 [J]. 儿童时代，1984(8).
⑤　冰波. 毒蜘蛛之死 [J]. 当代少年，1987(7)：38-46.
⑥　冰波. 如血的红斑 [J]. 儿童文学，1987(11)：40-51.
⑦　金逸铭，编. 探索作品集 [M]. 南昌：江西少年儿童出版社，1989.

者对死亡和新生、对自然和灵魂的表现而得到加强。而带有人文抒情色彩的文字节奏，以及富有色彩感、画面感的情节，组成了那一时空下的先锋儿童文学意义。与《窗下的树皮小屋》相比，《毒蜘蛛之死》《如血的红斑》愈益走向死寂的气氛，从而更加凸显出创作者对先锋性的探索。张之路、葛冰合作的《灰灰和花斑皇后》①，也具有这种当时能称得上"新意"的灰暗。杜传坤认为，"大约从70年代末期开始，浸润着'悲剧美'的幼儿文学作品逐渐出现。它们刚发表或出版时，有的还引起了很大的争议，而争议的焦点在于是否适合低幼的孩子。随着时间推移，这类作品凭借其独有的审美品格，对当时以及此前的幼儿文学都构成了很大冲击"②。更"过度解读"地来看的话，这种彻底的冷寂和失望，是时代给予很多人的一种受愚弄的感觉，在很多"伤痕"文学中存在。

周锐童话的先锋性在20世纪80年代表现为，在将情节推演至一个个极点的过程中演绎和描摹人性，"归谬"出各色思想不为人熟知的角落。扣子老三寻寻觅觅后最终的无法回归（《扣子老三》③），《生日点播》里对父亲生日日期匠心独具的错置，发现低处台下的日子的魅力（《365个生日和364个节日》），都是具有隽永、温润的人生意味的。《秃画眉和哑画眉》不约而同相互地秘而不宣，《宋街》让一味拟古的思维方式现出了局限、荒谬之处，经过训练后熟练无比的表情，让人无法猜测表情背后的真正内心（《表情广播操》），蚊子的珍稀与应该被消灭之辨（《当蚊子成了珍稀动物》），为了无可指责的刷牙的好习惯，而饿死了自己（《一把牙刷逼死一个人》）。在这些作品中，人性的阴暗和荒谬，并没有被完全回避。周锐的先锋性还体现为将儿童文学一般所具有的对儿童读者的正面引导，自然地化入了对作品结尾的有效把握之中，不刻意追求亮色，也没有故意营造阴森，比如《一塌糊涂专栏》④里的一个个转折就显现出了恰到好处的温暖，《挤呀挤》⑤用绵延的技术"幻想"，乐观地面对和化解公交车上令

① 路玉（张之路），葛冰. 灰灰和花斑皇后 [J]. 儿童文学，1981(2)：40-50.
② 杜传坤. 20世纪中国幼儿文学史论 [M]. 北京：北京大学出版社，2020：226.
③ 《扣子老三》《生日点播》《365个生日和364个节日》《秃画眉和哑画眉》《宋街》《表情广播操》《当蚊子成了珍稀动物》《一把牙刷逼死一个人》，见周锐作品集《扣子老三》（湖南少年儿童出版社，1988年版）。
④ 周锐. 一塌糊涂专栏 [J]. 童话报，1985(5).
⑤ 周锐. 挤呀挤 [J]. 少年文艺（江苏），1986(7).

人怎么也无法产生愉悦之感的拥挤状况。《九重天》①亦以善财童子的天真、执着，化解了众神仙也只是叹息而没有行动去改变的，各层天的神仙之间的纷扰。《森林手记》②里，作者对人类社会的失望，积累于人、兽的犀利对比中，最后化为对森林的三声虎啸，蕴藉于含混之中，而没有点破蕴意。周锐用这种给自己一个题去解答的方式，显示了自己灵巧编织故事的功力。

孙建江认为，"新时期儿童文学的游戏精神从一开始就带有鲜明的时代特征"③。到了 20 世纪 80 年代末的《特别通行证》④时，周锐已有后来写作长篇戏仿童话的经验了。各个社会场景，因可可手中的特别通行证的"烛照"而"现形"。在老教授的儿童心理学课上，周锐给可可设计了一个让老教授猜自己心里想法的情节，不可谓不难为了这位教授。心理学的学理研究不等同于猜测对方心理活动，但是作者借此挪揄了大学里的"这个'论'那个'派'"，和《特别通行证》中的其他篇章一样，宣扬和褒奖了童年的大无畏精神。

面对 1986 年之后"教育手段"、"欣赏和娱悦"功能、"票房价值"几者缠绕在一起的日益商业化的中国儿童文学现状，面对"童话在市场上的遭遇比小说要好得多"的现实，陈子君在"上海儿童文学研讨会"上回应，要更好地适应儿童特点，贴近生活，反映少年儿童的切身问题，在不脱离生活的前提下更富于想象和幻想，甄别童话的"民族性"和"逻辑性"⑤。这是此次会议上，对商业化语境下儿童文学教育性的实现形式，做出较为深入、中肯的回应之一，其选择议题的敏锐性、思考方式的冷静，在今天探讨儿童文学作品里的商业意识形态表现时，仍值得借鉴。

《胖子学校》⑥在简短的篇幅里，将肥胖的缺点，从容地编织进三个小胖子的学校经历里，而且恰到好处地着力在肥胖史回顾以及肥胖守则的演绎上。

---

①　周锐.九重天 [J].少年文艺（上海），1986(11)：4.

②　周锐.森林手记 [J].儿童文学，1988(7)：56-70.

③　孙建江.二十世纪中国儿童文学导论 [M].南京：江苏少年儿童出版社，1995：248.

④　周锐.特别通行证 [M].上海：少年儿童出版社，1989.

⑤　陈子君.儿童文学迫切需要增强自身的吸引力 [M]// 眼中有孩子 心中有未来——90 上海儿童文学研讨会论文集.上海：少年儿童出版社，1991：18-23.

⑥　杨楠.胖子学校 [J].儿童时代，1981(11)：21-23.

《"五大行星开发公司"总经理》[①]《"砍协"秘书长》[②]里的叙述方式和人物形象，颇有点相声这样的通俗文艺形式的某些特点。性格平面化的人物，不断被作者调侃，人物的遭遇也逐渐荒诞化。《普来维梯彻公司》[③]从其调侃的话语形式，到中学生做家教的事实，再到文中提到的社会现象，都是十分"新潮"的。作者将几个家庭的生活现状，活灵活现地状写出来。中学生主角们所看不顺眼的，正是家长们所不能自视的缺陷。在模糊、远去的背影和结尾中，存留的是辞去家教教师工作的中学生对某种封闭的教育方式的拒绝和一份作为人的自醒。

《"太集"活动兴衰记》[④]《从黄金星球上来的客人》[⑤]《全球智慧继承人》[⑥]等等，亦是如此。在这几个作品中，年龄差异很大的几位作者，却不约而同地将人类的某些习惯和贪婪习性，用类似科幻的写法加以讽刺和归谬。这里，儿童文学已经不再仅仅局限于正面道德品质的图解和宣扬。这些作品延续了《勇敢理发店》[⑦]《女孩子城里来了大盗贼》[⑧]这些新作的异域感，而从更长远来看，甚至是继承了像严文井的《唐小西在"下一次开船"港》[⑨]里闹钟小人、灰老鼠等形象设计的人性洞烛与揶揄，及关于时间的隐喻。

从这个意义上来说，包蕾的《克雷博士和熊的传说汇编》[⑩]在20世纪80年代初的先锋性与局限性也同时体现在这里。包蕾将多种文体，比如论文、新闻报道，化入自己的叙事之中。既契合所要表现的与科学研究相关的传奇故事，也给予读者阅读上的新奇感。这在当时的儿童文学叙事中，可称得上是崭新的。但是，读完全文，又会发现我们所熟悉的文学作品的明确旨归在这篇作品中又现身了。

《那一丝奇怪的微笑》[⑪]也充满了这种类科幻手法营造的奇幻气氛。周基亭

---

① 孙幼忱."五大行星开发公司"总经理 [J].东方少年，1985(12).
② 张之路."砍协"秘书长 [J].当代少年，1987(11-12)：2-14.
③ 夏有志.普来维梯彻公司 [J].少年文艺（江苏），1988(11).
④ 任哥舒."太集"活动兴衰记 [J].少年文艺（上海），1986(8)：54-67.
⑤ 倪树根.从黄金星球上来的客人 [M]//童话（第11辑）.天津：新蕾出版社，1985.
⑥ 彭懿.全球智慧继承人 [J].少年文艺（上海），1985(7)：13-27.
⑦ 周锐.勇敢理发店 [J].少年文艺（上海），1983(11)：92-101.
⑧ 彭懿.女孩子城里来了大盗贼 [J].少年文艺（上海），1985(3).
⑨ 严文井.唐小西在"下一次开船港" [J].收获，1957(1)：229-268.
⑩ 包蕾.克雷博士和熊的传说汇编 [J].小溪流，1980(1)：55.
⑪ 周基亭.那一丝奇怪的微笑 [J].少年文艺（上海），1986(11)：59-67.

用小亚罕的良知，最终驱散了对集体人性洞视中看到的那一丝灰暗；彭懿则让女孩子们最终改正了嫉妒的习惯（《女孩子城里来了大盗贼》）。朱效文的《"菲菲九"魔幻剂》①《蓝烟飘来……》②等，后来衍化成为系列短篇童话集《培克博士的奇迹》③。这个系列的作品，特别关注技术发明中的伦理关系。因篇幅的缘故，和上述的一些短篇作品相比，有更多机会表现科学技术和人性的多侧面面貌。能在睡梦中见到自己一年以后的模样的蛊幻剂，给使用者的生活带来的竟是意想不到的麻烦。作品中的很多新发明，都经历了这样的现实考验。虽然，大猩猩培克博士最终还是制服了心怀叵测的助手，但是从事科学研究的专业人士的人性特点和人际关系，也折射在读者的眼前。这似乎也是科学技术哲学应该考虑的一个重要方面。《怪老头儿》④单行本出版前，也曾以单篇的形式发表⑤，让怪老头儿初试身手。但两位主角的个性特点，以及富有戏剧张力的生活情节设计，已经显露在这一"亮相"之中。情节的推衍，幽默而细密。

第三节　儿童诗的风格嬗变

20世纪80年代，儿童诗歌的创作也迎来了新的发展机遇。郭风、金波、田地、圣野、鲁兵、任溶溶、张继楼、张秋生、樊发稼、吴然、李少白等诗人的创作，让我们看到这些诗人对儿童诗艺术性的新探索。

（一）抒发情感

郭风的散文诗《你是普通的花》⑥，具有鲜明的"伤痕"特征。虽然，诗人在"文革"中历经坎坷。但是，他却依然相信，"当你确认了自己是喜欢淡黄的色彩的，便服膺自己确认的信念，始终如一地开放小小的花，开放焕发着淡黄的色彩的花朵"。在诗中，诗人还向读者描绘了自己在遥远的山村，形成这样的坚定而美丽的信仰的过程："一个雨后，我在一个山村的旅居期间，我听见你在石

①　朱效文. "菲菲九"魔幻剂 [J]. 儿童文学，1937(3)：17-30.
②　朱效文. 蓝烟飘来……[J]. 儿童文学，1988(1)：20-32.
③　朱效文. 培克博士的奇迹 [M]. 上海：少年儿童出版社，1991.
④　孙幼军. 怪老头儿 [M]. 武汉：湖北少年儿童出版社，1991.
⑤　孙幼军. 怪老头儿 [J]. 当代少年，1987(6)：50-56
⑥　郭风. 你是普通的花 [M]. 北京：人民文学出版社，1981.

桥旁边的草地上唱的一支歌；我无意间听见你唱的一支歌，认为这是我第一次听到关于下雨的真实的赞歌；认为这是一支多么朴实的歌。"生活的诗意，与生活的信仰，在生活的考验之中，就如此美好地结合在了一起。

红蜻蜓

金 波

低低地飞，低低地飞，

你这红蜻蜓，你丢失了什么？

飞得这样低，飞得这样低。

草坪里，铺着嫩绿。

花丛里，漫着香气。

湖面上，闪着涟漪。

红蜻蜓，你丢失了什么？

是被晒干的露水，

还是雨天的记忆？

你也许没有找到你丢失的东西，

你飞得倦了，伏在我家的竹篱上，静静地休息。

我悄悄地悄悄地走近了你，

一把捏住了你透明的双翼。

天，下起了小雨，

一滴，一滴，

提醒着我，快快回家去！

当我刚刚跑回家，

窗外就下起了大雨。

我把红蜻蜓，放在绿纱窗上，

它望着窗外迷迷蒙蒙的天地。

难道它还在寻找寻找它丢失的东西？

妈妈，是您告诉了我，

它在寻找丢失的爱，那世间最珍贵的东西。

雨过天晴。我推开窗子，

放走了那红蜻蜓，

让它飞向晴朗的天空和开花的土地……

　　金波的《红蜻蜓》① 是这一时期富有代表性的作品。诗人用富有诗意的语言塑造了一个唯美的红蜻蜓意象，他满含深情地抒发对红蜻蜓的关切，关心地询问低空飞翔的红蜻蜓在寻找什么样的东西。可是红蜻蜓没有回答，只是"低低地飞，低低地飞"，"飞得倦了，伏在我家的竹篱上，静静地休息"。红蜻蜓的形象给人的印象是富有感情，哀怨而美丽的。"我把红蜻蜓，放在绿纱窗上 / 它望着窗外迷迷蒙蒙的天地"。让人不禁好奇"难道它还在寻找寻找它丢失的东西？"最后，"妈妈"告诉我"它在寻找丢失的爱，那世间最珍贵的东西"，点出了诗歌的关于爱的主题。"天，下起了小雨 / 一滴，一滴 / 提醒着我，快快回家去"，诗人这样写道，那么红蜻蜓呢？它不停地在寻找的爱，又在哪里？在"晴朗的天空和开花的土地"？或许是吧！

　　这首诗的语言很美，极大地丰富了红蜻蜓意象的审美内涵。"草坪里，铺着嫩绿 / 花丛里，漫着香气 / 湖面上，闪着涟漪。"诗人用细致的描绘，营造了

---

① 金波 . 红蜻蜓 [J]. 巨人，1981(1).

151

一个和红蜻蜓相遇的充满诗意的环境。诗人也对红蜻蜓的等待展开了他的想象，用"被晒干的露水""雨天的记忆"这样的意象去具体描绘红蜻蜓的等待，美丽、动人而又引人遐想。另有两个细节也十分到位。一开始，"我"走近红蜻蜓，"一把捏住了"它的"透明的双翼"；而最后，"我推开窗子／放走了那红蜻蜓／让它飞向晴朗的天空和开花的土地……"这表明了"我"对于红蜻蜓态度的一种转变，从困惑、怀疑，到确信和祝福。

金本的诗作《小溪，你在哪里》[1]别出心裁地去寻找小溪的存在方式。想到小溪，我们想到的往往是有形的、流淌的溪流，而在这首诗中，诗人通过山花、小鹿的回答，让我们看到，原来在鲜艳的花瓣上，在小鹿的歌声里，我们都能看到小溪对生灵的滋养。由此，诗人也抒发了对自然和生命的赞美之情。

《诡计多端的星》[2]是一首充满了乡野气息的诗歌，抒发了对轻松、欢畅的乡野生活的感情。诗中描绘的返璞归真的情境，读着就让人心驰神往。"我"坐在屋里就能和天上的星星打一个暗号，谁不羡慕？那星空下万籁俱寂的田园夜色，谁不想欣赏？那扑面而来的泥土气息，谁不想呼吸一下？与星星玩耍的那一份俏皮，也许我们都能学得会，可以从家中的窗口仔细眺望，可以在回家的路上抬头看看，也可以在旅行的站台凝望。孩子的心思总是相通的，诗中加减乘除让人觉得十分烦人，作业非常耽误"我"和星星的游戏，而真正有意思的是偷偷向着"我"眨巴眼睛、打暗号的星星，是悠闲地在银河边游荡的牧童。尽管"我"不得不坐在屋里，不得不拒绝把星星请到家里，但这不是真心的。窗外的广阔世界，对"我"有着极大的诱惑力。

（二）教育儿童

圣野的《雷公公和啄木鸟》[3]中，敲门，这一件再普通不过的事情，在诗人的笔下变得充满童趣。"我"两次敲门的动作形成了鲜明的对比，第一次"我装雷公公／轰轰轰"地敲门，第二次"我做啄木鸟／笃笃笃"地敲门。前一次很响，奶奶却没有听到，后一次很有礼貌，奶奶像"闪电一样／欢欢喜喜接小孙"。这是因为"当我像小强盗的时候／她的耳朵就聋了／当我像小客人的时候／她的耳

---

① 金本. 小溪，你在哪里 [J]. 陕西少年，1981(6)：17.
② 雁翼. 诡计多端的星 [M]// 雁翼. 雁翼儿童诗选集. 上海：少年儿童出版社，1983.
③ 圣野. 雷公公和啄木鸟 [M]. 上海：少年儿童出版社，1986.

朵就不聋"。

这给每一位少年儿童读者一个启发，在生活中，礼貌非常重要，虽然敲门只是一个细节，但是也体现出了一个人的礼貌和素质，少年儿童读者就是需要在生活中时时刻刻注意这样的细节，才能使自己变成一个有礼貌的和受人尊敬的人。

诗人对"我"和"奶奶"两个人物的刻画也十分地到位，将动作描绘和心理刻画结合起来，既呈现了"我"敲门的样子，又表现了"我"的心情，写出了"奶奶"的心理。同时，也引发我们的猜想，"奶奶"真的不知道门外是自己的"小孙"吗？应该不是。"小强盗""小客人"两个词非常形象地把"奶奶"对"小孙"先后两种行为的褒贬之意显露了出来，她应该是用这样的言教来教育孩子。

鲁兵的《小刺猬理发》[1]中，诗人把没有理发的小娃娃比喻成了小刺猬，非常形象，因为他们有很多共同的地方，个头小，头发却长，又不愿意理发。因此，诗人故意在诗的开头把去理发的小娃娃直接叫成了小刺猬，用借喻的方式给我们预先制造了一个审美的错觉，误以为真的是小刺猬在理发。直到"嚓嚓嚓/嚓嚓嚓"地理完发，才发现原来理发的不是小刺猬，而是一个小娃娃，于是就给我们以审美错觉所造成的美感。

诗人用带有调侃的、半开玩笑的方式和少年儿童读者进行对话，如果小娃娃不去理发的话，就会有一个像小刺猬一样的形象。这使人在轻松的氛围中，用审美的方式，让少年儿童受到启发，接受教益，自然地明白要讲卫生，养成勤理发的好习惯。

诗人用返璞归真的语言和简洁的白描手法，洒脱、自然地向我们呈现出了儿童理发的有趣场景，构思巧妙、语言生动活泼，思绪飞扬，且具有跳跃性。以"发""嚓""他""娃"这几个字结尾的几句话，都是押韵的，给读者以一气呵成的感觉，朗朗上口，用字浅显，可以让少年儿童读者一接触就有轻松感和喜爱感。

金逸铭的儿童诗《字典公公家里的争吵》[2]的逻辑一环紧扣一环，安排得很

---

[1]　鲁兵. 小刺猬理发 [J]. 小朋友，1983(3).
[2]　金逸铭. 字典公公家里的争吵 [J]. 小朋友，1978(2).

巧妙，引人入胜。同时，全诗还使用号、跳、要、考、条、道、了、妙、傲等字押韵，让整首诗节奏流畅、朗朗上口。诗中，每一个标点符号的意见，都是在强调自己的特点、优点，强调自己比其他标点符号更为重要。但是，各种符号有各自的优点，就像诗的结尾字典公公总结的那样："孩子们，你们都很重要，少一个，我们的文章就没这样美妙。"因为哪怕出现频率再低的符号，也是不可缺少的，要不然就达不到最完美的表达效果。诗歌中，通过标点符号的吵闹，也让儿童读者明白：寸有所长、尺有所短的道理，只有像标点符号一样去协作，才能写就人生。

吉狄马加的《一个猎人孩子的自白》[①]通过孩子的口吻，向成年人提出了质疑。在孩子眼睛里，野兔和母鹿不是狩猎对象，而是在森林、小溪、草地等地方自由嬉戏的生灵。自然的美景让"我"忘记了自己是猎人，也让"我"拒绝开枪。诗作让我们看到，在大多数情况下，人类和自然是能够非常友好地相处的。当然，诗人也并没有让我们完全拒绝利用自然资源，比如假如狼危害人的生命，人还是可以出击的。可以说，对成人和孩子而言，《一个猎人孩子的自白》如同是一堂生态课，让我们心中升起对自然的赞叹、敬畏之心。

---

① 吉狄马加.一个猎人孩子的自白 [M]// 吉狄马加.初恋的歌.成都：四川民族出版社，1985：6-8.

第六章

20 世纪 90 年代以来的儿童文学

第八章

20 世纪 90 年代以来
四川散文

20世纪90年代以来，童书出版日渐受到社会关注。海飞认为，"改革开放40多年，少儿出版从短缺到繁荣、从简陋到精致，是整个出版界数量增长最快、品种增长最快、质量提升最快的出版门类之一"①。其中90年代童书的出版数量又有了明显增长，除了80年代开始写作的儿童文学作家继续有新作亮相外，新涌现出一大批儿童文学专业作家，如汤素兰、薛涛、王立春、谢倩霓、黑鹤、李学斌、张晓楠、彭学军、韩青辰、李东华、萧萍、汤汤、陈诗哥、殷健灵、舒辉波等，他们的创作既持守着传统的儿童保护原则，又充分尊重童年自由精神，塑造着新世纪儿童文学的总体艺术面貌。与此同时，张炜、赵丽宏、毕飞宇、马原、虹影、刘玉栋、王秀梅、徐则臣、梁晓声等成人文学作家陆续加入儿童文学的创作中来；张炜、王安忆等成人文学作家也为少儿读者编选各类文学读本。聚焦"中国式童年"，中国儿童文学在逐渐走出"教育论"的规范后找准了新的坐标。朱自强所谓"新世纪儿童文学就是解放儿童的文学"②是基于解放和发展儿童想象力而言的。这种想象力的拉升不能离弃"中国式童年"以及相关的民族性关怀。或者说，这种想象力的文学指向的是中国原创儿童文学。在世界性与民族性的双重语境中，新世纪儿童文学的学科自觉意识日趋强化，表征儿童文学的文体也从此前的杂糅状态走向澄明。作为儿童文学特征明显的图画书是新世纪儿童文学的重要样式，其对儿童读者的指向性更加明确，受中国当代文学的引导与制约相对减少，儿童文学的本体性、独立性得以提升。

---

① 海飞．茁壮成长的新中国童书出版 [N]．中国新闻出版广电报，2019-09-30．
② 朱自强．"解放儿童的文学"——新世纪的儿童文学观 [J]．中国儿童文学，2000(4)：88-95．

第一节　理论研究的进展与市场经济的影响

进入 20 世纪 90 年代，对中国儿童文学而言，儿童文学理念的拓展和市场经济的影响都显得意义非凡。儿童文学理念的拓展，则在儿童文学理论研究者和作家们的探索中得到了体现。在市场经济影响下，儿童文学逐渐成为各种类型的出版机构争相介入的领域，童书不再稀缺，相反在市场的作用下，童书出版的质和量都提升了。作家们创作的优秀作品，也就有更多的机会进入千家万户。而这两个方面共同形塑了 90 年代以来中国儿童文学的面貌。

（一）儿童文学理念的扩展

80 年代以来，中国儿童文学研究领域涌现出了吴其南、王泉根、汤锐、方卫平、朱自强、曹文轩、孙建江、班马、刘绪源、金燕玉、梅子涵等儿童文学理论家，提出了"儿童文学作家是民族未来性格塑造者"① 等理论观点。进入 90 年代以后，儿童文学理论的探索更具规模，更显深度。

1990 年起，湖北少年儿童出版社开始陆续出版"儿童文学新论丛书"，包括《比较儿童文学初探》（汤锐 1990）、《中国儿童文学理论批评与构想》（班马 1990）、《童话艺术空间论》（孙建江 1990）、《儿童文学的审美指令》（王泉根 1991）、《儿童小说叙事式论》（梅子涵 1993）、《异彩纷呈的多元格局》（彭斯远 1993）、《儿童文学接受之维》（方卫平 1995）等。

1991 年起，江苏少年儿童出版社开始陆续出版"中华当代儿童文学理论丛书"，包括《外国童话史》（韦苇 1991）、《中国童话史》（金燕玉 1992）、《中国儿童文学理论批评史》（方卫平 1993）、《二十世纪中国儿童文学导论》（孙建江 1995）、《现代儿童文学本体论》（汤锐 1995）。

1991 年起，河北少年儿童出版社陆续出版了《中国当代儿童文学史》（蒋风主编 1991）、《中国童话史》（吴其南 1992）等。

1992 年起，湖南少年儿童出版社开始出版"世界儿童文学研究丛书"，包括《中国儿童文学现象研究》（王泉根 1992）、《日本儿童文学面面观》（张锡

---

① 　曹文轩 . 中国八十年代文学现象研究 [M]. 北京：北京大学出版社，1988：309.

昌、朱自强主编 1994)、《俄罗斯儿童文学论谭》(韦苇 1994)、《德国儿童文学纵横》(吴其南 1996)、《美国儿童文学初探》(金燕玉 1996)、《英国儿童文学概略》(张美妮 1999)、《法国儿童文学导论》(方卫平 1999)、《意大利儿童文学概述》(孙建江 1999)、《北欧儿童文学述略》(汤锐 1999)。

2015 年，湖南少年儿童出版社出版新版 "世界儿童文学研究丛书"，包括《中国儿童文学概论》(王泉根)、《北欧儿童文学述略》(汤锐)、《德国儿童文学纵横》(吴其南)、《俄罗斯儿童文学论谭》(韦苇)、《法国儿童文学史论》(方卫平)、《美国儿童文学初探》(金燕玉)、《日本儿童文学导论》(朱自强)、《意大利儿童文学概述》(孙建江)、《英国儿童文学简史》(舒伟)、《澳大利亚儿童文学导论》(何卫青)。

1994 年，甘肃少年儿童出版社出版 "中国当代中青年学者儿童文学论丛"，包括《游戏精神与文化基因》(班马)、《人学尺度和美学批判》(王泉根)、《代际冲突与文化选择》(吴其南)、《流浪与寻梦》(方卫平)、《文化的启蒙与传承》(孙建江)、《酒神的困惑》(汤锐)。

1997 年，少年儿童出版社出版 "跨世纪儿童文学论丛"，包括《儿童文学的本质》(朱自强)、《转型期少儿文学思潮史》(吴其南)、《儿童文学的三大母题》(刘绪源)、《人之初文学解析》(黄云生)、《西方现代幻想文学论》(彭懿)、《智慧的觉醒》(竺洪波)。

2003 年，湖北少年儿童出版社出版 "儿童文学新论丛书"，包括《文字和图画中的叙事者》(谢芳群)、《儿童文学中的女性主义声音》(唐兵)、《卡通叙事学》(杨鹏)、《第四度空间的细节》(唐池子)。

2007 年，少年儿童出版社出版 "浙江师范大学儿童文化研究院红楼书系第一辑"，包括《中国儿童文学发展史》(蒋风)、《外国儿童文学发展史》(韦苇)、《中国儿童文学理论发展史》)(方卫平)、《中国童话发展史》(吴其南)。

2012 年，海燕出版社出版 "浙江师范大学儿童文化研究院红楼书系第三辑"，包括《儿童文学中的轻逸美学》(陈恩黎)、《魔幻与儿童文学》(钱淑英)、《中国儿童文学中的女性主体意识》(陈莉)、《经典化与迪士尼化》(王晶)、《审美教育行为特征探析》(郑素华)。

2015 年，山东教育出版社出版 "浙江师范大学儿童文化研究院红楼书系第四辑"，包括《流动儿童的教育管理与社会支持》（周国华）、《为了儿童的利益：英美学前教育政策比较研究》（周小虎）、《亲子关系与儿童网瘾防治策略》（章苏静、金科）、《儿童的幸福感：基于社会与自我比较视角的研究》（叶映华）。

2018 年，浙江少年儿童出版社出版"思潮·前沿中国当代儿童文化研究丛书"，包括《新时期儿童文学理论批评家个案研究》（李利芳）、《新媒体时代中国儿童文学发展趋势研究》（汤素兰）、《"青春文学"与青少年亚文化研究》（张国龙）、《玩转儿童戏剧——小学戏剧教育的理论与实践》（萧萍）。

2018 年，华东师范大学出版社开始陆续出版"国际格林奖儿童文学理论书系"，包括《中国儿童文学史》（蒋风 2018）《奇异的儿童文学世界》（[瑞典] 约特·克林贝耶 2019）、《儿童文学研究必备手册》（[英] 马修·格伦比、金伯利·雷诺兹 2019）、《绘本的力量》（[瑞士] 玛丽亚·尼古拉杰娃、[美] 卡罗尔·斯科特 2019）、《批评、理论与儿童文学》（[英] 彼得·亨特 2019）。

2020 年，少年儿童出版社出版"新世纪儿童文学新论丛书"，包括《中外儿童文学比较论稿》（朱自强）、《1978—2018 儿童文学发展史论》（方卫平）、《儿童幻想小说叙事研究》（聂爱萍）、《张天翼与中国现代儿童文学》（黄贵珍）、《儿童文学翻译的文体学研究》（徐德荣）、《安徒生童话诗学问题》（李红叶）、《后现代儿童图画书研究》（程诺）、《图画书中文翻译问题研究》（[日] 中西文纪子）。

2020 年，海燕出版社出版新观念儿童文学理论丛书，包括《中国古代童话文学研究》（吴其南）、《少女文学与文学少女》（韦伶）、《雕刻童年时光：中国儿童电影史探》（谈凤霞）、《儿童剧场基础理论研究》（赵琼）、《中国儿童阅读图画书的反应研究》（宁欢）。

此外，非以儿童文学理论丛书形式出版的理论著作还有：《前艺术思想：中国当代少年文学艺术论》（班马 1996）、《中国现代寓言史纲》（陈蒲清 2000）、《现代中国儿童文学主潮》（王泉根 2000）、《中国儿童文学现代化进程》（朱自强 2000）、《童话的诗学》（吴其南 2001）、《现代童话美学》（周晓波 2001）、《中国儿童文学五人谈》（梅子涵、方卫平、朱自强、彭懿、曹文轩 2001）、《飞翔的灵魂：安徒生经典童话导读》（孙建江 2004）、《阅读儿童文学》（梅子涵 2005）、《中国少年儿童电影史论》（张之路 2005）、《图画书：阅读与经典》

（彭懿 2006）、《守望明天：当代少儿文学作家作品研究》（吴其南 2006）、《中国幻想小说论》（朱自强、何卫青 2006）、《20 世纪中国儿童文学史》（张永健 2006）、《中国发生期儿童文学理论本土化进程研究》（李利芳 2007）、《相信童话》（梅子涵 2008）、《儿童的发现与中国现代文学》（王黎君 2009）、《中国现代儿童文学史论》（杜传坤 2009）、《童年再现与儿童文学重构》（谭旭东 2009）、《图画书的讲读艺术》（陈晖 2010）、《生成与接受：中国儿童文学翻译研究（1898—1949）》（李丽 2010）、《上海少年儿童报刊简史》（简平 2010）、《儿童文学与游戏精神》（李学斌 2011）、《20 世纪中国儿童文学的文化阐释》（吴其南 2012）、《大众传媒视阈下中国当代儿童文学转型研究》（胡丽娜 2012）、《论儿童文学的教育性》（侯颖 2012）、《中国儿童文学史略（1916—1977）》（刘绪源 2013）、《中国西部儿童文学作家论》（李利芳 2013）、《大众文化视域中的中国儿童文学》（陈恩黎 2013）、《成长小说概论》（张国龙 2013）、《边缘的诗性追寻——中国现代童年书写现象研究》（谈凤霞 2013）、《从仪式到狂欢——20 世纪少儿文学作家作品研究》（吴其南 2014）、《出版传播视域中的儿童文学》（崔昕平 2014）、《黄金时代的中国儿童文学》（朱自强 2014）、《中国幻想儿童文学与文化产业研究》（王泉根主编 2014）、《美与幼童：从婴幼儿看审美发生》（刘绪源 2014）、《五四儿童文学的中国想象研究》（吴翔宇 2014）、《中国古代童话小史》（陈蒲清 2014）、《中国动画电影》（林清 2014）、《思想的旅程：当代英语儿童文学理论观察与研究》（赵霞 2015）、《小学语文儿童文学教学法》（朱自强 2015）、《湖南儿童文学史》（汤素兰、谭群 2015）、《从工业革命到儿童文学革命：现当代英国童话小说研究》（舒伟等 2015）、《贵州儿童文学史》（马筑生 2016）、《儿童文学的童年想象》（张嘉骅 2016）、《晚清五四时期儿童读物上的图像叙事》（张梅 2016）、《童年精神与文化救赎：当代童年文化消费现象的审美研究》（赵霞 2017）、《让我们把故事说得更好：图画书叙事话语研究》（常立、严利颖 2017）、《儿童本位的翻译研究与文学批评》（徐德荣 2017）、《成长的身体维度：当代少儿文学的身体叙事》（吴其南 2017）、《中国儿童文学四十年》（方卫平 2018）、《儿童文学的中国想象：新世纪儿童文学艺术发展论》（方卫平、赵霞 2018）、《中国童书出版纪事》（崔昕平 2018）、《中国儿童文学史》（蒋风 2019）、《中国儿童文学史（插图本）》（王泉根 2019）、《新世纪中国儿童文学现场研究》（王泉根、崔昕平等 2019）、《民国时期的儿童文学研究》（王泉根2020）、《中国图画书创作的理论与实践》（陈晖 2020）、《绘本为什么这么好？》（朱自强 2021）、《百年中国儿童文学的整体观研究》（吴翔宇、卫栋 2021）、《图画书小史》（阿甲 2021）等。

资料集成方面，出版了《儿童文学辞典》（四川少年儿童出版社 1991）、《中国幼儿文学集成》（鲁兵主编，重庆出版社 1991）、《世界儿童文学事典》（蒋风主编，希望出版社 1992）、《中国当代儿童文学文论选》（王泉根编，接力出版社 1996）、《民国儿童文学文论辑评》（王泉根 2015）、《百年中国儿童文学编年史》（王泉根 2017）、《中国儿童文学编年史（1908—1949）》（吴翔宇、徐健豪2019）、《彭懿作品版本叙录（上下册）》（吴翔宇、卫栋 2020）等。

1992 年，少年儿童出版社开始出版骆驼丛书，包括《方轶群作品选》（1992）、《我的童年女友》（1992）、《鲁兵作品选》（1992）、《包蕾文集》（1992）、《郑马作品选》（1992）、《黄衣青作品选》（1992）、《周晓评论选》（1992）、《绍禹中篇侦探童话选》（1992）、《圣野诗选》（1992）等。

教材建设方面，成果也不少。1991 年 5 月，浦漫汀主编的《儿童文学教程》由山东文艺出版社出版。1996 年 12 月，黄云生主编《儿童文学教程》由浙江大学出版社出版。2001 年 6 月，黄云生主编《儿童文学概论》由上海文艺出版社出版。2004 年 5 月，方卫平、王昆建主编《儿童文学教程》由高等教育出版社出版，2009 年 9 月出版修订后的第 2 版，2016 年 8 月出版修订后的第 3 版。2009 年 3 月朱自强所著《儿童文学概论》由高等教育出版社出版，2021 年 3 月该书修订版由华东师范大学出版社出版。2009 年 7 月吴其南、吴翔之编著《儿童文学新编》由浙江大学出版社出版。2009 年 9 月王泉根主编《儿童文学教程》由北京师范大学出版社出版。2011 年 6 月，陈晖主编《阅读世界儿童文学经典》由北京师范大学出版社出版。2012 年 7 月，蒋风主编《外国儿童文学教程》由浙江大学出版社出版。2012 年 7 月，方卫平主编《幼儿文学教程》由高等教育出版社出版。2013 年 8 月，蒋风所著《新编儿童文学教程》由浙江大学出版社出版。2015 年 3 月，方卫平所著《儿童文学教程》由复旦大学出版社出版。

国外儿童文学理论译介方面。2008 年，少年儿童出版社出版"浙江师范大学儿童文化研究院红楼书系第二辑", 包括《阅读儿童文学的乐趣》([加]佩里·诺得曼、[加]梅维丝·雷默)、《作为神话的童话/作为童话的神话》([美]杰克·齐普斯)、《你只年轻两回: 儿童文学与电影》([美]蒂姆·莫里斯)、《理解儿童文学》([英]彼得·亨特)。

2010 年, 安徽少年儿童出版社出版当代西方儿童文学新论译丛, 包括《唤醒睡美人: 儿童小说中的女性主义声音》([美]罗伯塔·塞林格·特瑞兹)、《青少年小说中的身份认同观念: 对话主义构建主体性》([澳]罗宾·麦考伦)、《冲破魔法符咒: 探索民间故事和童话故事的激进理论》([美]杰克·齐普斯)、《儿童文学中的人物修辞》([瑞典]玛丽亚·尼古拉耶娃)、《镜子与永无岛: 拉康、欲望及儿童文学中的主体》([美]凯伦·科茨)、《儿童小说中的语言与意识形态》([澳]约翰·史蒂芬斯)。

2014 年, 安徽少年儿童出版社出版国际安徒生奖大奖书系, 其中包括理论著作《走进国际安徒生奖》、《走进国际儿童读物联盟》、《架起儿童图书的桥梁》([德]杰拉·莱普曼)、《世界梦想——全球作家为孩子创作的和平故事》([澳]苏珊娜·格维等)。

2021 年, 中国少年儿童出版社出版"世界儿童文学理论译丛", 包括《儿童文学的美学研究》([瑞典]玛丽亚·尼古拉耶娃)、《激进的儿童文学——少年小说的未来展望和审美转变》([英]金伯利·雷诺兹)、《理论视野中的当代儿童文学和电影》([澳]凯丽·马兰、[澳]克莱尔·布莱德福德)、《像孩子一样感知——童年与儿童文学》([美]杰瑞·格里斯伍德)。

此外, 以非丛书的方式出版的还有:《书, 儿童与成人》([法]保罗·阿扎尔 2014)、《欢欣岁月》([加]李利安·H.史密斯 2014)、《隐藏的成人: 定义儿童文学》([加]佩里·诺德曼 2014)、《说说图画: 儿童图画书的叙事艺术》([加]佩里·诺德曼 2018)、《儿童文学史: 从<伊索寓言>到<哈利·波特>》([美]塞思·勒若 2020)、《英语儿童文学史纲》([英]约翰·洛威·汤森 2020)等。

通过梳理, 我们能够看到, 无论是儿童文学研究成果的数量, 还是儿童文学研究话题的广泛性, 在 20 世纪 90 年代以来的中国儿童文学理论研究中, 都已经达到了新的境界。

在儿童文学本体理论研究方面，儿童文学理论、儿童小说理论、童话理论等方面，我们都能看到奠基性的著作。儿童文学史研究的覆盖范围越来越广泛，理论深度不断加强，涵盖了中国各个历史时期，面向世界上许多重要的文学国度，而且对儿童文学的思潮、作品等方面内容都有深入的探讨。另外，儿童文学评论也逐渐兴盛。在上述梳理中，我们看到了不少的评论集。而关于儿童文学作品、现象的评论文章，也常见诸报刊。随着国外儿童文学理论著作得到译介，国内研究者更为了解国外儿童文学理论研究进展，国内外理论交流下的儿童文学理论创新有了新的可能。

（二）奖励制度的进一步完善

在这一时期，儿童文学的奖励制度进一步完善。一方面，由中国作家协会主办的全国优秀儿童文学奖持续举办，彰显了对中国儿童文学发展全局的引领作用。另一方面，各类机构也举办了多种类型的奖项，促进了儿童文学事业的发展。

1996 年，第三届（1992—1994）全国优秀儿童文学奖揭晓，获奖作品包括长篇小说：《男生贾里》（秦文君）、《青春口哨》（金曾豪）、《十四岁的森林》（董宏猷）、《裸雪》（从维熙）、《神秘的猎人》（车培晶）、《小脚印》（关登瀛）、《有老鼠牌铅笔吗》（张之路）、《红奶羊》（沈石溪）；童话：《狼蝙蝠》（冰波）、《哼哈二将》（周锐）、《树怪巴克夏》（郑允钦）、《会唱歌的画像》（葛翠琳）；诗歌：《到你的远山去》（邱易东）、《林中月夜》（金波）；散文：《悄悄话》（高洪波）、《淡淡的白梅》（庞敏）、《我们的母亲叫中国》（苏叔阳）；幼儿文学：《鹅妈妈和西瓜蛋》（张秋生）、《大头儿子和小头爸爸》（郑春华）。

1999 年，第四届（1995—1997）全国优秀儿童文学奖揭晓，获奖作品包括长篇小说：《苍狼》（金曾豪）、《小鬼鲁智胜》（秦文君）、《女儿的故事》（梅子涵）、《草房子》（曹文轩）、《我要做好孩子》（黄蓓佳）、《花季·雨季》（郁秀）；中短篇小说：《赤色小子》（张品成）、《一百个中国孩子的梦》（董宏猷）；童话：《唏哩呼噜历险记》（孙幼军）、《小朵朵与半个巫婆》（汤素兰）、《屎壳郎先生波比拉》（保冬妮）、《我和我的影子》（张之路）；幼儿文学：《花生米样的云》（王晓明）、《大头儿子和隔壁大大叔》（郑春华）、《长鼻子和短鼻子》（野军）；诗歌:《为一片绿叶而歌》（薛卫民）；散文:《山野寻趣》（刘先平）；纪实文学:《还你一片蓝天》（李凤杰）。

　　2002 年，第五届（1998—2000）全国优秀儿童文学奖揭晓，获奖作品包括长篇小说:《中国兔子德国草》（周锐、周双宁）、《吹响欧巴》（黄喆生）、《大绝唱》（方敏）、《属于少年刘格诗的自白》（秦文君）；中短篇小说:《随蒲公英一起飞的女孩》（薛涛）、《永远的哨兵》（张品成）；童话:《笨狼的故事》（汤素兰）；散文:《中国孩子的梦》（谷应）、《小霞客西南游》（吴然）、《怪老头随想录》（孙幼军）；诗歌:《我们去看海》（金波）、《笛王的故事》（王宜振）；幼儿文学:《幼儿园的男老师》（郑春华）；寓言:《美食家狩猎》（雨雨）；科学文艺:《非法智慧》（张之路）；传记文学、纪实文学:《严文井评传》（巢扬）、《黑叶猴王国探险记》（刘先平）；青年作者短篇佳作:《书本里的蚂蚁》（王一梅）、《村小:生字课》（高凯）、《单纯》（林彦）。

　　2004 年，第六届（2001—2003）全国优秀儿童文学奖揭晓，获奖作品包括长篇小说:《细米》（曹文轩）、《陈土的六根头发》（常新港）、《鸟奴》（沈石溪）、《漂亮老师和坏小子》（杨红樱）；中短篇小说:《轰然作响的记忆》（刘东）；童话:《鼹鼠的月亮河》（王一梅）、《阿笨猫全传》（冰波）、《乌丢丢的奇遇》（金波）；幼儿文学:《吃黑夜的大象》（白冰）、《小鼹鼠的土豆》（熊磊）；诗歌:《骑扁马的扁人》（王立春）；散文:《蓝调江南》（金曾豪）；纪实文学:《长翅膀的绵羊》（妞妞）；理论批评:《凄美的深潭:“低龄化写作”对传统儿童文学的颠覆》（徐妍）；青年作者短篇佳作:《一只与肖恩同岁的鸡》（三三）、《追日》（赵海虹）。

　　2007 年，第七届（2004—2006）全国优秀儿童文学奖揭晓，获奖作品包括长篇小说:《舞蹈课》（三三）、《黑焰》（格日勒其木格·黑鹤）、《喜欢不是罪》（谢倩霓）、《蔚蓝色的夏天》（李学斌）、《青铜葵花》（曹文轩）；中短篇小说:《回望沙原》（常星儿）；童话:《面包狼》（皮朝晖）、《核桃山》（葛翠琳）；诗歌:《叶子是树的羽毛》（张晓楠）；散文:《纸风铃 紫风铃》（彭学军）；纪实文学:《飞翔，哪怕翅膀断了心》（韩青辰）；科学文艺:《极限幻觉》（张之路）；青年作者短篇佳作:《选一个人去天国》（李丽萍）。

　　2010 年，第八届（2007—2009）全国优秀儿童文学奖揭晓，获奖作品包括小说:《非常小子马鸣加精选本》(郑春华)、《你是我的宝贝》(黄蓓佳)、《腰门》(彭学军)、《公元前的桃花》(曾小春)、《穿过忧伤的花季》(王巨成)、《少年摔跤王》(翌平)、《狼獾河》(格日勒其木格·黑鹤)、《满山打鬼子》(薛涛)、《黄琉璃》(曹文轩);童话:《猪笨笨的幸福时光》(李东华)、《奇迹花园》(汤素兰)、《蓝雪花》(金波);诗歌:《狂欢节,女王一岁了》(萧萍);散文:《踩新路》(吴然);幼儿文学:《狐狸鸟》(白冰);报告文学:《空巢十二月:留守中学生的成长故事》(邱易东);科学文艺:《小猪大侠莫跑跑·绝境逢生》(张之路)、《独闯北极》(位梦华);理论批评:《改革开放 30 年的少数民族儿童文学》(张锦贻);青年作者短篇佳作:《到你心里躲一躲》(汤汤)。

2013 年,第九届(2010—2012)全国优秀儿童文学奖揭晓,20 部作品获奖,获奖作品包括小说类:《鸟背上的故乡》(胡继风)、《千雯之舞》(张之路)、《像风一样奔跑》(邓湘子)、《木棉·流年》(李秋沅)、《五头蒜》(常新港)、《丁丁当当·盲羊》(曹文轩)、《影子行动》(牧铃);诗歌类:《我成了个隐身人》(任溶溶)、《月光下的蝈蝈》(安武林);童话类:《汤汤缤纷成长童话集》(汤汤)、《住在房梁上的必必》(左昡)、《住在先生小姐城》(萧袤)、《无尾小鼠历险记·没尾巴的烦恼》(刘海栖);散文类:《小小孩的春天》(孙卫卫)、《虫虫》(韩开春);科幻文学类:《巨虫公园》(胡冬林)、《三体Ⅲ·死神永生》(刘慈欣);幼儿文学类:《穿着绿披风的吉莉》(张洁)、《小嘎豆有十万个鬼点子·好好吃饭》(单瑛琪);青年作者短篇佳作类:《风居住的街道》(陈诗哥)。

2017 年,第十届(2013—2016)全国优秀儿童文学奖揭晓,获奖作品包括小说:《一百个孩子的中国梦》(董宏猷)、《大熊的女儿》(麦子)、《寻找鱼王》(张炜)、《沐阳上学记·我就是喜欢唱反调》(萧萍)、《吉祥时光》(张之路)、《浮桥边的汤木》(彭学军)、《将军胡同》(史雷);诗歌:《梦的门》(王立春);童话:《布罗镇的邮递员》(郭姜燕)、《小女孩的名字》(吕丽娜)、《水妖喀喀莎》(汤汤)、《一千朵跳跃的花蕾》(周静);散文:《爱——外婆和我》(殷健灵);报告文学:《梦想是生命里的光》(舒辉波);科幻文学:《拯救天才》(王林柏)、《大漠寻星人》(赵华);幼儿文学:《其实我是一条鱼》(孙玉虎)、《蒲公英嫁女儿》(李少白)。

2021 年,第十一届(2017—2020)全国优秀儿童文学奖揭晓。获奖作品包括小说:《驯鹿六季》(格日勒其木格·黑鹤)、《上学谣》(胡永红)、《有鸽子的夏天》(刘海栖)、《逐光的孩子》(舒辉波)、《陈土豆的红灯笼》(谢华良)、《巴颜喀拉山的孩子》(杨志军)、《耗子大爷起晚了》(叶广芩);诗歌:《我和毛毛》(蓝蓝);童话:《慢小孩》(迟慧)、《永远玩具店》(葛竞)、《南村传奇》(汤素兰)、《小翅膀》(周晓枫);散文:《好想长成一棵树》(湘女);科幻文学:《奇迹之夏》(马传思)、《中国轨道号》(吴岩);幼儿文学:《小小小世界》(黄宇)、《小巴掌童话诗·恐龙妈妈孵蛋》(张秋生);青年作者短篇佳作奖:《坐在石阶上叹气的怪小孩》(徐瑾)。

其他奖项方面,我们能够看到各种类型的奖项竞相绽放,呈现出儿童文学事业的勃勃生机。

这一时期出现了"周庄杯"全国儿童文学短篇小说大赛、"大白鲸世界杯"原创幻想儿童文学奖、青铜葵花儿童小说奖、曹文轩儿童小说奖、金波幼儿文学奖、小十月文学奖、中文原创 YA 文学奖。2014 年 11 月更名后的"陈伯吹国际儿童文学奖"首次颁出。图画书方面,出现了丰子恺儿童图画书奖、信谊图画书奖、图画书时代奖。

值得注意的是,2014 年 4 月,第一届蒋风儿童文学理论贡献奖颁奖,刘绪源获奖。随后又有朱自强(2016)、丰苇(2018)、王泉根(2020)等多名学者获奖。这对于儿童文学理论研究起到了重要的推动作用。2019 年 10 月首届蒋风儿童文学青年作家奖颁奖,格日勒其木格·黑鹤获奖。2021 年第二届蒋风儿童文学青年作家奖由韩青辰获得。

此外,还出现了北京师范大学中国图画书创作研究中心、国家图书馆少儿馆主办的原创图画书年度排行榜,浙江师范大学、温州市瓯海区人民政府主办的年度儿童文学新书榜等儿童文学新作榜单。

中国儿童文学奖项日渐丰富,全国优秀儿童文学奖持续颁发,为我们了解各个阶段中国儿童文学发展的基本样貌提供了极具参考价值的依据。从历届全国优秀儿童文学奖的参评作品、获奖作品中,我们能一窥中国儿童文学风貌历史变迁的足迹。专注于儿童小说、图画书、著作、理论等诸多儿童文学类型的民间奖项的设立与颁发,丰富了中国儿童文学的评价维度,顺应了中国儿童文学类型越来越丰富的发展趋势,也拓展了我们对中国儿童文学的认知边界。

第二节　儿童小说的新成就

进入 20 世纪 90 年代以后，随着作家们逐渐适应了市场经济环境下的写作，展现出了空前的创作活力。在儿童小说领域，成长小说等形态的出现，都与长篇小说崛起有关。曹文轩的《山羊不吃天堂草》《草房子》《根鸟》《青铜葵花》、秦文君的《男生贾里》《小鬼鲁智胜》、张之路的《第三军团》、梅子涵的《女儿的故事》、黄蓓佳的《我要做好孩子》、班马的《六年级大逃亡》等等长篇儿童小说佳作纷纷出现。

汤锐认为，"一旦冲破了'教育'一统的儿童文学创作思维旧框架，这种丰富而坎坷的人生阅历就成了这一群急于开拓创作新天地、新视野、新市场的作家们最大限度地开发利用的对象……写人生，再现真实而复杂多样的人生内容，就成了新时期儿童文学创作令人瞩目的焦点之一"[①]。市场经济的环境，为这样的冲破"教育"一统的状态，提供了可能性。

（一）成长小说的命名

2002 年，曹文轩在大连召开的第六届亚洲儿童文学大会上发表了题为《论"成长小说"》的主旨演讲，在中国成长小说发展中发挥了重要作用。演讲中，曹文轩提出："按旧有的儿童文学概念来书写初中以上、成人世界以下的这一广阔的生活领域，形同一双大脚必须穿上一双童鞋走路，只能感到步履维艰，只能被一种紧缩的痛苦所纠缠，并不无滑稽"，"成长小说将撤销旧有儿童文学概念的种种限制。它将引起大量从前的儿童文学必须截住而不让其进入的话题。生活的本真状态，将会有较高程度的显示——尽管它仍然还需要加以节制"[②]。从中，我们能够清晰地看到，曹文轩对成长小说概念的提倡，出发点是希望突破对儿童文学的狭隘理解的束缚，诉求的方向与八十年代以来的新潮儿童文学的探索是一致的。

曹文轩本人是成长小说创作的代表性人物。

[①]　汤锐. 现代儿童文学本体论 [M]. 济南：明天出版社，2009：197.

[②]　曹文轩. 论"成长小说" [M]// 赵郁秀. 当代儿童文学的精神指向：第六届亚洲儿童文学大会文选. 沈阳：辽宁少年儿童出版社，2002：135-144.

在曹文轩 90 年代以后出版的长篇儿童小说《山羊不吃天堂草》《草房子》《根鸟》《红瓦》《细米》《青铜葵花》等中，我们能够读到更多的，在其"悲悯情怀"观照下的人生苦难，失而不得的怅惘，以及无法弥补的缺憾，在悲伤与感动之后，也往往有一个温暖的心灵去处。尽管曹文轩所写的仍然是儿童的生活，所预设的读者仍然是儿童，但是却很难找到轻飘、甜腻，读者所看到的是生活的更多、更复杂的面向。

曹文轩认为，"'从前'也能感动今世。我们的早已逝去的苦难的童年，一样能够感动我们的孩子"①，因此他的小说常常在描绘过去的过程中，表现少年的成长过程。深植于记忆之中的童年故乡的乡村世界，常常成为曹文轩小说的题材。

在曹文轩的作品中，我们能够看到，其中有一种似乎看穿历史岁月之后的娓娓道来。无论"第二世界"里的生存与死亡、欢乐与悲伤怎样发生，它们都如同浸染了作家故乡的水的灵气，总是在作家的讲述间，变得水一样的绵柔，在纸上渲染开去。

这是因为岁月给曹文轩提供了许许多多的生活细节，这里有连成了一大片的金色的"草房子"，有与油麻地小学有着复杂的历史纠葛、情感纠葛的秦大奶奶（《草房子》）；有稻香渡祠堂背后秘密的雕刻、稻香渡附近的"秘密"灯塔，水上月光下的金路，那草虾形成的"雨"以及如同雪花一般在月光中漫天飞舞的芦花（《细米》）；有大麦地村旁的干校和"一眼望不到头的芦苇荡"（《青铜葵花》）；也有"使人有一种渺小感和一种恐慌感"的现代化建筑（《山羊不吃天堂草》）。

虽然这些历史局部存在于不同的时空之中，存在于不同的人物命运中，但有一个共同点，那就是它们都构成了对我们所生活的当代中国历史面貌的连续描述。新中国成立以来，曹文轩并不是唯一的试图描绘当代中国历史景象的中国儿童文学作家。在不同时期的文学潮流下，我们在儿童文学中也曾读到过不同的当代历史景观。当曹文轩关于历史记忆的描述，用自己的美学方式，一部部不断累积起来、丰富起来、博大起来的时候，我们就看到更为细密、辽阔、

---

① 曹文轩. 草房子 [M]. 南京：江苏少年儿童出版社，2005：278.

绵长的当代历史图景，尤其是儿童生活图景，在曹文轩的笔下连缀起来，延展开去。

曹文轩笔下的人物常是有独特气质的。比如，他们中的一些人，在岁月的浸染中，总是十分倔强，强而有力地回应着生活的"挑衅"。这好像应验了青年曹文轩著名的宣言："儿童文学作家是民族未来性格塑造者。"[1] 在他的小说中，倔强是作家希望与人物、与读者分享的特质。

细马是倔强的。一场灾难过后，细马没有离开，而是选择了与之前生活相反的路，选择在此地找回生活的尊严，选择直面心头所需要担负起的亲情的"负担"。读者也深信，坚强的细马是能够重新买回造房子的砖，能够让这个遭受浩劫的家渡过难关的。桑桑是倔强的。所以，他才能够执着地将桑大奶奶憎恨的心温暖过来，争取过来，或许也因此能够幸运地通过病魔的考验。细米也是倔强的。小说的一开始，我们就能够听到他"冲着月亮，仰天胡叫，并故意用了一种嘶哑的声音，他叫了一遍又一遍，声音越来越嘶哑"。甚至幻想小说中的根鸟也是倔强的，他或许并不属于某一个具体的年代。但是，具体时空坐标消失了之后的浪迹天涯的寻觅之旅，却更有了一种可以听从心底最深层的召唤，破釜沉舟一往无前的决绝力量。

就好像侠骨柔肠，常常不可分割地纠缠在一起。行走天涯海角的真正大侠们，却往往比武侠小说中不那么坚强、武功不那么高明的打手们，有着更荡气回肠的情怀在心头。比如一次次铁了心往前走的根鸟，就没有情感，没有一丝留恋吗？不是。但是那个无比美丽的飞翔着白鹰、长满了百合花的峡谷，却一直萦绕在根鸟的脑海，召唤着他向着更远的地方走去。

所以，如果把曹文轩看作是一位文学的侠客，他并非不曾看到生活中的光怪陆离、生离死别、生活庸常，但是他却和笔下的人物一样"倔强"，总是用着一种可以被称为"悲悯"情怀的美，拒斥着当代中国文学的"丑"的潮流，专心地营构着笔下的"美"的世界和心灵。《火印》中，哪怕是作为可憎的侵略者的面貌出现的侵华日军，曹文轩也从人的角度，去辨识当一个日军士兵、日军将领，与一个中国孩子，与出众的中国马匹相遇时的内心波澜（《火印》）。战争

---

① 曹文轩. 中国八十年代文学现象研究 [M]. 北京：北京大学出版社，1988：309.

并不能够完全泯灭所有侵略者的人性，河野、稻叶就是这样的异类。确切地说，稻叶更彻底的是侵略者中的异类。作为人的丰富触觉与感受，在稻叶身上顽强地、在其他军人眼里"不合时宜"地冒出来。对阳光、马厩、青草、马匹、喜鹊懒洋洋的、津津有味的观察，竟然就可以使得他新鲜与好奇起来，作为人最淳朴、自然的感觉，总是顽强地试图控制这一位年幼的"孩子"。终于，他也因毫无戒备的寻觅，失去了生命。他的生命似乎是献给小马驹的，但是在小马驹一夜的嘶鸣中，我们所听到的哀恸情感，针对的却不仅仅是稻叶的死本身的，更是对许许多多因为战争而人生轨迹被错置的人的。当人身上的善与美、回忆与温存，被嫁接到了战争和杀戮上之后，衬托出的是个人的渺小与挣扎。在和平时期可以拥有的策马奔腾的豪情，在残酷的侵略与反侵略战争中，最终却只能以你死我活的致命战斗结束。在雪儿的悬崖勒马之间，河野这位残留着些许人性的侵略者，在作家能够接受的最为残酷的写法中死去。

想到废名、沈从文、汪曾祺，他们的笔下，难道没有残酷、没有杀戮吗？也有。但是当行军的刀，换成行文的笔，文字也经历了作家脑海的汰洗，被作家用美的方式去把握。从这一点来看，写作者确实是需要一点儿更为宏观的预判能力的，如果说"今天的孩子，其基本欲望、基本情感和基本的行为方式，甚至是基本的生存处境，都一如从前；这一切'基本'都是造物主对人的最底部的结构的预设，因而是永恒的……"[1]，那么曹文轩在小说中试图做的，就是试图用不多不少、不偏不倚能够准确击中后来者心灵的美的形式存留历史的景观。

梅子涵则体现了成长小说的另一种面向。

梅子涵早期的小说《走在路上》《咖啡馆纪事》《老丹行动》《双人茶座》等，被认为是"对意识流和内心独白的创作尝试，使新潮的陌生化的叙事形式在这些作品中得以顺利实践"[2]。在新世纪以来的这些新作里，"内心独白"的叙事尝试作为梅氏创作风格之一，也得到了体现。但是，一个显著的变化是，叙述自我的力量变得愈渐强大。

《饭票》[3]里，妈妈没有戳穿"我"半个多月就已吃完一个月的饭票的事实，

---

① 曹文轩. 草房子 [M]. 南京：江苏少年儿童出版社，2005：277.

② 王宜青. 形式的探求和意味的传达——试论梅子涵儿童小说叙事 [J]. 当代文坛，2000(1)：56-58.

③ 梅子涵. 饭票 [J]. 少年文艺（上海），2007(10).

而是帮"我"找回了"丢了的饭票"，还不忘嘱咐"中午吃饱，不够就多买一个馒头。你是要长身体的"。对比刚听到"我"开口说饭票丢了的时候，"她吃惊的神色……我的妈妈今年快八十岁了，我很少能想起她吃惊的神色。但是我记得那一次的吃惊"。成人后的"我"才更深刻地体会到，这"丢失"给妈妈带来的困境；也更能体会到，妈妈在不动声色间，给孩子带来的安定和尊严："'我们去找！'她拉着我的手时有些用力……妈妈没有拉着我走很远。走到大院的门口，就回头了。妈妈拉住我的手，没有甩开。"

对妈妈举动的冷静描摹，其实包含了叙述自我视角的介入，其中所蕴含的极大的情感张力，正是来自作者自身当下的阅历。在找饭票、回头、找到饭票一系列过程中，可以从近乎沉默的妈妈身上读到丰富的情感波澜，就像梁漱溟所说的传统中国的"向里用力之人生"，"一个人生在伦理社会中，其各种伦理关系便由四面八方包围了他，要他负起无尽的义务……这许多对人问题，却与对物问题完全两样，它都是使人向里用力，以求解决的"①。作者略去了妈妈如何面对"负起无尽的义务"，在无力抵抗的时局中，如何在一个晚上的时间中艰难地筹措到饭票的过程，却写了"我"的一个梦。这是更适合儿童文学的表现方式。就像幻想性的儿童文学常常用梦来作为不适宜"做实"的进、出幻境的通道一样，在这里妈妈的借饭票过程，同样是不宜实写的。因为那样的话，可能会出现短篇尤其是儿童短篇所难以承载的繁复情节。用"我"梦醒之后发现饭票已经放在床头这样的写法，更吻合儿童睡眠的心理和心性，并且从容地导出了下文的情节，让整篇小说更为紧凑、连贯、集中，将情感波澜和余韵扣准在清晨的感动心情中。

《押送》②更是直接指向内心的道德叩问。同学的爸爸也是小学的校长，"被班里的那两个红卫兵头头同学派去押送"回原籍，因为"那两个头头同学说，他是逃亡地主"。作者用"你们"指称负责押送任务的两个红卫兵，在一连串的问号和想象的情景中，追问学生在押送老师的旅程里的人性良知和举动，思索师道尊严颠覆的程度和方式。"他是个校长，他是个父亲，在晃荡、拥挤的车厢里，他坐在你们对面，或是站着，会想些什么？……他看着车窗外的黑夜吗？

① 梁漱溟. 中国文化要义. 梁漱溟全集第三卷 [M]. 济南：山东人民出版社，2005：194-195.
② 梅子涵. 押送 [J]. 少年文艺（上海），2010(4).

那是一种多么多么可怜的绝望，就是一点儿一点儿的希望也求助不到，心触不到，手碰不到"。中国传统是伦理本位的社会，"就家庭关系推广发挥，以伦理组织社会……更为表示彼此亲切，加重其情与义，则于师恒于'师父'，而有'徒子徒孙'之说"①。在中国传统文化中，师徒关系是父子关系的衍生。老师如同父母，讲究师道尊严。在押送场景中，我们连最基本的师生平等的人格尊严都找不到，看到的不仅是师道的崩塌，更是校长作为一个公民的基本生存权利的丧失。梅子涵所要追问的，就是亲手参与了制造如此颠倒的社会现象的这一代人的心灵感受。"我也想听你们说说，说说你们的押送。你们说出来的，肯定比我说的精彩，因为你们在现场。这样也就等于押送了我们自己一次。"

《麻雀》②中，尽管我们可以相信麻雀救了"我"的命；但是换个角度，却似乎分明看到"我"从房顶跌落下来的背影。身子落在地上的声音，湮没在异口同声的喧哗之中，消失在流动的光影中、风中，悄无声息。穿过深邃的画面，我们仿佛也看到，同房顶上滚落下去的"我"一样，有许多的"我"，许多的儿童，在众人向前奔涌的潮流中跌倒了，也许就再也没有爬起来。那么，那些潮流中的成年人呢？他们也会倒下、消失，或因为饥饿，或因为意外，或因为"罪证"，或因为不由自主地被卷入到历史的齿轮中去了。

对于不需要记住昨天，不需要时时在脑子里不断认真地、用心地打理着接踵而至、扑面而来的丰富生活片段，不需要与自己的念头搏斗的人来说，生活可以变得很简单。应付每日的工作、生活就足矣。可是有的人却做不到啊。这实在是因为不用文学的方式抒写出来，就不足以倾诉内心的"折磨"，不足以找到一个地方安放自己的那颗"不安"的心。借宿、快递、呕吐、吃饭、看望、粽子、台风、唱歌、过年、落叶，说起来，哪一个不寻常，谁还没有多多少少地经历过。但是，却很少有人如此深情地去注视着、体味着这些生活点滴，去记录自己与很多的人们擦身而过时心灵闪亮的瞬间。

用生活直觉面对社会，也促成了对某些历史叙事的"解构"。"不过傍晚那个时候能写些什么呢？……我当然不会写外婆喊我回家洗澡，然后吃饭，然后说，今天这个夏天的傍晚过得多有意义啊！我没有那么傻……我写夏天的一个

---

① 梁漱溟 . 中国文化要义 . 梁漱溟全集第三卷 [M]. 济南：山东人民出版社，2005：82.
② 梅子涵 . 麻雀 [J]. 少年文艺（上海），2007(2).

傍晚我在路上走，看见修路工人还在汗流浃背地铺柏油，别人都下班了，回家休息了，可是他们还在为祖国建设做贡献……最后，我走到文化宫前，这时，天上的星星一颗一颗出来了，路灯亮了，文化宫的剧场里传出了动听的音乐声，我想，今晚，这里一定又要演出一场歌颂伟大祖国的精彩节目了。祖国夏天的傍晚是多么的美啊！我胡扯得是不是很好？你不觉得有点吃惊吗？"（《考试》①）。上下文几乎完全解构了当年《记夏天的一个傍晚》作文文字的可信度，让其变成了"胡扯"。今天所认为真实的、生活的诗意，没有能够进入那时的话语系统。甚至认为将真实的私人生活，写入需要接受社会评价系统评价的作文是"傻"的，出现了两种话语系统的对立与并行。但问题是作文里的文字在当时一定程度上又是"流行"的、日常的、可信的。相较梅子涵 1979 年至 1985 年间的小说《失却的爱》《妈妈，不能怪你》《缺憾》《温和的绿灯》中，"伤痕"所带来的切肤之痛，《麻雀》《考试》则转过了一个角度，用远观的方式打量曾经身处其中的历史景观。这种"抽身而去"而又身处其中的"彻悟"，在最新的《台灯》②中，展现为更为彻底的对未来的温暖展望。

曾经和他们生活在同一历史时空中的"我"，渐渐长大，长成了《麻雀》中的另一个"我"。在现实主义的表现中，"我"身上有很多矛盾的侧面，让"我"成为一个"圆形"人物。尽管侧面不少，但"我"终归只有一个。而在文学形式创新的路程上，多种可能、多种结局、多重身份的并列，渐渐成为成年读者乃至儿童读者可以接受、理解的文学魅力。但在《麻雀》中，活下来的"我"，并不想解构、否定、抹去那个死去的"我"。恰恰相反，活着的"我"多么希望那些跌落的、跌倒的、被历史齿轮绞碎的那么多的"我"们，也能像自己一样，像两只麻雀一样，幸运地活下来，能够有人想着你，念叨你，也有机会去想着别人，念叨别人。所以，"我"不能忘记那个死去的"我"，不能忘记那些死去的"我"们，不能忘记曾经历的事情，想着，想着，将记忆复活在了作品里。于是，"我"的外祖母、"我"的里弄、"我"的邻居、我曾经的生命痕迹都复现了。或许，站在黑暗死亡里的"我"，曾经觉得这一切都已经被永远地遗忘了，就像历史书中毫无踪迹的无数普通人一样。但是曾经在里弄里生活过，看着"我"的

---

① 梅子涵. 考试 [M]// 梅子涵. 黑鱼·摆渡船儿童文学读本. 北京：北京少年儿童出版社，2012.

② 梅子涵. 台灯 [N]. 新民晚报，2014-08-24.

背影，见证他离去的小孩儿却长大了，他希望像罗密欧一样，像莎翁一样，用文学、用爱去对抗死亡，对抗蛆虫，去找回逝去的"我"，找回许许多多的"我"们。梅子涵说，"那个年代的故事……不要非等到很多年很多年以后再来阅读和聆听"，因此多年来，越来越多的关于"那个年代"的民族记忆、生命体验的文字，出现在了他的笔下。我们可以说，这是积极、热烈而高贵的精神反刍。

自我的精神"反刍"，走向了历史和群体精神的深度。这也是与专栏的初衷相一致的。在开栏寄语《梅子涵和你聊》里面，作者谈到"一九六六年，这好像是一个遥远的年代了。可是，它比三国演义那个年代遥远吗？……它那个年代的故事我们也是应该阅读的，应该知道一些，不要非等到很多年很多年以后再来阅读和聆听。因为很多年很多年以后，我们根本就不在这个世界了……所以我会写出来"①。"成长中的有些事情，是应当由自己押送着，去惩罚一下的"（《押送》），梅子涵近年的创作要找寻的正是这种自我"押送"的心灵姿态。

这也正是梅子涵当前创作之所以异于前一阶段的根本性原因。梅子涵对社会主义经验的再叙述，对城市生活经验的再叙述，对当下城市生活的再审视，都是抱着这样的"押送"自我的企图，为儿童文学增添了具有历史理性深度、儿童阅读可能性、儿童文学美感的作品。

近年来，在成长小说的概念之下，已经涌现出越来越多的儿童文学作品。成长小说丛书主要有：成长小说集结号（2010）、小橘灯心灵成长小说（2010）、杨红樱校园小说成长三部曲（2010）、薄荷香纯美成长花园（2010）、谢倩霓暖爱成长小说（2011）、青春逗幽默成长小说（2011）、保冬妮儿童成长小说（2011）、商晓娜全新儿童成长小说系列（2011）、李丽萍魔幻成长小说（2011）、山中恒校园成长小说（2011）、暖暖心儿童成长关怀小说（2012）、张之路成长小说（2012）、殷健灵少年成长小说（2012）、老臣阳光成长小说系列（2012）、王勇英成长小说系列（2012）、做自己最棒儿童新成长小说（2012）、"少女情感成长小说"系列（2013）、薛涛心灵成长小说珍藏本（2013）、小学生实用成长小说（2013）、经典成长小说馆（2014）、莫波格经典成长小说系列（2014）、吴洲星"女孩成长小说"系列（2015）、黄善美成长小说系列（2015）、阳光女生杜小默

---

① 梅子涵.梅子涵和你聊[J].少年文艺（上海），2010(4).

儿童成长小说（2015）、儿童文学金牌作家书系少年成长小说（2016）、王巨成暖心成长小说（2016）、管家琪成长小说系列（2016）、儿童自我成长小说"野棉花"三部曲（2016）、少年中国梦·校园励志成长小说（2017）、三三诗意成长小说（2017）、山中恒儿童成长小说（2017）、杨红樱成长小说系列（2017）、杨红樱校园成长小说中英双语珍藏版（2017）、李牧雨校园成长小说（2017）、管家琪暖心成长小说（2017）、芭比纯美成长小说（2017）、肖云峰阳光成长小说系列（2017）、少年励志魔幻成长小说（2017）、经典儿童成长小说（2018）、叶萍儿童成长小说系列（2018）、校园幽默成长小说（2018）、恐龙成长小说彩绘（2018）、沈石溪少年成长小说（2019）、管家琪悠然成长小说（2019）等等。

此外，刘东《轰然作响的记忆》（2003）、常新港《我们属龙》（2011）、张国龙《拐弯的十字街》（2016）、李东华《少年的荣耀》（2017）、汤素兰《阿莲》（2017）、韩青辰《因为爸爸》（2017）、黑鹤《驯鹿六季》（2017）、杨志军《巴颜喀拉山的孩子》（2018）、黄蓓佳《野蜂飞舞》（2018）、薛涛《孤单的少校》（2018）、刘海栖《有鸽子的夏天》（2018）、殷健灵《废墟上的白鸽》（2018）、彭学军《向上生长的糖》（2018）、常新港《尼克代表我》（2018）、周锐《南京暑假》（2018）、连城《三个吹鼓手》（2018）、刘海栖《街上的马》（2019）等也被认为具有成长小说特征。

在儿童文学出版的史料中，我们能够看到，成长小说越来越成为作家们着力的地方。侯颖认为，成长小说"帮助青少年回答了'我是谁'的人生困惑，形成自我价值判断和人格操守，完成心理和精神的双重成长，建立起个人与自我、自我与社会交流的精神纽带"[1]。而不同的作家，从不同的角度切入，回答的常常是儿童不同的困惑。在近年来的儿童文学出版中，我们越来越能够看到这种趋势。

（二）幻想文学的出现

90年代以来，先后有二十一世纪出版社和大连出版社扛起幻想文学的大旗。

1997年，二十一世纪出版社在江西三清山召开了跨世纪中国少年小说创作

---

[1] 侯颖．论儿童文学的教育性 [M]．北京：中国社会科学出版社，2012：94．

研讨会。[①] 在这次会议上，幻想文学作为一个重要的命题提出。

随后，作为这一倡议的成果，二十一世纪出版社开始出版"大幻想文学丛书·中国小说"，包括《神奇邮路》（张品成 1998）、《小人精丁宝》（秦文君 1998）、《废墟居民》（薛涛 1998）、《幽秘花园》（韦伶 1998）、《终不断的琴声》（彭学军 1998）、《妖湖传说》（彭懿 1998）、《蝉为谁鸣》（张之路 1999）、《魔塔》（彭懿 1999）、《哭泣精灵》（殷健灵 1999）、《小尖帽》（戴臻 1999）、《不能飞翔的天空》（左泓 1999）、《梦幻荒野》（牧铃 1999）、《秘境》（魏滨海 1999）、《巫师的沉船》（班马 2002）、《纸人》（殷健灵 2002）、《秘密领地》（张洁 2002）等。

进入 21 世纪的第二个十年，大连出版社开始扛起幻想文学的大旗。

2013 年，大连出版社联合多家机构，开始连续性地主办幻想文学征文。2014 年，首届"大白鲸世界杯"原创幻想儿童文学奖颁奖。王晋康《古蜀》获特等奖，汤素兰的短篇童话集《点点虫虫飞》、哈琳的长篇幻想文学《七面幸运色子》获一等奖。2015 年，第二届"大白鲸世界杯"原创幻想儿童文学奖颁奖。麦子的《大熊的女儿》、谭丰华的《突如其来的明天》、童瑞平的《刺猬英雄传》获一等奖。2016 年，2015 "大白鲸"原创幻想儿童文学优秀作品征集活动颁奖。王林柏的《拯救天才》、王君心的《梦街灯影》被评为钻石鲸作品。2017 年，2016 "大白鲸"原创幻想儿童文学优秀作品征集活动颁奖。龙向梅的《寻找蓝色风》被评为钻石鲸作品。2018 年，2017 "大白鲸"原创幻想儿童文学优秀作品征集活动颁奖。马传思的《奇迹之夏》被评为钻石鲸作品。2019 年，第六届"大白鲸"优秀作品征集活动颁奖。原创幻想儿童文学《风的孩子》（王君心）、《时间超市》（源娥）、《少年、AI 和狗》（杨华），原创图画书《跳芭蕾舞的熊》（文字稿）（王林柏）被评为玉鲸作品。2021 年，第七届"大白鲸"原创幻想儿童文学优秀作品揭晓。迟慧的《藏起来的男孩》、周昕的《手机里的孩子》被评为"钻石鲸"作品。

---

① 　胡晓军，邱建国 . 21 世纪出版社崛起的奥秘 [N]. 光明日报，1999-06-07.

第三节　儿童诗的新探索

进入 20 世纪 90 年代，曾经在前几个时期创作儿童诗的诗人们，继续在这片园地里耕耘。

其中不得不提的是，金波创新性地把十四行诗的形式，应用在汉语儿童诗的写作之中，丰富了中国儿童诗的文学可能，也丰富了十四行诗的现实内涵。

屠岸认为，"这是一次双向的选择，十四行找到了金波，金波发现了十四行"[①]，肯定了金波十四行儿童诗的创作。《针脚》一诗中，每段诗歌中的诗句都基本均衡、对称。首段从针脚这一点出发，从"母亲缝缀的衣褂"写起，把针脚比喻成"一行行家书的叮咛"。针脚、家书两者的载体不同，却都是亲手缝缀、书写的。随后，诗人又把针脚与布的密切关系，和母亲与"我"亲密的情感关联，做了比拟。这样诗人就把绵密的针脚中所体现出的爱与期待两种情感，真切而独到地表现了出来，并向着虚与实的时空延展，向着读者的心头延展。

高洪波、金逸铭、尹世霖、徐鲁、刘丙钧、邱易东、薛卫民、王宜振等诗人的儿童诗歌创作，达到了相当高的水准。

进入 90 年代以后，高洪波出版了《我喜欢你，狐狸》[②]《懒的辩护》[③]等诗集，对儿童诗的形式进行了新的探索。

《我喜欢你，狐狸》中，诗人对狐狸骗乌鸦口中的肉的故事，进行了再创作。诗人反其道而行之，认为乌鸦"爱唱歌"，"自我吹嘘"，诗人没有谴责狡猾的狐狸，而是赞叹狐狸"狡猾是机智"，"欺骗是才气"。全诗富有灵动的气息，让我们从一个新的角度，重新发现了这个故事。《贝壳》及《脚印》这两首[④]同时发表的儿童诗中，诗人选择了两个不同的细节——贝壳和脚印，去展现诗意。两者之所以不同，那是因为贝壳是大自然的馈赠，而脚印则来自轻悄悄走过海滩的我们。但是，两者又是有着连接点的。因为在两个细节中，诗人都看出了

---

① 屠岸. 十四行诗找到了儿童诗诗人金波 [M]// 金波. 我们去看海——金波十四行儿童诗. 杭州：浙江少年儿童出版社，1998：3.

② 高洪波. 我喜欢你，狐狸 [M]. 武汉：湖北少年儿童出版社，1990.

③ 高洪波. 懒的辩护 [M]. 武汉：浙江少年儿童出版社，1998.

④ 高洪波. 贝壳（外一章）[J]. 少年文艺（上海），2002(2)：107-108.

诗意。在善于发现诗意的诗人这儿，海的气息完完全全地包裹着贝壳，进而又完完全全地包裹了将嘴唇、耳朵、鼻子亲密地靠近贝壳的"我"。大海无法带走，但是贝壳可以。也许你也曾接受过来自海边的礼物，收到过从海边带回来的贝壳。那么，请你跟随诗人的思绪，去想象吧，去聆听藏在贝壳里的大海的呼唤。到了第二首诗中，诗人转换了角度，用拟人的手法将海浪冲刷脚印的场景，写成了海与"我"互动。嬉闹的大海似乎已经读懂了"我"在沙滩上写下的诗句，面对着这样的海洋，我们的诗情也就变得辽阔起来。这两首诗如同"我"与大海的一次完整的对话，光光写"我"带走贝壳，带走大海的味道，是不完整的。当"我"的"诗句"也被大海留下，"我"与大海的心灵交往，才算完整。

徐鲁出版了《我们这个年纪的梦》①《七个老鼠兄弟》② 等儿童诗集。《我们这个年纪的梦》中，有少年对未来的热切向往："我毫不怀疑 / 这每一颗星星都将上升 / 成为灿烂的星座闪耀在高空 / 我也毫不怀疑 / 这每一颗童心都将远去 / 为理想而走遍大地 / 走向最美丽的人生的航程"。在这样的少年心绪中，似乎没有力量能够阻挡这一切的向往能够变成现实。这样的情感也体现在徐鲁其他的诗作中。面对平静地面对大海的老水手，少年们更加向往大海，期待"用我们整个的心灵和岁月去爱海洋 / 用海的声音去歌唱生命歌唱岛歌唱岸"。确实，如果没有年少时对这一切的体验，那么也就不会拥有"海的气质海的胸怀"。

邱易东著有《五个权丫的小树》③《哭泣的蘑菇》④ 等诗集。他的《神农的脚印》⑤ 写了神农尝百草的诗意。神农将丹雀衔来的九穗禾种下，根据土地的干湿、肥沃贫瘠等等特性，耐心调理，才渐渐有了"五谷"。神农尝试了百草，才有了医药。今天中国人视为民族文化血脉的饮食、中医药，都来自这位先贤。神农不凭借设备，仅依靠一己之躯，以天下苍生为念，身体力行地去体验、测试万物，在一片混沌中，清理出万世清明。正因为民族先人的事迹，是壮丽的，所以在诗中，我们可以看到诗人心中所勃发的无限的热忱。诗人想要追寻的，正是先人的脚步，是祖先的文化遗存。知晓了神农氏的故事，今后当我们俯对

① 徐鲁 . 我们这个年纪的梦 [M]. 武汉：湖北少年儿童出版社，1990.
② 徐鲁 . 七个老鼠兄弟 [M]. 杭州：浙江少年儿童出版社，1998.
③ 邱易东 . 五个权丫的小树 [M]. 重庆：重庆出版社，1990.
④ 邱易东 . 哭泣的蘑菇 [M]. 银川：宁夏人民出版社，1991.
⑤ 邱易东 . 神农的脚印 [M]// 邱易东 . 不久以前，不久以后 . 成都：四川少年儿童出版社，2014.

故乡的泥土，看着枝头的果子，闻着中药材的幽香，我们心中也会浮想起诗中那些神农氏或欣喜若狂，或痛苦万端，或深情绵长的表情。从这个意义上来说，神农氏的身影，其实并未远去。他就鲜活地存在于民族的血脉里、米饭的气息里、包子的香味儿里，存在于麦田、稻田、苗圃、树林、果园里，存在于我们的举手投足间。在世界各个民族的先民事迹面前，中华民族的足迹是璀璨的。地球之所以能够成为宇宙中独特的星球，承载无数的生命及其悠远的历史，正是远古先人们在丈量天地的豪情中，在大地上梳理出的生命生存的路径。

这一时期，薛卫民出版了《白玫瑰·三角帆》①《少年海总是很帅》② 等儿童诗集。诗作《只想随便走一走》表现了日常生活中的诗意，这种诗意也许并不与忧愁有关，但是，却让我们看到了闲暇生活的趣味，让我们感受到"看炊烟飘在山前 / 看夕阳坠在山后"这样的场景的动人之处。这样的书写，更符合儿童的心境。也许对儿童来说，内心并没有和成人一样的忧愁，真的只是想"往寂静处走 / 往陌生处走"，向着"没有脚印的地方"去探寻。

《想当哥哥》中，最妙的地方是准确地把握住了儿童的成长心态。他不想当弟弟，而是热切地想当哥哥。这是儿童对于成长的渴求。也许有许多已经长大的成人都在感慨自己的经历，怀想、追忆曾经的年轻岁月，但是对于儿童来说，几乎一致的，他们都盼着自己快快长大。这是因为长大以后的生活对儿童有着很大的诱惑力。在他们眼里，印象最深的，也许不是大人们上班、劳作的情景，而是大人们对自己调皮动作的"神气"管教，对自己的"束缚"。因此，渴望长大也意味着能够挣脱束缚，走向自由自在的生命状态。哪怕长得比哥哥大也好呀，就可以分玩具，还可以训他几句。甚至诗作中，那条花狗也不甘落后，抢着当起了哥哥。在这一番争抢中，把弟弟和花狗充满活力的稚态生活面貌呈现在读者面前。当然，在成人与儿童的相互打量中，其实都注目于对方身上自由自在的生命状态部分，而忽略了各自所受到的社会规训，所以才有了不同于各自自身的看法。

王宜振新出版了《笛王的故事》③《21 世纪校园朗诵诗》④ 等诗集。儿童诗《回

---

① 薛卫民 . 白玫瑰·三角帆 [M]. 长春: 北方妇女儿童出版社, 1993.
② 薛卫民 . 少年海总是很帅 [M]. 石家庄: 河北少年儿童出版社, 2013.
③ 王宜振 . 笛王的故事 [M]. 西安: 陕西人民教育出版社, 1999.
④ 王宜振 . 21 世纪校园朗诵诗 [M]. 武汉: 湖北少年儿童出版社, 2002.

故乡的路》①　中，诗人想用词语，去给自己寻找一条回故乡的路，却难掩失去了回到现实故乡的路的失落。正是因为心中有关于诗的梦想，有关于生活的梦想，诗人才会离开故乡，走向远方，去寻找这一切梦想实现的可能。而当真正地来到远方，历经岁月的洗礼，心中回归故乡的愿望越来越强烈时，却又发现岁月早就将记忆中的故乡和魂牵梦绕的那条回故乡的路，悄然掩埋了，再也找寻不到。所以，诗人只好用词语试图雕刻出心中珍藏的童年。他实现了，在自己的诗歌中，他又去聆听蛐蛐和鸟儿的声响。在文字的世界里，他又一次站在家的面前，见到了忘不了的梨花、牵牛花和小狗，又一次站在母亲的面前，不舍地注视着母亲粗糙的手和头上的白发。诗中，诗人告诉我们，这样的路，他已经走过许多次。故乡仿佛时时跟随着自己，如影随形。而只有在文字的国度里，在诗歌的意象里，在人的意识里，我们与故乡，与亲人，与朋友的时空界限才能被打破。当一切已经如同诗人的故乡一样，早已远去，也许只有心中的那一份坚持、执着的念想，才体现了作为人最后的尊严。

傅天琳的儿童诗《雪地里的麻雀》②　中，描绘了两个场景。两个场景都算不上快乐。"我"和小麻雀们的第一次相遇，不快乐的是小麻雀们。因为他们的样子是饿极了的。哪怕在雪地里搜寻，也很难找到填饱肚子的食物。所以，站在一旁的"我"也是感同身受。因此，才有了在心底里对麻雀们的保证，一定要带来吃的。第二个场景则更显得凄凉。在"我"的心中，麻雀们一定会像第一天一样，准时前来，我们一定能够再次相遇。但是，生活中常常是这样，很多的人、很多的事，都会在匆匆间擦肩而过，更何况是几只听不懂"我"心思的麻雀呢。实在地讲，它们其实并没有能够理解"我"的承诺。要在茫茫白雪中，与它们相遇是一件多么困难的事情。可是，这首诗妙就妙在那个攥着大米在雪地里等待的"我"的身上。也许只有孩子才会做出这样的承诺，也许只有孩子心头才会被这几只可爱的生灵完全充满，一晚上都不敢睡觉，也许只有孩子才能够理解这一份被"辜负"的寄托。

王立春、张晓楠、萧萍、安武林、陈诗哥等一批诗人，进入到儿童诗的园地，奉献出新的佳作。

---

①　王宜振. 回故乡的路 [J]. 儿童文学，2007(7).

②　傅天琳. 雪地里的麻雀 [M]// 傅天琳. 星期天山就长高了. 重庆：重庆出版社，2007.

也许妈妈永远不会知道，当"我"一个人的时候，会如此久久地、温暖地注视着在妈妈手下诞生的扁马和扁人——妈妈用纸剪出的艺术品（《骑扁马的扁人》①）。他们带着妈妈手上的温度，带着"一个碴儿"的缺口，静静地、长久地在"我"的脑海驻留，与"我"为伴。但是，在"我"看来，扁马和扁人都不是凝固不动的，而是流光溢彩地变幻的。在月光铺成的白毯子上，扁人骑着扁马翩翩而来，明亮而英姿飒爽。"我"每天都有足够的时间，能够清晰地看到他来的时候的样子。也许这时"我"还醒着，"我"看着他，每天都可以为他设计形形色色的出场方式。也许这时"我"已经进入了梦乡，但是没有关系，梦不是阻隔，在梦里，"我"依然能更仔细地看清他骑马经过窗前的每一个动作。可惜的是，无论是醒着还是在梦中，"我"不能掌控的是扁人骑着扁马将去往哪里。更可惜的是，尽管每天都经过这儿，扁人却似乎从来都没有注意到"我"，当然也不能带着"我"去神往的远方看一看。一层薄薄的玻璃，如同现实与梦境的间隔，将"我"与扁马、扁人隔开。

儿童常常是充满活力而不知疲倦的。哪怕只是用一根铁丝做成的铁环，到了孩子们的手里，就能够玩出许许多多的花样，似乎能够一直玩下去，而不用停歇。张晓楠的儿童诗《推铁环》②中，无论是屋前屋后、池旁塘边，还是日头下、风雨中，没有什么地方、什么天气能够阻挡孩子们尽情玩耍的脚步。也许在大人们的眼中，这时的孩子，是野性十足、最难应付的。哪怕家中的饭早已准备好了，哪怕妈妈已经呼唤过许多次，对于游戏在外面的孩子们来说，还是难以摆脱外面世界的无尽诱惑。

面对脏得像小野兽似的、依依不舍归来的孩子，大人们有时不免生气、动怒。但是，诗人却告诉我们，这才是最真实、最美好、最值得回味的童年岁月。童年就是在这一次次天真无邪、无拘无束的戏耍中，悄然而迅捷地逝去的。就像在孩子们的玩耍中，夕阳早已经不知不觉地、无可奈何地落下，只好等待明天，等待下一次的玩耍。而在这一次次的告别之中，孩子们也很快告别了童年，昔日的玩耍早已成了珍藏心底的记忆。因此，诗人对于童年，对于儿童的礼赞，实际上也是对于人类生命价值的一种褒奖。

---

① 王立春. 骑扁马的扁人 [M]. 沈阳：辽宁少年儿童出版社，2002.
② 张晓楠. 推铁环 [M]// 张晓楠. 雪花是冬天的偏旁. 济南：山东教育出版社，2015.

　　薛涛的《四季小猪》①写的是小猪在四季里的心情。在诗人眼中，小猪如孩子般天真，努力地发现着田野上的乐趣。《小猪，你知道吗？》是全书的开篇，奠定了全书的基调。大地的力量，让万物得以生长，为生灵提供了水和庇护之所。诗人对大地的歌咏，点出了这一点。月光倒影，谁都知道这只是一个虚幻的影子，但是小猪却执着地认为，既然月亮能够带来如水的光泽，就一定能够带来水的滋润，还联想到了嫦娥的传说，以此来证明自己的想法。浪漫的行动有时候是不需要回报的，也许当小猪从垩顶上下来，收获了满满的浪漫心情时，它就已经得到了回报。第三首诗是最为温暖的，当把一顶帽子举过头顶，让帽子对着阳光。和小猪一样，我们相信帽子里一定已经盛满了阳光浓浓的暖意。和狐狸不同，小猪想起了生活在没有阳光的洞穴里的野兔、獾和田鼠，用帽子接纳阳光，就是为了给它们送去，将阳光的温暖带到地底下去，带到黑暗里去。读完这三首诗，相信你对诗人笔下的这只小猪一定有了一些印象。它活泼、开朗，富有想象力，又懂得关心身边的动物朋友们。

谁个剪的

高凯

忽闪忽闪的灯花是谁个剪的

一张一张的窗花就是谁个剪的

一张一张的窗花是谁个剪的

一团一团的霜花就是谁个剪的

一团一团的霜花是谁个剪的

一朵一朵的雪花就是谁个剪的

---

① 薛涛. 四季小猪 [M]. 济南：明天出版社，2009.

一朵一朵的雪花是谁个剪的

雪地上那串鞋样就是谁个剪的

高凯的儿童诗《谁个剪的》[①] 最特别的地方在于诗句之间的 "接龙"。诗人将灯花、窗花、霜花、雪花四种均以花结尾的词，连缀在前后诗句里，并采用富有地方特色的 "谁个剪的" 这样的问话形式，问出了接连的排比句，形成了形式上的趣味感、韵律感。细细分析，四个以花结尾的词，其实并不都是自然的产物。在词典里，灯花是指灯芯燃烧时结成的花状物，今天电灯已经普及，剪灯花已经是生活很少见的现象了。在诗人 "忽闪忽闪" 的描绘中，我们能够想见家中家人围坐在一起，秉烛夜谈的场景，而与夜晚的窗花相映的，则是窗上的窗花。两者都是家中勤劳的长辈操劳的产物。与屋内的温暖相比，放眼看去，屋外却是暗夜笼罩下的霜花和雪花。它们也似由勤劳的双手剪出，因为时常出现在 "我" 儿时的记忆里，陪伴在 "我" 的左右，为劳作生息提供了自然的庇护。因此，在诗的最后，诗人才会说，其实这一切，都聚拢在那双剪鞋样的手里。无论是自然的景象，还是室内的物件，都是生活的常态，都伴随着生活中的劳作、付出、收获和成长。

第四节　原创图画书作为儿童文学现象

21 世纪以来，西方现代意义上的图画书在我国得到大规模的译介、出版，西方现代图画书理念影响下的中国原创图画书也纷纷出版。

2006 年《荷花镇的早市》出版后，方卫平认为 "一种能够体现现代图画书设计、装帧和印制观念的图画书文本形态正在中国进一步形成和明晰" [②]。此后原创图画书逐渐出现，尤其是近年来更是呈现集中增长的态势。这是一个 "逐渐接受了图书书的现代概念，初步培养和积累了图书书的阅读习惯与经验" [③] 的

---

① 高凯 . 谁个剪的 [M]// 高凯 . 高凯童诗选 . 甘肃：甘肃少年儿童出版社，2008.

② 方卫平 . 中国原创图画书正在兴起 [N]. 文学报，2006-09-14.

③ 方卫平 . 图画书在中国大陆的兴起 [M]// 方卫平 . 中国儿童文化（第 3 辑）. 杭州：浙江少年儿童出版社，2007：23.

过程。

（一）西方图画书得到大规模译介、出版

在这一大潮中，西方图画书得到大规模译介、出版。相继出版的译介图画书系列有：春风文艺出版社、云南美术出版社、浙江少年儿童出版社、中国少年儿童出版社等的雅诺什系列，启发精选国际大师名作绘本、启发精选美国凯迪克大奖绘本、启发精选世界优秀畅销绘本，信谊世界精选图画书系列、柯林斯绘本、漂流瓶绘本馆，明天出版社、二十一世纪出版社、新世纪出版社、宁波出版社等的蒲蒲兰绘本馆，南海出版公司爱心树绘本馆，湖北少年儿童出版社（现为长江少年儿童出版社）海豚绘本花园，二十一世纪出版社麦克米伦世纪大奖绘本、麦克米伦凯迪克大奖图画书、凯迪克大奖图画书系列，安徽少年儿童出版社国际安徒生奖大奖书系，广西师范大学出版社魔法象图画书王国，贵州人民出版社蒲公英童书馆，少年儿童出版社麦田精选图画书、幼幼成长图画书，外语教学与研究出版社大奖章绘本，河北少年儿童出版社、天津人民美术出版社的耕林精选世界经典图画书，北京联合出版有限公司天略世界精选绘本，新星出版社、读者出版社爱心树世界杰出绘本选，云南美术出版社果麦大奖绘本系列，大象出版社大师名作绘本馆，黑龙江美术出版社森林鱼国际大奖绘本，九州出版社中国神话寓言故事系列（凯迪克金奖得主创作）等相继出版，此外还有未进入这些系列的大量国外图画书作品得到出版，其中不乏经典图画书作品。

（二）原创图画书得到出版

与此同时，较大数量的原创图画书也得到了出版，包括：明天出版社信谊原创图画书、信谊图画书奖系列，新世纪出版社中国绘，天天出版社童年中国原创图画书，浙江少年儿童出版社中国原创绘本精品，海燕出版社金羽毛名家原创绘本，中福会出版社儿童时代图画书，江苏凤凰少年儿童出版社中华原创绘本大系，中国少年儿童出版社乐悠悠启蒙图画书系列，江苏凤凰少年儿童出版社"我在这儿"成长阅读丛书，安徽少年儿童出版社彩虹桥中国名家原创桥梁书，浙江少年儿童出版社中国原创绘本精品系列，明天出版社明天原创图画书，接力出版社二十四节气旅行绘本，北京联合出版有限公司中国名画绘本，化学

工业出版社中国戏曲启蒙绘本，海天出版社小凉帽绘本花园等。许多儿童文学作家都出版了图画书作品。

虽然在中国作家协会全国优秀儿童文学奖这样的权威奖项中，目前还没有分列图画书体裁，但是孙玉虎的图画书《其实我是一条鱼》在幼儿文学门类中获奖，也体现了对图画书包容、鼓励的态度。

2015 年 11 月，北京师范大学中国图画书创作研究中心、安徽少年儿童出版社启动联合主办图画书时代奖，面向已经出版的原创图画书作品，每两年一届，评选出金奖、银奖作品，推动建立原创图画书的评价体系。

提升原创图画书品质需要从理念、理论、创作环境等方面去超越。

首先，从理念上来说，朱自强的话很有借鉴意义，他认为约翰·伯宁翰的画技并不出色，而他能成为图画书的经典作家，主要依靠有效传达思想的创意性设计 [①]，所以图画书的艺术冲击力，并不等同于绘画技术的高超，而在于语词、图像关系中的创意性设计，因此图画书的编辑和创作者需要转变观念。文字作者、图画作者在图画书的大框架下，仔细寻找语词和图像之间能孕育艺术的缝隙，设计出语词和图像相配合的图画书叙事，才能实现原创图画书的突破。更进一步说，理念层面的建设，需要依托中国图画书理论的发展。

相较于图画书作品的出版，中国图画书理论的研究相对比较滞后。方卫平认为"谈论'中国元素'的同时，我们还应更多地关注一种更具普遍性的'图画书元素'"，而"后者对于原创图画书目前的发展来说，显得更为紧迫，也更具基础性" [②]。正是看到了原创图画书底气的不足，而且自我思维受限，才更需要深入地钻研西方图画书出版背后的历史渊源、理论资源，更好地发展中国图画书理论，才能让中国图画书的出版走得更好。

其次，需要为原创图画书创作提供更好的环境，培育实现原创图画书表现形式突破的创作者。在出版、评奖的过程中，对幽默、风趣的图画书，对表现儿童身上顽皮天性的图画书，需要更多的鼓励、扶持。这样才能突破目前原创图画书整体上较为深沉的面貌，实现原创图画书种类、风格、趣味的多样化，

[①] 朱自强 . 创意为王——论图画书的艺术品性 [M]// 方卫平 . 中国儿童文化（第 8 辑）. 杭州：浙江少年儿童出版社，2013：137.

[②] 金莹 . 方卫平、徐鲁、李东华谈——原创图画书：发展的艺术瓶颈在哪里？ [N]. 文学报，2017-06-01.

让儿童读者有更多的选择权，丰富原创图画书出版面貌。同时培育不同类型的创作者，也是一项十分重要的工作。

以大陆信谊图画书奖为例，对比该奖历届首奖、佳作奖、入围奖的获奖名单和已经出版的作品，可以看到，到目前为止从获奖作品到图画书出版成品的转化率并不高。

其中，文、图属同一作者的获奖图画书，相对来说出版转化率较高，比如出版了《葡萄》《爸爸去上班》《门》《九千九百九十九岁的老奶奶》《黑米走丢了》《公主怎么挖鼻屎》《时间的种子》《北冥有鱼》《迟到的理由》《豆丁要回家》《嗷呜！嗷呜！》等图画书，文图作者合作投稿的成型作品如《进城》《跑跑镇》等也得到了出版。对这些图画书创作者要促进其成长，而对从事图画书文本创作的作者也要保护和鼓励。

相较而言，文字创作奖获奖作品的转化率就比较低，只有《那只深蓝色的鸟是我爸爸》《棉婆婆睡不着》《其实我是一条鱼》等顺利得到了出版。更多普通作者的优秀的文字作品，值得进一步去挖掘、去投入，将其转化为图画书成品。因为如果没有足够的支持和鼓励，普通作者的一些获奖文字作品，就夭折在走向图画书的半途中，诞生未来的图画书新作者的可能性就降低了。

新世纪以来，图画书出版在中国大陆有了长足进步，经历了一个从无到有的过程。但是，我们仍然要清醒地看到，这仍是一个需要进一步熟悉、了解、开拓的领域，既有现实挑战，也为中国儿童文学的发展，为中国儿童文学走向世界，提供了新的契机、新的机遇、新的载体。通过对国外图画书更为细致的引介，通过原创图画书在理念、理论、创作环境等方面的创新与突破，推动中国图画书理论研究，培育创作者，借鉴教育学、心理学、艺术学研究的成果与方法，图画书出版一定能够成为中国儿童文学出版的亮点，成为中国儿童文学出版品质的代表。

（三）原创图画书的创新路径

近年来我们看到，在原创儿童图画书领域，一种积极的倾向已经开始显现。最核心的特征就是，创作者开始更为重视儿童本身生命力量的彰显。《外婆家的马》①《谁最高》②《北冥有鱼》③ 等一批优秀作品，就体现了这种特征。三部作品，分属于原创图画书中最重要、最常见的两种不同类型。《外婆家的马》《谁最高》为完全意义上的原创作品，《北冥有鱼》则是创作者对中国传统文化资源的创造性改编。但难能可贵的是，几本书都展现出了创作者的创新取向。

以图画书《外婆家的马》为例，作品从最日常的生活处境出发，不断前行，最终抵达了我们心底最柔软的地方。更为重要的是，这本书涉及爱、亲情等常见主题，但与之前同类题材的作品相比，呈现了成人与儿童角色关系及情节的新变。

外婆与外甥之间的相处，构成了《外婆家的马》的基本情节。当我们翻开书页，预期进入对日常生活细节惯常的铺陈的时候，却发现生活面貌的呈现方式不一样了，不再是对生活表层细节的描摹。外甥不断搜集他想象中的"马"（各种各样物件）的过程，让生活的轨迹超出了成人的安排。外婆在尽力地说服自己，也努力地让容纳了各种各样的"马"的家里，不是那么混乱，不至于失控。但是，从文字和画面里，我们都能够感觉到，家里已经有点儿失序了。儿童想象中的情境，比如在他们眼中，这些"马"都有生命，不能随便动，这加剧了家中的失序状态。而成人并不能完全理解儿童对"马"的想象、定义和安排，这让情节具有了非现实的色彩和不确定性。

令人欣喜的是，现实物件与想象元素，在原创图画书中有了新的组合方式。从现实生活到想象世界，儿童角色都拥有了更强大的掌控情节的力量。爱和亲情，不再是成人对儿童单向的包裹。

当然，我们也可以说，外婆对孩童想象的接纳和理解，让这一切有了可能，就如同我们在原创图画书中所惯见的那样，成人巨大的爱仍然包裹着儿童。但是，我们还是要看到，图画书《外婆家的马》在情节层面，儿童与成人之间的关系已经变化了。外婆允许外甥搜集、保存数量惊人的"马"，外甥主动用自己的"马"为外出购物的外婆搬运东西，外婆思念暂别的外甥，都显示了成人对超出自己具体安排的儿童行动的欣赏。爱与亲情的主题，开始容纳儿童与成人之间

① 谢华，文 . 黄丽，图 . 外婆家的马 [M]. 郑州：海燕出版社，2018.
② 梅子涵，文 . [德] 川村八夜，图 . 谁最高 [M]. 北京：中国少年儿童出版社，2018.
③ 刘畅 . 北冥有鱼 [M]. 济南：明天出版社，2014.

更广范围、更大程度上的双向互动。

这种良性的双向互动，亦出现在同属于原创作品类型的图画书《谁最高》里。这本书前半部分的情节，节奏平缓地向前延伸。"桌子比椅子高""椅子比小凳子高""爸爸比妈妈高""妈妈比我高""我比小猫高"……但是，当儿童主角发现爸爸、妈妈不再长高，但是他还会长高之后，情节发生了逆转。最矮的小猫，打破了书中的叙事节奏，也打破了成人的预期，不断地往高处跳，一直跳到了最高的柜子上。这实际上是儿童主角心理的一种投射，打破了原有的叙事节奏，解构了成人与儿童在情节结构中的既有关系，拓展了对"高"等概念的认知。

在创造性改编中国典籍、民间故事等传统文化资源的原创图画书中，《北冥有鱼》让我们看到了创作者的诚意和努力。书中，儿童角色"我"成为情节的主导力量。"我"将年幼的鱼放归大海，因此看到了鱼的一次次成长，从小鱼变成大鱼，再变成大鸟。外在形状的变化，在古代典籍中是有的。但是，在图画书中，多了一个主导性的儿童角色"我"，让鱼和鸟不再是区别于人的自然存在，而成为与人心灵相契的朋友。"我"能够理解逐渐长大的鱼，理解鱼化成的鸟，懂得鱼和鸟来看"我"时遭遇的无奈。"我"和鱼、鸟心有灵犀，甚至能够感知到，鸟在遥远的星球上扑扇翅膀的振动。儿童内心中更复杂的意识，在书中得到了尊重和呈现。通过表现人的内心活动，激活了古代典籍中意象的丰富内涵。

回顾往昔，描摹当下，我们切实感受到了生活的温暖；用心改编传统文化资源，让我们直观地感受到了经典的魅力。在儿童生命力量的观照下，《外婆家的马》《谁最高》《北冥有鱼》等原创图画书作品，开掘了更为丰富的人生样貌，开拓了图画书新的形式边界，带给我们新的阅读体验。于是，我们惊奇地发现，原来一直所盼望的创新路径，就在身边，就在奋力表现现实生活的创作态度之中。

参考文献

[1] 蒋风等 . 中国儿童文学大系（25 卷）[G]. 太原：希望出版社，2009.

[2] 蒋风 . 世界儿童文学事典 [M]. 太原：希望出版社，1991.

[3] 蒋风 . 中国现代儿童文学史 [M]. 石家庄：河北少年儿童出版社，1987.

[4] 蒋风 . 中国儿童文学发展史 [M]. 上海：少年儿童出版社，2007.

[5] 张香还 . 中国儿童文学史（现代部分）[M]. 杭州：浙江少年儿童文学出版社，1988.

[6] 张之伟 . 中国现代儿童文学史稿 [M]. 上海：华东师范大学出版社，1993.

[7] 陈子君 . 中国当代儿童文学史 [M]. 济南：明天出版社，1991.

[8] 鲁冰 . 中国幼儿文学集成（10 卷）[M]. 重庆：重庆出版社，1991.

[9] 张美妮，巢扬 . 中国新时期幼儿文学大系（6 卷）[M]. 西安：未来出版社，1998.

[10] 贾植芳，俞元桂 . 中国现代文学总书目 [M]. 福州：福建教育出版社，1993.

[11] 王泉根 . 中国现代儿童文学文论选 (1902—1949)[M]. 南宁：广西人民出版社，1989.

[12] 金燕玉 . 中国童话史 [M]. 南京：江苏少年儿童出版社，1992.

[13] 鲁兵 . 教育儿童的文学 [M]. 上海：少年儿童出版社，1982.

[14] 周作人 . 周作人散文全集（14 卷）[M]. 桂林：广西师范大学出版社，2009.

[15] 曹文轩 . 中国八十年代文学现象研究 [M]. 北京：北京大学出版社，1988.

[16] 汤锐 . 比较儿童文学初探 [M]. 武汉：湖北少年儿童出版社，1990.

[17] 杜传坤 . 中国现代儿童文学史论 [M]. 北京：中国社会科学出版社，2009.

[18] 王黎君 . 儿童的发现与中国现代文学 [M]. 北京：中国社会科学出版社，2009.

[19] 刘绪源 . 儿童文学的三大母题 [M]. 上海：华东师范大学出版社 2009 年版。

[20] 刘绪源 . 中国儿童文学史略（1916—1977）[M]. 上海：少年儿童出版社，2012.

[21] 方卫平 . 中国儿童文学理论批评史 [M]. 南京：江苏少年儿童出版社，1997.

[22] 方卫平 . 中国儿童文学四十年 [M]. 北京：中国少年儿童出版社，2018

[23] 吴其南 . 中国童话发展史 [M]. 上海：少年儿童出版社，2007.

[24] 吴其南 . 20 世纪中国儿童文学的文化阐释 [M]. 北京：中国社会科学出版社，2012.

[25] 吴其南 . 从仪式到狂欢——20 世纪少儿文学作家作品研究（上下册）[M]. 北京：人民文学出版社，2014.

[26] 金燕玉 . 文学风景 [M]. 南京：凤凰出版社，2011.

[27] 朱自强 . 中国儿童文学与现代化进程 [M]. 杭州：浙江少年儿童出版社，2000.

[28] 彭懿 . 图画书：阅读与经典 [M]. 南昌：二十一世纪出版社，2006.

[29] 彭懿 . 西方现代幻想文学论 [M]. 上海：上海少年儿童出版社，1997.

[30] 杨实诚 . 儿童文学美学 [M]. 太原：山西教育出版社，1994.

[31] 李红叶 . 安徒生童话的中国阐释 [M]. 北京：中国和平出版社，2005.

[32] 陈恩黎 . 儿童文学中的轻逸美学 [M]. 郑州：海燕出版社，2012.

[33] 钱淑英 . 雅努斯的面孔：魔幻与儿童文学 [M]. 郑州：海燕出版社，2012.

[34] 陈莉 . 中国儿童文学中的女性主体意识 [M]. 郑州：海燕出版社，2012.

[35] 胡丽娜 . 大众传媒视下中国当代儿童文学转型研究 [M]. 北京：中国社会科学出版社，2012.

[36] 徐兰君，（美）安德鲁·琼斯，主编 . 儿童的发现：现代中国文学及文化中的儿童问题 [M]. 北京：北京大学出版社，2011.

[37] 彭斯远 . 中国儿童文学悖论 [M]. 长春：时代文艺出版社，2010.

[38] 李丽 . 生成与接受：中国儿童文学翻译研究 1898—1949)[M]. 武汉：湖北人民出版社，2010.

[39] 李学斌 . 童年审美与文本趣味 [M]. 合肥：安徽少年儿童出版社，2010.

[40] 赵霞 . 童年的秘密与书写 [M]. 合肥：安徽少年儿童出版社，2010.

[41] 赵霞 . 童年精神与文化救赎——当代童年文化消费现象的审美研究 [M].
北京 : 中国社会科学出版社，2017.

[42] 张国龙 . 审美视阈中的成长书写 [M]. 合肥 : 安徽少年儿童出版社，2010.

[43] 李利芳 . 中国发生期儿童文学理论本土化进程研究 [M]. 北京 : 中国社会科
学出版社，2007.

[44] 梅子涵，等 . 中国儿童文学五人谈 [M]. 天津 : 新蕾出版社，2001.

[45] 徐丹 . 倾空的器皿 : 成年仪式与欧美文学中的成长主题 [M]. 上海 : 上海三
联书店，2008.

[46] 韦苇 . 外国儿童文学发展史 [M]. 上海 : 少年儿童出版社，2007.

[47] 黄云生 . 人之初文学解析 [M]. 上海 : 少年儿童出版社，1997.

[48] 王泉 . 儿童文学的文化坐标 [M]. 长沙 : 湖南师范大学出版社，2007.

[49] 王炎 . 小说的时间性与现代性 : 欧洲成长教育小说叙事的时间性研究 [M].
北京 : 外语教学与研究出版社，2007.

[50] 朱自强，何卫青 . 中国幻想小说论 [M]. 上海 : 少年儿童出版社，2006.

[51] 刘绪源 . 文心雕虎 [M]. 上海 : 少年儿童出版社，2004.

[52] 谢芳群 . 文字和图画中的叙事者 [M]. 武汉 : 湖北少年儿童出版社，2003.

[53] 唐兵 . 儿童文学中的女性主义声音 [M]. 武汉 : 湖北少年儿童出版社，2003.

[54] 王泉根 . 现代中国儿童文学主潮 [M]. 重庆 : 重庆出版社，2000.

[55] 陈蒲清 . 中国现代寓言史纲 [M]. 长沙 : 湖南教育出版社，2000.

[56] 马力，等 . 儿童文学的教育价值论纲 [M]. 沈阳 : 辽宁少年儿童出版社，
2000.

[57] 胡从经 . 晚清儿童文学钩沉 [M] 上海 : 少年儿童出版社，1982.

[58] 韩进 . 中国儿童文学源流 [M]. 长沙 : 湖南少年儿童出版社，1999.

[59] 曹文轩 . 20 世纪末中国文学现象研究 [M]. 北京 : 北京大学出版社，2002.

[60] 班马 . 前艺术思维——中国当代少年文学艺术论 [M]. 福州 : 福建少年儿童
出版社，1996.

[61] 班马 . 游戏精神与文化基因 (班马儿童文学文论)[M]. 兰州 : 甘肃少年儿童
出版社，1994.

[62] 周晓波 . 现代童话美学 [M]. 西安 : 未来出版社，2001.

[63] 孙建江 . 二十世纪中国儿童文学导论 [M]. 南京：江苏少年儿童出版社，1995.

[64] 汤锐 . 比较儿童文学初探 [M]. 武汉：湖北少年儿童出版社，1990.

[65] 汤锐 . 现代儿童文学本体论 [M]. 南京：江苏少年儿童出版社，1995.

[66] 刘晓东 . 儿童精神哲学 [M]. 南京：南京师范大学出版社，1999.

[67] 陈模，曹大庆，编 . 孩子剧团抗战儿童戏剧佳作选 [M]. 上海：少年儿童出版社，1995.

[68] 汤锐 . 酒神的困惑（汤锐儿童文学文论）[M]. 兰州：甘肃少年儿童出版社，1994.

[69] 陈子典 . 走向世界：华文儿童文学审视与展望 [M]. 广东：新世纪出版社，1993.

[70] 王泉根 . 百年中国儿童文学编年史 [M]. 长沙：湖南少年儿童文学出版社，2018.

[71] 黎亮 . 中国人的幻想与心灵——林兰童话的结构与意义 [M]. 北京：商务印书馆，2018.

[72] 宋莉华 . 近代来华传教士与儿童文学的译介 [M]. 上海：上海古籍出版社，2015.

[73] 杨义 . 二十世纪中国翻译文学史（6 卷）[M]. 天津：百花文艺出版社，2009.

[74] 王家勇 . 中国儿童小说主题论 [M]. 北京：中国社会科学出版社，2014.

[75] 陈恩黎 . 大众文化视域中的中国儿童文学 [M]. 杭州：浙江大学出版社，2013.

[76] 高洪波 . 儿童文学作家论稿 [M]. 南昌：二十一世纪出版社，2010.

[77] 高洪波 . 改革开放三十年的中国儿童文学 [M]. 上海：少年儿童出版社，2008.

[78] 简平 . 上海少年儿童报刊简史 [M]. 上海：少年儿童出版社，2010.

[79] 齐亚敏 . 中国当代儿童文学关键词研究 [M]. 北京：中央编译出版社，2015.

[80] 齐童巍 . 20 世纪 80 年代中国儿童小说史论 [M]. 北京：中国社会科学出版社，2016.

[81] 谭旭东 . 童年再现与儿童文学重构——电子媒介时代童年与儿童文学 [M].

黑龙江：黑龙江少年儿童出版社，2009.

[82] 张福贵．文学史的命名与文学史观的反思 [M]. 北京：北京大学出版社，
2014.

[83] 王本朝．中国现代文学制度研究 [M]. 重庆：西南师范大学出版社，2002.

[84] 王本朝．中国当代文学制度研究（1949—1976）[M]. 北京：新星出版社，
2007.

[85] 陈思和．中国新文学整体观 [M]. 上海：上海文艺出版社，1987.

[86] 徐兰君．儿童与战争：国族、教育及大众文化 [M]. 北京：北京大学出版
社，2015.

[87] 谈凤霞．边缘的诗性追寻——中国现代童年书写现象研究 [M]. 北京：人民
出版社，2013.

[88] 谢毓洁．近代儿童文艺研究 [M]. 西安：未来出版社，2017.

[89] 乔以钢．中国现代文学文化现象与性别 [M]. 天津：南开大学出版社，2012.

[90] 陈国恩．学科观念与文学史建构 [M]. 北京：中国社会科学出版社，2012.

[91] 钱理群．反观与重构——文学史的研究与写作 [M]. 上海：上海教育出版
社，2000.

[92] 洪子诚．问题与方法——中国当代文学史研究讲稿 [M]. 北京：北京三联书
店，2002.

[93] 侯颖．论中国儿童文学的教育性 [M]. 北京：中国社会科学出版社，2012.

[94] 熊秉真．童年忆往——中国孩子的历史 [M]. 南宁：广西师范大学出版社，
2008.

[95] 张倩仪．另一种童年的告别——消逝的人文世界最后回眸 [M]. 北京：商务
印书馆，2001.

[96] 中国青少年研究中心主编．百年中国儿童 [M]. 北京：新世纪出版社，2001.

[97] 乔以钢．跨文化交流与性别 [M]. 天津：南开大学出版社，2014.

[98] 程金城．文化人类学的理论与实践 [M]. 北京：民族出版社，2007.

[99] 邵宁宁．现代文学：学科历史与未来走向 [M]. 兰州：甘肃教育出版社，
2013.

[100] 赵稀方．翻译现代性：晚清到五四的翻译研究 [M]. 天津：南开大学出版

社，2012.

[101] 李涵．中国儿童戏剧史 [M]．北京：中国戏剧出版社，2003.

[102] 郑尔康，盛巽昌，编．郑振铎和儿童文学 [M]．上海：少年儿童出版社，1982.

[103] 李楚材，编．陶行知和儿童文学 [M]．上海：少年儿童出版社，1990.

[104] 盛巽昌，朱守芬，编．郭沫若和儿童文学 [M]．上海：少年儿童出版社，1990.

[105] 张耀辉，编．巴金和儿童文学 [M]．上海：少年儿童出版社，1990.

[106] 韦商，编．叶圣陶和儿童文学 [M]．上海：少年儿童出版社，1990.

[107] 卓如，编．冰心和儿童文学 [M]．上海：少年儿童出版社，1990.

[108] 黎泽荣，编．黎锦晖和儿童文学 [M]．上海：少年儿童出版社，1990.

[109] 姚伟．儿童观及其时代性转换 [M]．长春：东北师范大学出版社，2015.

[110] 吴翔宇．五四儿童文学的中国想象研究 [M]．北京：北京师范大学出版社，2014.

后 记

　　儿童发展是一项国家战略，事关国家和民族的未来。作为服务于儿童的文学门类，儿童文学的重要性体现在对儿童教育、童年关怀、母语意识等方面的影响上，进而在很大程度上决定了一代代国人的品德、修养与观念，在"争取下一代"的伟大工程中扮演着举足轻重的角色。然而，与当下儿童文学创作的繁荣相比，中国儿童文学的研究却特别薄弱，至今没有国家社科基金重大项目立项。

　　文学史是以"史"的线索勾联多元的文学创作实践及价值观念的知识话语生产形态。学界常提及的"百年中国文学"实际上就是中国现当代文学。与中国现当代文学相似，中国儿童文学内在地包含了"文学现代化"的质素，"中国""儿童""文学"三方面彰明了其特有的精神品格。在百年发展的历程中，中国儿童文学与现当代文学有着一体化发展的特点。在"儿童的发现"归并于"人的文学"主潮时，亟待将"儿童文学的发展"纳入百年中国文学的体系中予以观照和审视。在百年中国文学"一体化"的流脉中发掘儿童文学发展的"主体性"品格。囿于学科本位主义的影响，目前学人所编撰的"中国儿童文学发展史"，多缺乏百年中国文学视野，不是把儿童文学置于中国现当代文学的整体框架下来考察，基本上是"自我封闭"的述史之路。据此，如何寻绎儿童文学与现当代文学关联的机制、关节点，如何在百年中国文学的格局中考察儿童文学的发展轨迹和规律，在此基础上总结百年发展的文学经验、确立标示中国的民族化与现代化的中国儿童文学的精神品格，促进中国儿童文学创作的健康发展，是当前中国儿童文学研究界重要的使命。

　　对于百年中国儿童文学发展史的梳理与研究，学界在方法论更新、史料发掘、跨学科观照和学术观点创新等方面已有了重要突破，初步形成比较开阔的研究视野和比较合理的研究格局。但我们也必须承认，上述依然存在着诸多缺憾，主要表现为：一是在大文学史格局中梳理中国儿童文学发展的意识还不够，缺乏一种整体性把握百年中国儿童文学史观的视野，没有阐明百年中国儿童文学多元共生的结构关系与发展规律。二是受制于文学史观的限制，一些介于儿童文学与成人文学"中间地带"的类型有待重新定位，如"青春文学""成长文学""科幻文学"等。"儿童视角的文学""童年文学"与儿童文学的关系需要重新廓清。三是长于研究发展史的阶段性特征，却忽视"过渡状态"的文学史意义。重视语境对儿童文学的影响，忽视儿童文学对于语境的反作用力。

基于此，《百年中国儿童文学史》试图规避上述问题，重新编写文学史。不将文学史视为简单的"教材"，而是在百年中国文学视域中考察儿童文学与成人文学的"一体化"及儿童文学的"主体性"问题。这种整体研究的出发点是融通，也是目的。它并非取消百年中国儿童文学的自主性，反而有助于彰显其文学现代化的精神质地。这不是断代性研究的相加，也不是对个案研究在历史线性维度上的累加，而是在遵循百年中国儿童文学自身的客观进程的基础上，将其纳入整体视野之中，对其发展演变作整体性的评价和阐释。因而，其价值主要体现在：一是对中国儿童文学做通史性研究，不仅把涉及儿童文学史的思想史料、理论批评史料进行系统、全面整理、梳理与研究，而且更重要的是对其奠基、持续、发展、变化历史脉络进行深入探究，凸显其在推动百年中国文学现代化及培育新人的重大价值。既确立了儿童文学的主体价值，又搭建了与现当代文学一体化研究的桥梁。二是在百年中国文学视域中研究儿童文学发展史，超越了将儿童文学视为现当代文学的附属形态或异质形态的理论偏颇，有利于在与中国现当代文学、百年中国发展"三维同构"的基础上，重绘百年中国文学多元共生的全息图景，以期撰写一部更完整、更全面、更准确的中国儿童文学发展史。三是在百年中国文学视域中研究儿童文学发展史，并不是两种文学发展史的叠加，而是要在两种文学史整体发展状况的基础上建构起相互融通和对话的桥梁。这有助于破除因"分科立学"而产生的学科隔离的本位主义倾向，致力于还原百年中国动态文化语境下儿童文学发展的完整面貌。

浙江师范大学儿童文学学科历来重视教材建设，前辈学人的诸多文学史教材具有开拓性的意义，是我们重写文学史的重要依据和基础。本教材的撰写得到了杭州电子科技大学齐童巍博士的大力支持，是我和童巍合作完成的。吴翔宇编撰的章节是：引论，第一章，第二章，第三章的第一节，第四章。齐童巍编撰的章节是：第三章的第二、三、四节，第五章，第六章。感谢浙江大学出版社的支持，感谢编辑老师的辛苦付出。

吴翔宇记于浙师大红楼

2021 年 6 月 1 日